茱蒂·梅琳涅克、提傑·米契爾——著　翁雅如——譯
Judy Melinek, M.D.
& T.J. Mitchell

告訴我，你是怎麼死的

WORKING STIFF

臉譜書房 FS0046X

告訴我，你是怎麼死的 WORKING STIFF

作　　者	茱蒂・梅琳涅克、提傑・米契爾（Judy Melinek, M.D. & T. J. Mitchell）
譯　　者	翁雅如
封面設計	Bianco Tsai
責任編輯	林欣璇、廖培穎
業　　務	李再星、李振東、林佩瑜
行銷企劃	陳彩玉、林詩玟
副總編輯	陳雨柔
編輯總監	劉麗真
事業群總經理	謝至平
發 行 人	何飛鵬
出　　版	臉譜出版 台北市南港區昆陽街16號4樓 電話：02-25007696　傳真：02-25001952
發　　行	英屬蓋曼群島商家庭傳媒股份有限公司城邦分公司 台北市南港區昆陽街16號8樓 客服服務專線：02-25007718；25007719 24小時傳真專線：02-25001990；25001991 服務時間：週一至週五上午9:30-12:00；下午13:30-17:00 劃撥帳號：19863813　戶名：書虫股份有限公司 讀者服務信箱：service@readingclub.com.tw
香港發行	城邦（香港）出版集團有限公司 香港九龍土瓜灣土瓜灣道86號順聯工業大廈6樓A室 電話：852-25086231／傳真：852-25789337
馬新發行	城邦（馬新）出版集團 Cite(M)Sdn Bhd (458372U) 41, Jalan Radin Anum, Bandar Baru Sri Petaling 57000 Kuala Lumpur, Malaysia. 電話：603-90563833／傳真：603-90576622 Email：service@cite.my
初版一刷	2015年5月
二版一刷	2024年12月 版權所有，翻印必究（Printed in Taiwan）
I S B N	978-626-315-568-8 定價420元 （本書如有缺頁、破損、倒裝，請寄回本社更換）

城邦讀書花園
www.cite.com.tw

國家圖書館出版品預行編目資料

告訴我，你是怎麼死的／茱蒂・梅琳涅克（Judy Melinek）、提傑・米契爾（T. J. Mitchell）著；翁雅如譯. -- 二版. -- 臺北市：臉譜出版：家庭傳媒城邦分公司發行, 2024.12
　面；　公分. --（臉譜書房；FS0046X）
譯自：Working stiff : two years, 262 bodies, and the making of a medical examiner
ISBN 978-626-315-568-8（平裝）
1.梅琳涅克（Melinek, Judy）　2.法醫學
3.回憶錄　4.美國
586.66　　113015214

目次

1. 結局準沒好事

「要記得：這結局準沒好事。」

每次我要開始一個新的故事時，我先生總會這麼說。他說得沒錯。故事是這麼開始的。有個木匠跟一群夥伴坐在曼哈頓中城的人行道旁，總共六位戴著工作安全帽的建築轉包商，一邊小口喝著咖啡，一邊等著上午班開工。前一天颶風的尾巴把整個城市吹得東倒西歪，打斷了工程的進度，但是現在這棟他們已經蓋了八個月的辦公大樓又再度開工了。

天色漸亮、交通開始忙碌起來的時候，有個新的聲音伴隨著計程車和公車來往的呼嘯：一種金屬摩擦聲，音量不是很大。這個摩擦聲變成了長長的刺耳嘎響，接著有人開始大喊。工人們在各種噪音和強風下聽不太清楚，但是他們可以感覺得出來那聲喊叫是衝著他們來的。大夥們抬頭一看——立刻嚇得跳起來，拔腿就跑，咖啡潑得到處都是。但那個木匠選錯了方向。

高達一百一十七公尺的工地擺臂起重機的吊臂，在一陣驚天動地的撞擊下，直接砸向詹姆士．菲雅森的頭部。

兩小時後，我與法醫鑑定小組（MLI, Medicolegal Investigators）一起抵達慘不忍睹的現場。法醫鑑定小組是一群紐約市醫總檢局的法醫調查員。起重機直接橫落在忙碌的十字路口，警方已封鎖路口，四方車流都塞得一塌糊塗。法醫鑑定小組成員開著太平間貨車要把我們載到封鎖線前，穿越最後幾個街區時，司機猶如海上的水手，努力破浪龜速前進，一邊低聲咒罵。法醫調查員是法醫界的第一線人員，他們會前往突發死亡事件現場，檢測、記錄現場的一切，然後把遺體運回紐約市太平間準備進行驗屍。我當時才剛開始為期一個月的訓練，這個訓練是為了要讓年輕醫生在加入法醫死亡調查的世界之前先有所準備，在這之前我從沒離開醫院工作過。

「醫生，」開運屍貨車的法醫鑑定人員在一個塞得動彈不得的路口無奈地跟我說：「我希望不是你帶賽。昨天整天我們只需要去貝斯以色列醫療中心的急診室接個老太太就好，今天就踩中這個鳥事大樂透。」

「小心腳步。」下車的時候一位警官在旁邊提醒我。這個大鋼臂往菲雅森砸下去的時候，把人行道撞破了一個三十公分深的大洞。工作安全帽還在那，落在滿地鮮血和腦漿、還有咖啡和甜甜圈之中。過去四年我以病理學家的身分在醫院受訓，我的世界就是由刺眼白光、消過毒的實驗室，還有藍色刷手服組成的。現在我發現自己在曼哈頓的尖峰車潮中，站在颳著風的犯罪現場，人行道上血跡斑斑、巡邏車警示燈閃著藍光、四周拉起黃色封鎖線、一大群民眾圍觀、嚴肅的警察走來走去，幾個同事還把「鳥事大樂透」掛在嘴邊。

我被迷住了。

「怎麼發生的？」回家的時候，我先生提傑問我。

「起重機砸爛了他的腦袋。」

他畏縮了一下。「我是說，起重機怎麼會掉下來？」我們在公寓樓下的一個小公園遊樂場，看著丹尼——我們的兒子——把破舊的塑膠小卡車和三輪車排成一列火車。

「因為週三颶風警報的關係，起重機前一晚就用帶子固定住了。控制機器的人要嘛就是忘了，不然就是根本不知道這件事，我猜他也沒有檢查。他發動引擎，踩下油門，結果機器沒動靜，所以他又再催了油門——固定帶就在這時候斷了。」

「天啊，」提傑揉著額頭說道。「這下變成彈弓了啊。」

「沒錯。起重機猛然往上抬，停了幾秒——然後就往後墜落了。」

「天啊。那個操作的人呢？」

「什麼意思？」

「操作的人有受傷嗎？」

「噢。我不知道。」

「那其他工人呢？」

「我不知道，」我重複道。「他們都沒死。」

提傑看向樹的方向。「這在哪裡發生的？」

「我跟你說過了，第六大道。」

「第六大道跟哪裡的路口？」

「我不記得了！這很重要嗎？因為可能會有起重機掉下來砸破你的頭，你就打算以後就都繞過那個路口嗎？」

「不行嗎？」

「這又不會時常發生，相信我。」因為越講越大聲，幾個跟我們一樣坐在長椅上的家長紛紛轉過頭來看。

「別忘了旁邊還有老百姓，」提傑悄聲警告，提醒我在這個滿是幼稚園小孩的公園裡，沒有人想要聽我們討論血腥的工地事故。「他有老婆還是小孩嗎？」他小聲問。

「他有老婆。我不知道他有沒有小孩。」

我先生瞥了我一眼。

「你聽我說，這些不是我負責的！調查員會處理那些事情。我只需要處理遺體就好。」

「好吧，那跟我說一下遺體的狀況好了。」

以前在醫學院受訓的時候，我就有一點驗屍的經驗了——但那都是些臨床解剖，對象都是在醫院過世的病人。我從沒看過像這樣的屍體。「因為是工地意外，所以得做一套完整的驗屍。真是太棒了。遺體塊頭很大，是個壯漢。沒有心臟病、血管很乾淨。他的四肢和軀幹上都毫髮無傷—但是他的頭就像你拿著一顆雞蛋往流理臺一敲之後的模樣。我們甚至稱之為『蛋殼型顱骨破碎』（eggshell skull fracture），很酷吧？」

「不酷，」提傑回答，他突然臉色鐵青。「不，一點都不酷。」

———

我不是個殘忍的人。事實上我是個既老實、陽光又正向的人。當我剛開始接受死亡調查的訓練時，提傑還擔心新工作會改變我對世界的看法。他擔心我連續幾個月接觸紐約人各式各樣的死法後，當我們兩個走在路上，就會開始緊張地抬頭看看是不是有哪個窗戶的冷氣機會掉下來砸破我們的頭。也許我們會開始推著丹尼的嬰兒車繞過人行道上的水溝蓋，而不再只是直接走過去。他也斬釘截鐵地認為，我們絕對不會再走進兇殘的中央公園了。「你要把我變成那種緊張兮兮地戴著醫療口罩和手套出門的瘋子了。」他在西尼羅病毒肆虐期間宣稱。

但情況卻不是如此，我的工作經驗給了我相反的影響。我自由了——而且最終我先生也會跟我一樣——從晚間新聞帶來的恐懼中被釋放。從我成為死亡的目擊者開始，我發現每一起參與調查的意外死亡案件中，一定都是危險的日常瑣事導致，或是本來就存在風險的行為結果。

所以不要任意穿越馬路。開車的時候要記得繫安全帶。或者乾脆不要開車，養成運動的習慣。注意體重。如果你會抽菸，現在就戒。如果你不抽菸，那就永遠不要嘗試。子彈會打穿人的身體。毒品是壞東西。你知道地鐵月臺上畫的那條黃線吧？它被畫在那裡是有原因的。所謂「活著」，其實可以算是基本常識。

可以算是吧。我在紐約市醫事檢察處（New York City Office of Chief Medical Examiner）的經驗告訴我，「隱藏的身體缺陷」有時也會讓平時健康的一般人突然暴斃。致命疾病發生的機率是一百萬分之一，而紐約就有八百萬居民。路上還有沒蓋上的人孔蓋、流彈，以及起重機意外事故。

「我實在不知道你是怎麼做到的。」朋友——甚至是醫界同業——都這樣跟我說。但是所有習醫之人都要學會相當程度的物化病患才行，你必須要壓抑自己的情緒反應，否則沒辦法做事。從某些角度來看，其實這對我來說還比較容易些，因為屍體本身就已經是個「物件」，完全不再算是「人」。更重要的一點是，死者不是我唯一的病患，生者才是重點，他們也是我的工作範圍。

我並非從小就立志要當法醫病理學家。沒有人會在二年級的時候突然對自己說，「等我長大，我要來解剖死人。」沒有人會想到醫生會做這種事，醫生的工作應該是要治療病人才對。我父親就是那種醫生。他是布朗克斯亞科比醫療中心急診室的精神科醫師。自我小時候起，父親就一直灌輸我關於各種人體運作的奇妙知識。他還留著當初唸醫學院時用的課本，每當我開始問問題的時候，他就會從高高的書架上，把這些磚頭書拿下來，然後我們會一起研究那些解剖圖。那些圖表就像是探險家的地圖一樣，而他在圖表之間移動的模樣如此悠然自得，散發強烈的自信和熱忱，讓我以為等我自己成為醫生的時候，就能跟他一起徜徉在這個世界裡。

但我從來沒有機會這麼做。我父親三十八歲的時候自殺了。那年我才十三歲。在他的喪禮上，大家都一直對我說：「我很抱歉。」這話令我心生厭惡，把我從麻木中喚醒，然後點燃我心中的怒火。我滿腦子只想回答：「你有什麼好抱歉的？又不是你的錯！」這是他一個人的錯。我父親是精神科醫師，他自己心知肚明，不論在專業上或私生活領域，他都知道自己需要尋求協助。他熟知程序，我們在醫學院時都學過，如果我們認為病人有自殺傾向，一定要問病人三個問題。第一：「你有想要傷害自己或是自殺的想法嗎？」如果答案是肯定的，那麼你就應該接著問：「你已經有計畫了嗎？」，答案如果又是肯定的，那最後一個問題就是：「你的計畫是什麼？」如果病患已經有完善的自殺計畫，就必須入院接受治療。我父親的自殺計畫是上吊，這需要相當的決心才做得到。在他成功執行計畫之後的好幾年，我都對他感到憤怒，因為他背叛了自己、拋棄了我。

現在，當我跟那些自殺死者的家屬和親人說我完全了解他們的感受——以及為什麼我會懂的時候，他們會相信我。還有很多人跟我說，是我讓他們走過那段日子。這些年來，有些家屬還會持續打電話給我，給那個在他們人生最黑暗的那一天打電話給他們的醫生。他們會邀我參加畢業典禮、婚禮、孫輩誕生慶祝等活動。人在最快樂的時候，往往最思念自己失去的那個摯愛的人。接到那些電話、感謝卡，還有新生慶祝的消息——那些驚嘆號、皺皺的小嬰兒、新生活——就是我的工作最大的回報。

面對死亡的親身經歷並沒有讓我因而選擇一份鎮日沉浸在死亡之中的工作。我父親的自殺事件，讓我學會擁抱生命——慶祝它的美好、並緊緊抓住不放手。我之所以從事驗屍工作，其實是先兜了個大圈子後才開始的。

一九九六年，我從加州大學洛杉磯分校醫學院畢業後，目標是要成為外科醫生，也因此就在波士頓一家教學醫院展開了外科住院醫師的訓練。這家醫院的訓練素有狂操苦練實習醫師的名聲，但是資深住院醫師都再三跟我保證，好像他們都私下約好了，告訴我熬過短時間的痛苦之後絕對值得。「你得先過五年累得跟狗一樣的日子。撐下去。等這段日子過去，當上主治醫生，那就是你苦盡甘來的時候了。上班時數很長，等於整天都在救人的同時還能賺不少錢。」這番話讓我買單了。

沒過多久我就注意到，許多外科醫生的辦公室角落都有張摺疊床。「誰會在辦公室放床呢？就是那些永遠沒時間回家的人，」一位資深護理師這麼說。我的工作從每週一早上四點半開始，到週二晚上五點半結束——三十六小時班。接下來是二十四小時班，然後又是三十六小時，最後整個禮拜會以十二小時班劃下句點。每兩個禮拜我會有一整天休假日。這就是標準一零八小時班表的排法，有時狀況比這還糟。有好幾次我都是連續操刀六十小時，中間只有幾次短暫的打盹充充電而已，甚至也有過幾次一個禮拜上了一百三十小時班的經驗。

於是提傑開始買很多雞蛋、紅肉、高蛋白奶昔，還有一盒又一盒的高熱量能量棒，隨時找機會塞幾根在我的醫師袍口袋。他得在每天天亮前的早餐時間裡，盡可能讓我吃足熱量，然後等晚上我穿著髒制服一屁股坐在晚餐桌前的時候，這一切會再重複一次。醫院到家之間這十五分鐘通勤時間，我常常會在紅燈時打盹——「我閉上眼睛一分鐘就好」——然後被身後的喇叭聲叫醒，因為已經綠燈了。

波士頓是提傑的故鄉。當他從洛杉磯搬回來時，他的家人簡直樂翻了。我們剛開始交往時才十八歲——大一新生，幾乎就像高中情侶——我們一起開心邁入二十歲，認真與彼此交往。我想要結婚——但是他開始有點猶豫了。我後來才發現，他懷疑自己不是真的想跟外科醫生結為連理。我慢慢變得越來越蒼白，日子一團混亂，看起來人不像人鬼不像鬼，而且還一點一點失去這個深愛著我、而我也深愛的男人。

然後九月某天，我在三十六小時班快結束的時候昏倒了。我原本站在病人的床邊，就這樣突然倒下。醒來時已經躺在輪床上被推往急診室，手臂打上葡萄糖注射液（intravenous glucose drip）。診斷結果說我是因為過度疲勞以及脫水而昏倒。住院醫師的主管，也就是我老闆，站在我的點滴架旁邊，一臉不耐煩卻看不出任何擔心之情。「好，」他說，「你累了。等下就回家，休十二小時好好睡覺，多喝點水，知道嗎？」我還在茫然的狀態中，滿腦空白，只能羞愧地點點頭。「我會找人幫你代下一檔班，」這個外科醫師邊說邊轉身疾步走出病房。

我的上司一離開我的急診病床邊，我立刻就不再感到羞愧了。取而代之的是滿腔怒火。任何人都不該在我這種每天只睡三小時的情況下，還被要求執行臨床醫學行為，更不用說負責開刀了。但是我從在醫學院拿起解剖刀的那一刻起，就想當外科醫生了。一直以來，我都在手術室裡看著一條條生命被救回來，我還沒準備好要因為身體健康出了一次狀況就放棄這個夢想。所以我又回到了工作崗位。

不到一個月，我又再次被迫思考病人在過勞的醫生手中可能會面臨的危險。醫院的藥房在早晨巡房時間呼叫我。我回電時，電話另一頭有一位女子問：「你真的要給這個病患兩百單位的胰島素嗎，醫生？」

當時我剛睡了一夜好覺，思緒再清楚不過，但是當下我還是立刻喊出了腦中出現的第一個想法：「什麼？不行！那劑量都可以殺死一匹馬了！」

高營養法（hyperalimentation，又稱 hyperal）是一種靜脈營養供給方式（intravenous nutritional supply），把食物能量直接注入血液中。施行此法必須先詳盡測定所需胰島素單位——比方十五或二十單位——如此身體才能控制儲存或釋放能量的健康循環。如果你一次釋放兩百單位的胰島素，就會因為低血糖而陷入昏厥，幾分鐘之內就會發生致命的心律不整或嚴重癲癇，或兩者同時發生導致死亡。

「這個治療內容不是我寫的吧？」

「你叫什麼名字？」

「梅琳涅克醫生。」

「梅琳涅克。我看看。」電話另一頭傳來翻閱紙張的聲音。「不是，」女子回覆後，我終於又能恢復正常呼吸。

「好，」我說。「昨天這個病患的高營養法治療給他幾單位腎上腺素？」

「二十單位。」

「再前一天呢？」

「二十單位。」

「那今天就還是給二十單位吧。」

「好，」剛救了一條人命的藥劑師在電話那頭跟我確認。

寫下這個治療內容後交班的是我的住院實習醫生同事。他差點因為在營養單上多寫了一個零就害死一個病人。我沒有把這次差點致命的事件上報。沒有人在這次事件中受傷，也沒有人送命，所以等於什麼也沒發生。在那段每週上班一百三十小時的日子裡，我有沒有無意傷害病人還不自知？我有沒有讓誰送命？

我的外科職涯終點在三個月後降臨，當時我染上流感——一般常見的季節性流感——本想請病假。「現在不是偷懶的時候！」我的主管斥道，好像我九月時被送進急診室只是為了逃避的手段一樣。我吞了兩片泰諾（Tylenol）[1]，把藥罐子塞進口袋就去上班了。

整個值班時間裡我都渾渾噩噩的。幾個小時後泰諾的藥效就退了，我開始發冷，全身發抖。我偷了片刻時間躲進護理師的小房間量體溫：38.8度。我再吞下兩片泰諾，這時病患被送進急診室，是一位急性盲腸炎的女子。我跟著輪床進手術房的時候，有人把病歷表塞到我手上。高燒病患的體溫是38.3度——比我還低。

我的雙手沒有發抖。我幫她動了手術，把盲腸綁住後切除，再把切口縫合。整個房間都在晃，我汗濕了一身——但是我深吸了一口氣，屏氣凝神拿著針，完成了最後的縫合。那是我在六個月的住院實習期間執行的第六十一場手術，也是最後一場。我一走出手術室，就告訴主任住院醫師說我病得太嚴重，必須立刻回家。「別看得太重，」她試著安慰我。「我有一次在值班的時候還流產了呢。」

我打給提傑——發著高燒、意志消沉，還一邊大哭。他來到住院醫師的值班房，鎖上門，一言不發。然後他蹲在我的臥鋪旁問：「你想辭職嗎？」我承認我的確想。「很好，」提傑口氣堅定，「你該辭職了。」

「但我們之後該怎麼辦？要是辭職，哪間醫院會要我？」

「無所謂，」他說。「這不重要了。辭職吧。」

他是對的。這已經不重要了。眼下最重要的就是離開那裡。隔天我就辭掉住院醫師的工作。提傑與我又開始有時間相處了。一九九七年情人節，我們走在街上，重溫九年前同一天第一次約會的情景，當時我們都還是青少年。走到我們第一次牽手的地方時，他停下腳步，牽起我的雙手，單膝跪在結冰的人行道上。我又驚訝，又開心，無可自拔地笑個不停。「你要回答我嗎？願意還是不願意？」他懇求道。

「我的膝蓋好冷啊！」

那是我在近一年來的時間裡第一次感覺到快樂——但同時也非常害怕。我只學到了自己不想成為哪一種醫生，也確信因為半途而廢的紀錄，已經沒有醫院會願意收我擔任任何專科的住院醫生了。我在醫學院的日子裡，最開心的一段時光，就是輪訓到病理科的時候。病理科學實在太迷人了，病例內容如此吸引人，且醫生們的

---

1 譯註：非處方止痛藥，可減輕流感症狀。

生活看起來也都十分穩定。加州大學的病理科實習課程主任曾在我畢業前最後一年表示想留我下來工作。「不行，」當時我告訴她，「我要當外科醫生。」

過了一年多，我打電話給她，問她知不知道哪裡有病理解剖的工作可以給一個失敗的外科住院醫生做。

「你能不能七月來上班？」她問道。

「什麼意思？」

「七月。如果你能七月上工，我就在加州大學幫你留一個病理科住院醫師的位置。」

更令我吃驚的是提傑對這個建議表現出的熱忱。「可是你又要離開你的家人了。」我提醒他。

「醫生，」我的未婚夫回答道，「我都已經跟你去過一趟地獄再回來了，跟你搬去洛杉磯不算什麼。」

2. 死人到明天還是死人

一個人沒有出生證明也沒關係。用其他形式的身分證明就足以保住工作、在銀行開戶，甚至也可以申請社會安全號碼。可是如果你過世後，家屬沒辦法取得死亡證明書，他們就會落入官僚主義繁文縟節的煉獄。他們不能埋葬你、無法把你的遺體運送到州界之外、沒辦法清算你的財產，或繼承任何你要他們繼承的事物。而死亡證明書，就出自法醫病理學家（forensic pathologist）之手。

病理學研究人類疾病和傷勢的原因和影響：各種疾病、傷勢、發生範圍，涵蓋廣至人體任何位置。身為加州大學病理科住院醫生，我花了四年時間研究人體內的每個細胞、組織和結構的模樣。除了這些，我還學到人體出問題時看起來會是什麼模樣，以及如何分辨出有問題的部位。

法醫病理學家是醫學中負責調查突發、意料外或暴力致死案件的專業人士，需要前往現場、檢視醫療紀錄，以及驗屍——同時搜集可能會被用在法庭上的證據。與臨床病理學家一樣，她必須能認得人體裡外的一切長什麼模樣，但是法醫病理學家還得知道這些部位是怎麼運作的。她必須知道身體裡的每個部位出了什麼錯會致死。法醫病理學家就是醫學專業世界中的死亡目擊者——能回答所有問題，平定所有爭執，揭開人體的每一張神祕面紗。「只可惜總晚了一天，」我的臨床科別友人總愛開這玩笑。

法醫病理學家若非是在法醫（medical examiner）辦公室任職，就是擔任驗屍官（coroner）[1]。後者是行政人員或執法人員（通常是警長），負責調查轄區內的突發死亡事件。驗屍官會僱請醫生負責驗屍，但這些醫生的工作通常僅限於太平間之內，不會在調查中扮演任何角色。法醫則是經過死亡調查訓練和解剖病理學訓練的醫生，負責執刀（Prosection，拉丁文，意指「切開」），以及其他官方需求。法醫（ME/Medical examiner）一定是醫生，且通常都是在其他醫生指導下受的訓練，需要在醫院病理科接受四年住院醫生訓練後再完成一年輪訓。

我最後選在紐約市醫事檢察處輪訓，因為我不想去洛杉磯郡立驗屍官那個惡名昭彰的幽暗辦公室，完成長達一個月的法定法醫輪訓。「他們只會給你腐爛的跟車禍的。」有個住院醫生同事抱怨。

「不然你要什麼？他們那裡就只有這些啊！」加州大學主任住院醫生說。我總喜歡在這個醫生的辦公桌旁逗留一會，因為他對法醫鑑定很有熱忱，而且他搜集的學術期刊標題都類似〈海洛因使用陰莖注射法之致命案例〉，以及〈一杯冷飲後的猝死〉，跟〈人類大腦垂體非腫瘤及腫瘤之解剖：Bcl-2蛋白質家族的型態〉相比，實在很難不引起我的注意。難道你不會寧可翻開〈土製炸彈自殺案例：實例研究〉嗎？我會——而且我真的讀了。

「如果你真的想學法醫病理學，就到紐約市醫事檢察處輪訓，」我的主任住院醫生給我建議。「那裡有各式各樣的死法，而且教學也很棒。我就是在那裡輪訓的，我很喜歡。」

---

1 譯註：稱 medical examiner 的法醫雖然定要是法醫病理學家，但他是受政府指派的醫生；而稱 coroner 的法醫通常不是醫生，但常是民選的。現在美國許多州仍然使用 coroner 的制度；其他則使用 medical examiner 的制度。（資料來源：《實用執法英文》第 157 頁，柯慶忠編著，白象文化出版。）

「要搬到紐約住一個月嗎？」

「有何不可？」

當我向提傑提出這個提議時，提傑出乎我意料之外的給了我一樣的答案。當時我已經懷了我們第一個孩子，而他考量經濟和家庭因素，決定要當全職家庭主夫。這讓我們能在任何必要情況下，自由地四處搬遷，不用煩惱該如何取捨兩人的職涯目標。「反正寶寶是可攜帶式的。」他說。

所以一九九九年九月，就在丹尼出生前六個月，我們飛到紐約。我開始在紐約市醫事檢察處接受訓練。一個月的訓練時間結束時，我已下定主意要將法醫病理學當作職涯目標——並且把紐約市醫事檢察處當作投身之所。我喜歡那兒對智識的熱情，以及死亡案件調查的科學挑戰。在那裡的每一個人，從新學員到資深醫生，感覺上都很快樂，人人都熱切渴望學習，且具有高度專業。沒有一個法醫人員需要在辦公室過夜。「沒有所謂的緊急驗屍這種事，」一位住院醫生指出。「你的病患永遠不會抱怨，他們不會在你吃晚餐時呼叫你，且他們到明天都還是死人。」

我一回到洛杉磯就填好表，申請在紐約醫事檢察處的一年培訓課程。四個月後，我在產假期間接到紐約市醫事檢察處主任查爾斯．赫希醫生的電話，通知我可以在二〇〇一年七月到紐約開始擔任法醫助理。

——————

上班第一天，我天亮前就醒了，躺在我們位於布朗克斯的公寓裡。提傑在我身邊輕輕打著鼾，丹尼當時十六個月大，在另一頭的搖籃裡輕聲呼應著爸爸的鼾聲。我聽著窗外往曼哈頓去的車陣聲，又開始咬指甲的壞習慣，心裡擔心著自己是不是做了另一個會改變一生的錯誤決定——這次還拖老公和小孩下水。

我很早就離開公寓，想給自己充足時間從史貝坦杜偉通勤到中央車站，也就是亨利哈德遜橋從布朗克斯往英伍德山一片綠意中探去之處。出了中央車站，我被往萊辛頓大道車站的人潮淹沒，到了二十八街才擠出來，往東走進夏日陽光中，邊走越覺得緊張。過了幾個路口，走到轉角，上頭寫著：第一大道五百二十號。

我的新工作地點是棟暗藍色的方型建築，外面有髒舊的鋁合金補丁，樓頂上鍋爐外露，玻璃纖維隔熱層在風中飄動。大門隱藏在陰影中，前面有搖搖晃晃的鷹架擋著，露出漆了一半的生鏽欄杆，兩扇欄杆之間可見眼前的地板凹凸不平。這棟外表醜陋的矮樓，就是紐約市醫事檢察處。

我走進大廳，警衛抬起頭。她上方釘著的浮雕不鏽鋼字體大大地寫著：「TACEANT COLLOQUIA. EFFUGIAT RISUS. HIC LOCUS EST UBI MORS GAUDET SUCCURRERE VITAE.」我盯著那串字看。「有事嗎？」警衛問道。我告訴她我的名字，她眼神為之一亮。「新來的法醫嗎？歡迎加入，醫生！」

我心頭一緊。兩個禮拜前我還快樂地住在洛杉磯，剛完成正規醫學訓練的我，已經是合格醫生。我其實可以在任何城市找個穩定的實驗室工作，每天坐在顯微鏡前看片子，在紙上寫下診斷書就好。結果我卻把全家人連根拔起，搬到這個我從小長大的萬惡之城，一個冷峻的地方，到處充滿不好的回憶。到底是為什麼？

警衛的表情軟化了，顯然她已經跟不少一臉吃驚的新人打過招呼。她瞄了一眼那被擦得晶亮的銀色格言說：「就此噤聲。不再談笑。這裡是死神樂於協助生者的地方。」

我們倆就這樣站在這冷酷、安靜的大廳。「噢。」最後我說。

「歡迎來到醫事檢察處，梅琳涅克醫生。」警衛遞給我一張貼紙，上面寫著：訪客。

馬克・佛洛蒙本醫生是副主任法醫，他是查爾斯・赫希醫生的副手，也是我的直屬主管——所以當我們見面他給我一個擁抱時，我很驚訝。他身高一百八十九公分，有張略長但很溫和的臉，戴著圓框眼鏡，一雙手奇大無比，整個辦公室都知道佛洛蒙本是空手道冠軍，平時喜歡劈斷木板尋開心。他把我介紹給一樓的法醫鑑定小組成員和身分鑑識人員，然後帶我上二樓，在他的辦公室正對面，就是我即將與另外兩位法醫病理學的培訓人員共用一年的辦公室。

史都華・葛雷漢醫生已經搬進辦公室了。史都華在佛羅里達州為私人機構管理臨床病理實驗室長達十五年之久，最後他決定抽身。「我大多時間都坐在顯微鏡前，或是到血庫檢查數據。差不多十年的時間裡，我每個月可能都只接到一件驗屍案件。」

「我們會改變這點的，」佛洛蒙本口氣歡欣地說。

史都華的幽默感很古怪，口音很重，且熱愛領結。他跟我注定要使用辦公室裡相連的兩張桌子，我們兩人的椅子一定會不停碰來碰去。辦公室隔間夾板另一頭還有一個位置，留給唐・費里曼醫生。他是一位高高瘦瘦的男子，雙腿細長、步伐緩慢，一頭帶有波浪的捲髮綁成馬尾。他看起來就是個來自中西部的善良好人。佛洛蒙本向我們解釋，史都華、唐和我在七月第一週要先跑完行政流程，包含指紋歸檔、體檢，還有一堆文件要填。等一切都完成後，我們每人都會拿到一個徽章——一面精雕細琢的盾牌，鑲在堅固的皮夾裡。他看看錶，「好。現在是早晨赫希輪巡的時間，我們下去大坑吧。」

沒人知道誰會把驗屍房稱為大坑，那地方不是個坑。驗屍房事實上是一個很乾淨、整潔的地方。裡面有八張平行的不鏽鋼驗屍臺——寬敞、潔淨，亮晶晶的工作臺，四周像船沿一樣高起——沿著牆邊一字排開。每張驗屍臺後方都掛著一把強力洗碗噴灑頭，臺子上有個金屬支撐架可以撐住遺體，讓血液和其他液體可以流到底下的水槽裡。這個水槽會直接通往生物污染的下水道，所以如果案子是凶殺案，排水孔就會一直維持塞上的狀態，直到任何子彈、刀尖，和其他外來物都被搜集登記完畢為止。我還被告知，之前他們不小心把證據沖進排水孔裡，倒霉的初級法醫就得負責拆開水管找回證據。

吊在驗屍臺上方三十公分高的地方，是一座有公制刻度盤面的磅秤，用來秤內臟重量用的。濃度為百分之十的甲醛溶液，也就是用來保存所有人類組織的一大桶福馬林放在角落。緊接另一道牆的是防潮櫥櫃，櫃子上的玻璃門後傳來微微的風扇聲。櫥櫃裡掛著滴著鮮血的衣物——風乾中的凶殺案物證，等著作為實驗室使用或成為呈堂供證。

驗屍都是在早上進行。佛洛蒙本醫生建議我、史都華和唐八點前就要到大坑，穿好袍子，站在指定的驗屍桌旁等待。這樣一來我們就能在老闆出現之前，有足夠的時間先完成這天第一個案子的外部檢驗。

早晨輪巡由查爾斯·希摩·赫希醫生負責，帶著法醫鑑定小組和醫學院學生，於九點半準時開始。赫希醫生抽著菸斗、形象慈愛，活生生像是諾曼·洛克威爾（Norman Rockwell）[2]畫中走出來的醫生。他每次出現總是穿著正式長褲、領帶加吊帶，口罩邊緣露出一雙炯炯有神的眼睛，讓他在人群中十分顯眼。每天早上我們會向他簡報手上的案子，他則邊檢查X光片，審視我們呈交給他的在外部檢驗過程中發現的重點。每個案件都必須要準備簡報內容，但是若沒有現場證據支持的東西就不可以冒險臆測。早晨的赫希輪巡時間是每天令人最緊張的時刻。

赫希醫生在驗屍房表現出一種冷靜嚴肅的態度，其他人都效法之。他喜歡講一

2 譯註：美國二十世紀初期重要的畫家暨插畫家。

些警示語，我們稱之為「赫希語錄」——而且跟其他老師一樣，有些他特別不能忍受的事，這些事我們沒過多久就很熟悉了。驗屍時，他最討厭用「與某事物相符」這個詞來形容顯而易見的發現，且如果我們用「嚴重」或「稍微」形容任何事物，他就會咬牙切齒——「顯而易見」和「微量」更為恰當。向查爾斯・赫希醫生簡報的時候，必須稱死者為男子、女子、男孩或女孩——不能只稱之為男性或女性。我們開始處理案件的第一週，史都華簡報時說案件死者是一位「遭一名小姐」槍擊的男子——

「遭一名女子槍擊」，赫希插話糾正他。「小姐是不會開槍射其他人的。」

驗屍房的早晨輪巡時間很短暫，進一步深入討論案子的機會是在每天下午三點鐘的時候，這時間所有的法醫都會在會議室集合，討論（有時是辯論）當天的案件。赫希醫生會把最混亂、最曲折的案件挑出來，找出簡化的方法進而使死亡證明報告能順利完成。「寫死亡證明書的時候，追求的不是把所有資訊全寫進去，」他強調，「只要簡明扼要、清楚正確就好。」

我們訓練期的頭兩個月裡，赫希醫生也會替受訓人員個別授課，針對我們的診斷和初步驗屍報告提供詳細的反饋。他告訴我們，法醫最神聖的責任就是要清清楚楚在死亡證明書裡寫出兩個重點：致死的原因，以及死亡的方式。「致死的原因是病原導致的疾病，或無其他顯著外因介入的情況下導致死亡的傷害，」赫希列舉道。「把這些寫下來記住，然後把它當作答案，回頭對照『是什麼』的這個問題——是什麼開始了這一連串的事件，直到最後導致死亡。死亡的方式是對於這個狀況做出的法醫鑑定分類——也就是『如何』這個問題的答案。我們把所有的死亡狀態分成六大項目：凶殺、自殺、意外、自然疾病、醫療併發症以及死因不明。」我們得知死亡的方式會影響每一個環節——從保險公司到地方檢察官，從警察局的凶殺組到死者的房東。我上工第一個禮拜，身分鑑識的一個同仁就這麼說：「當你還活著的時候，也許沒人在乎你，但是等你死了以後就有一堆人對你有興趣了。」

以助理法醫身分被指派第一件驗屍調查之前，我花了一個禮拜在停屍間觀察資深法醫驗屍的過程。第一天帶我的是蘇珊・伊萊醫生。她是一位纖細有魅力的女性，女兒年紀跟我兒子一樣大，所以我們在更衣間換上手術袍、戴上髮網的時候就一拍即合，覺得很能體會彼此的心態。蘇珊認為我把眼鏡換成壁球用塑膠矯正眼鏡實在太好笑，我告訴她我對她腳上那雙迪斯可時代的古董厚底鞋有一樣的看法。「這雙鞋才能讓我搆得到驗屍桌的高度。」她半開玩笑說。

在大坑的時候，我會在她和佛洛蒙本的驗屍臺之間走動，觀察兩個不一樣的醫生如何處理案件，如何為一個人執行最後一次、也是最徹底的一次醫療檢查。驗屍跟我之前在醫學院的大體解剖課時做過的按區域檢查屍體是不一樣的。「驗屍」這個字的英文原意是「親眼看仔細」，這件事不只是要靠解剖找出身體裡哪裡出了問題而已。

驗屍所需的時間可以從四十五分鐘到超過四小時不等，先從徹底的外部鑑識開始，然後鑑識過程會由外往內發展。我學會如何把遺體上的每一件衣物和珠寶都記錄下來——在解剖人體的時候，遺體身上鑲的稀有金屬都不可以遺漏，再怎麼奇怪的位置都一樣。如果你知道你的市民同胞平常在內褲裡帶了多少五金製品，你會明白這世界其實比你心目中認識的那個世界更奇怪、更搞笑。

有鑑於遺體上的一切物品都是歸我負責，我常常得伸手進死者的口袋，把裡頭的東西全掏出來——通常暴力致死的死者身上都會有異常高額的現金。我有一次從一具遺體身上收集到一萬兩千四百元美金。之所以對數字這麼清楚，是因為我非常、非常仔細地點算過總額——兩次。只要發現任何現金，我就一定得特意展示給技術人員看，如果當下身邊沒有其他技術人員跟我一起工作，就要把現金高舉到空中，對著驗屍間的其他人宣布：「我這裡有一疊鈔票！」時有耳聞法醫界同仁因為私藏屍體身上的現金而被炒魷魚的消息，所以我們都會進行這個標準程序，大聲對其他人宣布自己發現有價貨幣。

遺體還原到自然狀態後，我就會近距離檢視受傷的跡象，並且記錄所有發現。對一雙受過專業訓練的眼睛而言，任何瘀青、擦傷、切割傷和穿刺傷都訴說著一個故事。如果屍體已經僵硬，我會把它的手指扳開，檢查手掌心裡有沒有握著什麼東西。我曾經就因此在受害人手中找到凶手的頭髮。服毒自殺的死者有時手中還會握著藥瓶，用藥過度的毒癮死者手臂上可能還插著針頭。

「除了外傷，我們也要記錄刺青、疤痕，還有罕見外貌特徵、包皮或割禮、截肢狀況和胎記。」佛洛蒙本在驗屍臺旁教我。死者家屬會很慎重看待死亡證明報告，如果內容有任何錯誤——如果我漏掉一處老舊傷疤——整起死亡調查的可信度可能就會化為烏有。我在紐約第一件驗屍案中的另一位指導醫生芭芭拉・珊普森醫生提醒我，就算是看起來再怎麼微不足道的外貌特徵對家屬而言可能都很重要，例如刺青。我在接到一位槍擊死者的女友，薇拉，打來的投訴電話後，才學到這點的重要。我在死亡證明報告中寫到死者胸口上方有「微拉」字樣刺青，而且我也沒有記錄到他臉上的一個傷疤，讓薇拉以為我搞錯驗屍對象。

我向薇拉道歉，並告訴她我願意修改驗屍報告。但是當我再次把身分鑑識照片攤開來研究時，即便死者的皮膚色澤仍是自然狀態——大致而言——我還是找不到那個疤痕。可能是那個疤痕被他眉宇間的皺紋遮蔽了，或是被鬍渣蓋過去。也許那個疤痕在薇拉的記憶中比在遺體上明顯。也許疤痕對薇拉本身有特殊意義。也許那疤痕是她留下的。不過也有可能薇拉就只是不相信我，因為我念錯了她男友胸口上的名字。

「小心為上。」是莫妮卡．史蜜荻醫生的忠告，她是另一位資深員工。莫妮卡說話的方式很特別，淡淡的波士頓口音，抑揚頓挫分明。她教我要記得點清每個人的手指和腳趾。如果一個死者八歲時在超市推車事故中斷了一截指尖，他全家人都會希望這個細節被寫進驗屍報告中，即便這件事與他的死亡原因和方式其實毫無關聯性。如果沒有寫上這點，家屬就不會相信你的結論。同樣的道理也適用於盲腸——有時較為人所知的臟器存在與否，在辨識死者身分的時候可能會非常重要。史蜜荻醫生教我一定要記得替男性死者做睪丸樣本，女性死者則要做卵巢樣本，「而且一定要——一定——要清點這些器官。有些男性只有一個睪丸，有些人有假體，而且相信我，死者的太太一定會注意到報告裡關於這點的敘述。所以一定要非常仔細，把基本要點都做到。只要你有數到二，結果會是值得的。」

我每天練習法醫執行例行公事的節奏——整個早上驗屍，接著是會議和文件工作，偶爾中斷、也算提神，就是被叫到犯罪現場，或是出庭作證。雖然整體要適應，還有要對自己的診斷有自信，還需好幾個禮拜的時間，但我已經完全準備好獨立作業了。二〇〇一年七月六號，在旁觀其他醫生驗屍五天後，我處理了第一件案件——然後失敗了。

3. 親眼看仔細

泰倫斯・布克是醫院案件，鐮刀型紅血球病變（sickle cell trait）的二十六歲病患，死於紐約大學醫療中心急診室。鐮刀型紅血球病變是世界上最常見的基因病變，且大多數患者終其一生都不會出現症狀。不過有些患者會有鐮刀形紅血球貧血症（sickle cell anemia），造成一般呈圓盤型的紅血球突變為新月形，阻礙其原有的功能。鐮刀型紅血球貧血症通常很容易診斷出來，因為患者會出現一系列臨床特徵症狀，包含發燒、心跳過速（高速脈搏），以及腹部僵硬。

鐮刀型紅血球貧血症有一種併發症，稱為血管阻塞性疼痛危象（vaso occlusive pain crisis），這種症狀不容易經肉眼辨別，肇因是阻塞的血管導致局部缺血：身體組織缺氧，造成全身劇烈疼痛。局部缺血可能會在幾分鐘之內就造成致死程度的器官損傷，所以當有鐮刀型紅血球貧血症病史的病患被送到醫院，並且全身嚴重絞痛時，醫療人員會嚴陣以待，且立即進行治療。治療方式非常直接——幫病患戴上氧氣罩罩住口鼻，靜脈點滴補充體液，並給予鴉片型鎮痛止痛藥，通常是羥二氫可待因酮（oxycodone）或可待因（codeine）。你知道鴉片型鎮痛止痛藥裡面剛好還含有什麼嗎？海洛因。

泰倫斯．布克是登記有案的海洛因成癮者，可能會詐病——假裝出現疼痛危象騙取用藥，而醫生沒辦法真的辨識出病患是否在裝痛。發燒或脈搏過速裝不來，但是痛感完全是一種主觀感受，沒有檢測方法可得知真假。當泰倫斯進急診室時，消息通報他「具有鐮刀型紅血球」，且全身疼痛，急診室人員就必須假設是血管阻塞性疼痛危象來治療他。他們幫他辦理住院，並給他強效臨床麻醉止痛藥。

半夜泰倫斯溜出醫院，但沒過幾個小時又被送回來，兩眼渙散、口齒不清。一名護士發現他失去意識，發出危急警報，醫療人員也立刻推著急救車趕來。他們幫他插上呼吸管，開始施行心肺復甦術，又給他逆轉鴉片藥效的藥物，以除顫器電擊他。緊急救治小組成功讓布克的心臟重新恢復作用，但為時太晚，他已經腦死。他的心臟又持續跳了八天，然後停止。泰倫斯．布克的遺體於是來到我手上。

我在紐約市擔任助理法醫的第一起驗屍偵查本來並不難。我先從外部鑑識開始，移除醫院為了救活他而在靜脈和氣管裡插的管線，連同他們在死者皮膚上留下的痕跡，一一記錄。然後我拿起一支大口徑針筒，開始第一步侵入式驗屍步驟——把針頭扎入兩邊眼球，抽取玻璃體樣本。我看著放大的瞳孔，把針頭扎入。佛洛蒙本醫生告訴過我，如果我扎得太深，針頭就會抵到視網膜，產生我們稱之為「死後人為傷害（postmortem artifact）」。（後來有次我把針頭扎進一具遺體的眼球，眼球竟彈飛出來掉在地上之後，我也學會遵守莫妮卡．史蜜荻醫生交代的『數到二』守則了。好險玻璃眼珠現在已經不是玻璃製而是塑膠製的，不會摔個粉碎。）接著我要採集布克鎖骨後方的一條大靜脈中的殘留血液，可是我採集不到，所以我決定換成抽取鼠蹊部股靜脈的血液。我知道一旦剖開遺體，裡頭所有液體都會因為地心引力而開始移動位置，所以當循環系統還沒被打開的時候，一定要先取得樣本。

下刀的第一刀是Y字型胸腔切口。使用解剖刀，從兩根鎖骨尾端往胸骨劃開，刀鋒穿透胸口的皮膚、脂肪和肌肉。然後我從兩線交叉點開始一路向下劃刀，經過腹腔，到骨盆腔前方的骨頭為止。這個步驟完成後，我就可以把泰倫斯．布克的胸腔像一本書一樣打開，把結締組織跟肋骨分開，腹部的肌肉移除，曝露出腹膜腔。

人體的軀幹分成五個主要的腔位，內有不同的器官系統。腹膜腔是五個腔位中最大的一個，裡頭是消化系統。在腹膜腔後面是腹膜後隙，也就是腎臟和其他幾個器官的位置。肺部左右各自位於胸膜腔中，在這之間就是圍心腔——心臟自己的家。驗屍的過程一般都會分別處理每一個封閉的腔位，因為停留在這些腔位中的體液和血液是互不影響的。

我學到的是當我在處理這種一般的驗屍案件時，因為沒有彈孔或其他明顯外部併發症，應該要從腹膜腔開始處理。我劃開包覆在腔位外頭的薄膜檢查內部。體液的顏色差異（或氣味）會指出肝衰竭或心臟衰竭、感染狀況、腫瘤和其他各種疾病——我受訓的那個禮拜曾看過脾臟或大動脈撕裂傷，在腹膜腔中留下半加侖之多的血液。布克的腹膜腔中沒有太多重點。如果病患在腹部有大量液體，我就得用我在東23街家用品店買的不鏽鋼長柄勺把液體勺出量測。許多法醫人員用的器具都沒有醫院裡的同業使用的那麼晶亮或奇異。我第一次拖提傑來參觀我的工作地點時他就嚇傻了（那天下午很閒，沒有驗屍案件），他看到一把又長、又老舊的屠夫刀，看起來就像是他母親拿來切烤火腿時用的那把傳家之寶一樣。那把刀好用極了。有一個工作站旁放了一組插在木製刀座上的廚房用刀。牆上掛了一排鋼鋸，還有一把大刮鏟。

「鐵鎚和鑿子？」提傑驚恐地說。「你們是怎麼——不，不要告訴我。」看到我的工作站，他指著一組長柄修枝剪刀，那種拿來修剪後院樹枝的工具，剪刀上都印著五金行的店名。「這些是要做什麼用的？」

「你不會想知道的，」我向他保證。

但他堅持說想知道，所以我就告訴他了：「剪斷肋骨用的。」

檢查過泰倫斯．布克的肋骨，確認上面沒有肉眼可辨識的裂痕後，我就用那把修枝剪刀剪斷每根肋骨，然後把整片胸骨移開，露出兩個胸膜腔和圍心腔。我知道，就跟腹部一樣，記錄胸腔膜內肺部四周的液體的顏色和重量是很重要的。綠色液體表示有感染，可能是肺炎。清澈的液體表示心臟衰竭。如果有血——就是外傷。布克的肺部因為連續一週使用呼吸器，出現符合預期的損傷，但除此之外他的肺部還算健康——色澤粉紅、呈海綿狀且質地柔軟。抽煙者的肺部會充滿氣泡、烏黑且有硬塊，就跟香菸盒上印來嚇走高中生的照片一模一樣。狀況最差的肺，會在取出過程中碎掉。

心臟本體隱藏在不透明的圍心腔中，我小心翼翼用解剖刀劃開，尋找因外傷造成的流血現象或血管破裂的證據。前一個禮拜我才看過佛洛蒙本的驗屍案件，死者嚴重心臟病發導致心壁破裂，像條內胎一樣爆炸開來，圍心腔中的狀況慘不忍睹。泰倫斯・布克的圍心腔沒有出血，也沒有心臟疾病的跡象。

現在主要腔位都已經打開來清除內部液體了，下一步就是將臟器一個個取出。我一邊取出臟器，一邊採樣。我把各式各樣的廚房用塑膠砧板，以及用來放置我想要用顯微鏡觀察的組織切片的組織盒——心臟組織、肺部切片、肝臟、腎臟、脾臟、腎上腺體和胰臟用的——一字排開在驗屍臺旁。砧板旁放著透明的儲存罐，蓋子取下，準備裝我另外採取的樣本。這有點像外帶湯碗的罐子，裡面裝著半杯福馬林，用來放置調查備用樣本。每個器官上的一小份組織會被放在不同的福馬林溶液中，這樣一來如果有需要，之後才能重新檢驗案件。每一起驗屍案都會有一組自己的精美儲藏罐，它們會被仔細密封後存放一年左右，如果是懸案的樣本有時會存放更久。

我把左右兩邊肺葉切下，把心臟跟連接的血管分割開來，將這些臟器推到死者腳邊，那裡空間夠大，我可以等等再去勘驗、解剖。有些法醫喜歡把器官放在驗屍桌旁，就在遺體身邊，但是經驗告訴我，這麼做可能等等肺葉就掉到地上去了。器官是很滑溜的，其中肝臟最難駕馭。特別是酗酒者的肝臟會有肥大的狀況，活像抹了油的豬仔，在驗屍房裡總是一天到晚亂滑亂竄。

腸子是一長條完整的臟器。我把手伸入Y字型切口，進入骨盆腔，用解剖刀把腸子跟直腸上緣分割開來。我把腸繫膜（mesentery）清除，這是一大片脂肪組織，固定腸子的位置，然後用手像抓住繩子一樣把腸子取出，放進一個大金屬碗中。等我把十二指腸也處理好（小腸的起始端，位於胃的下方），腸道就都取出了。

肝臟只有靠三條主要血管和一堆韌帶把它跟胃和十二指腸固定在一起，所以一旦腸子全都移走，肝臟就很容易脫離原本的位置。我拿起布克的肝臟時，可以看到主要血管銜接處的淋巴結明顯腫大。這是死者吸毒的「不顯症狀（soft sign）」——是一種指示而非證據。與肝臟對稱的位置，是他的脾臟，看起來完全正常。如果脾臟呈現亮紅色糊狀，他可能就有嚴重的感染問題。我也沒看到任何創傷傷口的證據——脾臟是很脆弱的器官，充滿細小的血管，很容易破裂。有不少人會有兩到三個附屬脾臟，好像一朵朵亮紅色蘑菇。有些人則完全沒有脾臟。有時候因傷切除脾臟的病患，會在腹腔內到處冒出許多小型附屬脾臟，總之脾臟就是個很奇怪的器官。

我把小腸、胰臟、胃和食道全都取出，把這一大團上腹腔的內臟全都堆到遺體腳邊，讓我有足夠空間檢查腹膜後隙。我把兩個腎臟和上面覆蓋的脂肪組織一起從腎臟後方後銜接的肌肉組織上剝下來，花了一點時間檢查布克的腎上腺體，也就是兩個油膩的金字塔型組織。它們盤踞在腎臟上方，活像兩頂黃色花園地精頭上的帽子。除非腎上腺體充血呈紅色（嚴重全身感染的徵兆），否則這個部位光靠肉眼看不出什麼異狀，所以我把兩個腺體都切下一份樣本放進儲存罐後就繼續下一步了。最後一個被從腹腔取出的臟器就是膀胱和直腸。要把這兩者取出，我得非常非常深入骨盆腔，從內部把直腸切下，然後拉出來。當下會有一陣吸力，同時會發出可怕的聲音，有些人要花比較長時間才能適應。如果膀胱是滿的，那會像裝滿水的水球。我很小心避免弄破它們。

因為我的案例是男性，最後一項檢測就是採集睪丸樣本。這過程絕不是你想像的那樣。我沒有切開布克的陰囊，而是從體內把它反轉拉出來，讓我能處理他的性器官，同時不需破壞其外觀。我一次檢查一顆睪丸，並且各自取出一小小部分樣本，放入樣本罐中，然後再把它們推回原本的位置。家屬可能特別在意睪丸的處置，我被叮嚀過一定要把睪丸歸回原位，除非上面有腫瘤或受傷跡象。

我的第一起驗屍花了兩個半小時，數週後經過多次練習，我只需要一半時間。

採集過程很順利，我蒐集了所有必要樣本，沒弄掉任何器官——但是對於泰倫斯·布克的死因卻一無所知。實驗室送回的結果也沒半點幫助，組織學沒辦法確立或排除急性鐮刀形紅血球危象（acute sickle cell crisis）。我強烈懷疑布克是死於鴉片類藥物過量，但因為沒有毒物檢查報告，所以無法證實這個臆測。事發當晚急診室發了危急警報，現場忙著插管和電擊去顫，所有人都處於亢奮狀態，沒人記得要先抽血。沒有血液樣本，就沒有毒物分析——也就無從得知病患進入腦死狀態時血液裡面到底含有哪些化學成分。

仔細驗屍後卻一無所獲，我沒辦法斷定到底是什麼原因讓這名男子死亡。我在死亡原因欄寫下「腦部缺氧病變」。可以翻譯成「不知道什麼狗屁原因導致的大腦缺氧」。更糟的是，因為我無法判定泰倫斯·布克失去意識的原因到底是因為自然疾病還是毒物傷害導致，死亡性質就變成「無法判定」。不確定。極度令人挫敗。完全不是我想要結束第一起案件的方式。

在我新工作上任後隔週，便體會到醫學院箴言的智慧，「聽到馬蹄聲時，你要

想到的是馬，不是斑馬。」換句話說，大多數的事情都是如眼前所見，通常最簡單的答案就是正確的。有天我接到一個案子，要替一名七十八歲的晚期心臟病及外周血管病（peripheral vascular disease）男性患者驗屍，緊接著是一位五十五歲的老婦人，心臟病比他還要嚴重。兩名死者都是在醫院裡接受手術後沒幾天去世的，兩起案件都是家屬要求進行驗屍，因為家屬認為是手術導致病患死亡。但是當我打開兩具遺體，發現一個共同點：心臟病都已經是極晚期了，一點也不應該將死因怪罪在手術上。接下來的兩天，我在好幾份死亡證明工作表上寫下了好幾次這幾個大字「ASCVD」，動脈粥樣硬化心血管疾病（Arteriosclerotic cardiovascular disease）。這種疾病是美國過高死亡率的主因，殺了一堆紐約客。

創傷致死的調查是法醫病理學中特有的一個項目，也是我在住院醫師訓練時期沒接觸過的。醫院的病理學家只會檢驗自然死亡的病患。我的第一個創傷致死案件是週末進來的。週六時我接到一位六十二歲男子，約翰尼斯・侯斯康從自宅火災現場被救出，卻於三小時後死於紐約大學醫院急診室。早上開會的時候，蘇珊・伊萊醫生給了我一份燒傷圖表，圖表上把身體分成幾個區塊，每一區塊代表相當百分比的皮膚表面區域——比方一條手臂等同百分之九，一條腿是百分之十八。在替侯斯康進行外部鑑識的時候，我在圖表上畫出受傷部位，並且計算燒燙傷部位，涵蓋了他全身範圍約百分之二十。

在我把侯斯康的繃帶和底下厚厚的白色油膏都去除後，發現他身上大多數受傷的皮膚都發紅腐爛，邊緣有水泡，底下露出真皮層，屬於二度燒傷。有些部分屬於三度燒傷，各層皮膚都被燒成焦炭碎片，露出黃色的皮下脂肪和酒紅色的肌肉組織。遺體沒有四度燒傷的現象——也就是黑白燒傷，燒到組織碳化發黑，露出白骨。

燒燙傷的程度雖然嚴重，但是這並非約翰尼斯．侯斯康死亡的原因。他跟大多數燒傷病患一樣，死於一氧化碳中毒。一氧化碳是一種在燃燒過程中會釋放出來的氣體，進入人體內後會跟紅血球中的血紅素合併，形成一氧化碳血紅素，排擠氧氣分子，直到患者窒息。我打開侯斯康的遺體，在他的呼吸道中發現厚厚的黑色煤煙——鼻道、喉嚨和氣管——顯示他曾在火災現場呼吸。幾個月後我拿到毒物報告，報告中顯示他體內的一氧化碳血紅素指數高達百分之六十五，遠超過致命標準值。又過了兩週，我收到消防調查報告，報告中寫道死者當時在床上抽菸。火災是意外引起的，我在死亡原因欄寫下的也是「意外」。

我檢查約翰尼斯．侯斯康呼吸道的那個週六，三十六歲的尤莉雅．克羅列娃擅自穿越了阿姆斯特丹大道的車陣。她在七十二街地鐵站北邊幾個路口的地方，從兩臺停在路邊的車之間走上馬路，被一臺白色廂型車直輾而過。急診室醫師透過X光片研判她骨盆腔破碎，但是直到她進了手術室，外科醫生才發現尤莉雅懷孕了。她死在手術臺上。

週日早上當我開始進行Y字型胸腔切口時，脖子上掛著金色凶殺組警徽的女子走進驗屍房。她看了一眼尤莉雅的裸屍。「撞上她的那個司機肇事逃逸了，」警探說，然後她的眼光轉到我身上，一臉遲疑地把我打量了一番。「我們之前合作過嗎？」

「這是我到職第一個禮拜。我是新來的培訓人員，茱蒂・梅琳涅克。」

「我是雪柔・華樂絲，」我們互相點點頭。在驗屍房裡，沒有人會握手。雪柔身材健壯，穿著一身嚴肅的套裝。她戴著口罩我看不到五官，但我知道她沒被眼前這莫名其妙的景象嚇到——一名女性死者，下半身血肉模糊，另一名女子手持解剖刀對準她的胸腔準備下刀。

「好，梅琳涅克醫生——」

「茱蒂。」

「茱蒂。好。事情是這樣的。」她走進驗屍臺一步，上下打量尤莉雅的屍體。

「我們需要有毛囊的頭髮做ＤＮＡ檢測，如果發現任何烤漆或金屬碎片請告訴我。」如果警方能找到肇事車輛，車子保險桿上的一根落髮或屍體上若有落漆碎片就一定能成功起訴了。華樂絲的眼神停在尤莉雅的肚子。「你知道她懷孕了嗎？」我說我知道。「你知道胎兒當時有沒有存活機會嗎？」

「還沒看到胚胎我不能確定——就算看到胚胎，也不一定能下定論。看她的肚子，我猜她大概是中期妊娠階段。胚胎在子宮外存活最小也要二十四週大，她看起來還沒懷孕那麼久。等我解剖後做完足部大小量測就能確認了。」

「你怎麼能確定？如果寶寶剛好比較大呢？」

「胚胎的大小基本上都是十分容易預測的，除非母體患有妊娠期糖尿病（Gestational diabetes），而孕期量測最準確的方式就是從足部長度判斷。男孩或女孩、大或小，他們在子宮內的時候每週的足部長度都是相同的。胚胎病理學課本裡面有張圖表能透過尺寸對照出懷孕時間。」

警探點點頭。「那就好。」我看得出來她把這件事聽進去了。我有點欣賞華樂絲警探。雖然可能是寡言之人，但是她很聰明。

華樂絲留我自己完成驗屍，我很慶幸她這麼做了，因為切開尤莉雅・克羅列娃的子宮是我做過最令人難過的事。當我看見子宮裡那完美的胚胎，把它拿出來捧在手心的時候，我的視線全被淚水模糊，任何專業全都瞬間瓦解成灰。寶寶是個男孩，有十隻手指頭、十隻腳趾頭，孕期過程看來十分順利。尤莉雅的寶寶已經成功長出了器官，全都沒有錯位，沒有任何異常狀況。足部長度三十公釐告訴我這個寶寶已經十九週大了，剛度過整個妊娠期的一半。我把他放回母親體內，讓他能跟母親一起下葬。

那個週日的第二起案件是我第一次接到自殺案件，一名五十歲男子，曾有頭頸癌病史。當腫瘤科醫生告訴他癌症可能已轉移後，他便持刀割喉自殺了。驗屍過程不困難。首先是因為屍體很乾燥：一個成人體內大約有五公升的血液，但是法醫鑑定小組告訴我這名男子把大部分的血都留在自家浴室的地板上了。他還留了張遺書，表示不願意讓太太再次於化療時照顧他。但是自殺是很自私的行為，他其實沒為她著想。屍體就是她發現的。如果癌症真的復發，這名太太要承受的辛勞一定比目睹先生變成躺在浴室地板上全身是血的冰冷屍體來得輕鬆。

十歲那年寒假的某日，父親帶我到布朗克斯動物園。那天很冷，熱狗攤散發出來的蒸氣好像把整個攤子都隱蔽起來了，父親跟小販開了個土耳其浴的玩笑，小販笑開了。他把相機給我，讓我拍了一張他在猴子區前面扮猴子的模樣。我被他呼呼怪叫、不停搔著腋下的動作鬧得笑個不停，照片洗出來都是糊的。直至今日，這回憶在我腦海裡仍清晰可見，我的嘴裡還留著那熱狗的滋味，我心裡的失落感從沒有消退過。這個愚蠢的中年男子留著畢．雷諾斯（Burt Reynolds）[1]鬍鬚，戴著黑色方框眼鏡，身穿厚重的冬季大衣和羊毛帽，是個有趣的父親，三年後卻上吊自殺了。如果我知道後來的自己會對這一刻有這麼深刻的回憶，我一定會按兩次快門，確保自己拍到清楚的照片。他當時大概心想，「她的人生沒有我會更好。」跟我的第一起自殺案件死者一樣，但是不是這樣的。這種想法不但自私，且根本是誤會一場。她永遠不會更好的。

那天下午，完成這兩件令人心痛的驗屍後，我幾乎得勉強自己才能與赫希醫生和其他培訓人員開會。自殺案件能輕易完成鑑識，但是因為華樂斯警探還在調查案件細節，我刻意把尤莉雅的死亡證明書開成未決版。我們從不會刻意讓遺體停留在這裡超過所需的時間——這對赫希醫生而言是最重要的事。有鑒於有時在所有檢測

1 譯註：美國演員，固定形象為八字鬍造型。

結果和實驗數據回來前都不能判定死因，我們手上約有半數的死亡證明書都是先初步判定死亡原因和方式，先發出未決版死亡證明書，等待進一步調查。未決版證明書讓死者家屬得以先行埋葬死者，進行後續房地產行政作業。等我把文書作業都整理好，我就會發出尤莉雅・克羅列娃的最終修訂版死亡證明書。

我問赫希醫生為何我不能就這樣宣布這是一起凶殺案件。「在我們確定傷害意圖之前，都不算凶殺案，」老闆這樣回答我。

「對，但是那臺廂型車駕駛從死亡車禍現場肇事逃逸了。這不算是『奪取他人性命』嗎？」

「如果沒有證據證明其意圖就不算。」

「即便他把她留在現場流血致死，違法繼續行駛也一樣嗎？」

「對。」我靜默不語，赫希醫生知道我還有下一個問題。「肇事逃逸也許在定義上還是被列為意外，但是除了『定義』的時候，這些事件會被視為凶殺案。你開未決版死亡證明書是正確的。別擔心警方調查狀況，他們通常都會找到這些肇事者，到時候你今天工作上的努力就全都會得到回報了。」

赫希醫生一如往常說中了。兩週後，雪柔・華樂絲跟搭擋托里斯——身高一百九十八公分，眼神閃閃發亮的男子——一起出現在我的辦公室。「你好啊，醫生，」他自我介紹後與我握手說道：「我們來解決這糾紛吧。」

他們找到那臺白色廂型車的司機了。他沒有否認自己當時在案發現場，但他的說法跟目擊者不符。目擊者告訴警方尤莉雅走進車陣時是由東往西走，但是駕駛說的卻是由西往東。目擊者說廂型車撞上尤莉雅後還輾過她，然後加速開走。司機則宣稱是他前面那臺車子撞到她——然後他沒看見她被撞後上哪去了。「所以，」托里斯說，「你可以跟我們說說誰的證詞才是對的嗎？」

我微笑。「警探，應該沒有問題。」我把尤莉雅的檔案抽出來，給他們看外部鑑識時候我畫的圖表，上面記錄了尤莉雅的擦傷和挫傷位置。「看這裡。有看到她左大腿的那一大片瘀青嗎？」

兩位警探同時傾身靠近我的桌面。「如果她站著，這塊瘀青離地面多遠？」雪柔問道。

我指著圖表上的數據：六十六公分。「我覺得比較接近保險桿的高度。」我說。

她看向托里斯，兩人一起笑了。

華樂斯向我解釋，駕駛被訊問時編造了假故事，於是這兩名警探決定配合演出。他們告訴那位駕駛他們倆知道他目擊了事故現場有多高興，然後問他肇事車輛的廠牌和型號。

「他跟我們說是藍色豐田佳美，」托里斯說，「那個白癡。佳美的保險桿高度是五十三公分。」

「我們已經查過了。」華樂斯說。

「醫生，你想猜猜我們這位駕駛的車，保險桿高度是多少嗎？」

「是否跟我寫在這裡的死者左大腿瘀青高度一樣，是六十六公分呢？」

雪柔．華樂絲已經滿臉笑容。「左大腿。阿姆斯特丹是北向單行道。如果她是像目擊者說的向西邊穿越馬路，表示撞擊點就會……」

「……在她的左大腿上，」托里斯把話接完，想起駕駛扯的謊有多愚蠢，他笑了。

華樂斯瞄見外部鑑識圖表，指著人型背部上一大片暗色區域問：「這是什麼？」

我把驗屍時我在圖表邊緣潦草寫下的註記給她看。「油。」

「車底的油漬嗎？」托里斯問道。

我翻找檔案，抽出一張照片，是外部鑑識時拍攝的，女性死者的上背部有一道長長的黑色污漬。「這出現在她的皮膚上，表示有東西把她的上衣移除了，」我指出這點，華樂斯在一旁快速做下筆記。

我問他們有沒有找到尤莉雅腹中寶寶的父親。「我們不負責調查那類型的意外，」托里斯面無表情地說。「有兩個男的來宣稱自己是孩子的父親。其中一個還在『蹲』，但我們不知道日期跟他被抓進牢裡的時間對不對得上。另一個傢伙已經出獄了。」我很慶幸自己冷凍保存了部分胚胎組織以便檢驗父親身分。兩名候選人如果想知道，還是能查個明白。

我印了一份外部鑑識圖表給華樂斯，向兩位警探紮實的調查工作道謝。「我實在不希望這件案子變成肇事逃逸。那個寶寶真的讓我很在意。」

「現在下定論還太早。」華樂斯警探揮揮手上的文件。「這會有幫助的，但是我懷疑檢察官不會同意這能夠說服陪審團。」

「不過會是大陪審團[2]就是了，」她的搭檔補充道。

「噢，那是一定的。」

「我們等著看扣押車輛那裡的人會在車上找到什麼證據。」

2 譯註：大陪審團是只有審判重罪案件時才會成立的。

幾天後我接到雪柔・華樂絲的電話。

「茱蒂，我有好消息要告訴你。我們的車輛實驗室在廂型車底找到人類毛髮，跟你給我們的尤莉雅的樣本相符。更棒的是，這毛髮就是從車底那個把油漬抹到她身上的位置取得的。車底也有一些衣物布料。東西都送去給檢察官了，以肇事逃逸車禍致死罪名起訴。」

我鬆了口氣。雖然死亡方式技術上而言不算是凶殺案，但仍是暴力致死行為，我在起訴過程中盡了一己之力。

每次有人聽到我的職業是法醫，他們都會先想到「謀殺」，然而凶殺案其實並不常發生。「自然死亡」是最常見的死亡方式，所有送到法醫辦公室來的案件，這類死法就佔了約三分之一。自然死亡不是因傷致死，而是疾病導致。有時是傳染病，但也常見非傳染疾病——在我第一個禮拜上班的時間中，我發出去的死亡證明書就有心臟病、糖尿病、先天缺陷，以及背後原因是長期酗酒導致的肝臟損壞致死。在突發或意料外的自然死亡情況下，為了要能辨明致死疾病為何、通知家屬遺

傳性醫療風險，以及維護公眾健康，我們就會進行深入調查。

某天下午的教學課程中，赫希醫生教我、史都華和唐一套他評估自然死亡時會使用的類中分類法（subclassification scheme）。我們不會在死亡證明書上寫下這些分類，但是運用在評估驗屍時的發現會很有幫助——而且能訓練我們以法醫病理學家的思維思考。

1. 驗屍時發現的鐵證：生命中樞部位破裂或出血。

一名六十九歲的女性走在東哈林區116街的人行道，突然倒下後就再也沒站起來過了。我解剖時發現嚴重心肌梗塞把她的心臟撕裂出一個硬幣大小的破洞，整個圍心腔和右胸腔膜裡頭有一點五公升的血流得到處都是。心臟破裂就是典型自然死亡的「鐵證」。這類型的案件在我的案子裡只佔了很小一部分。這比較簡單。

2. 出現致命性疾病（已十分晚期），因而排除其他肇因。

亞蔓達．琵波笛是電視新聞製作人，才剛結束為期四個月的產假。重回工作崗位第一天晚上被路人發現她倒在自己車上，全身已經冰冷僵硬，鑰匙還握在右手。

她的錢包就放在大腿上，完全沒有外力攻擊的跡象。亞蔓達的先生告訴我們的法醫鑑定小組她有二尖瓣脫垂病史，一般認為這是一種相對溫和的心臟病。

驗屍過程中，我看到心臟瓣膜狀況很差——瘀血腫大，布滿皺摺，像扁塌的降落傘。這是一種心臟受損現象，稱為二尖瓣黏液腫退化（myxomatous degeneration）。我沒看到肺栓塞、沒看到血管瘤，腦部沒有出血——沒有任何可能造成猝死的問題點。毒物報告結果是陰性的，結論只有一個，就是這種慢性病的後遺症嚴重損壞亞蔓達的心臟，從外漏的心臟瓣膜，演變成心室纖維顫動，最後完全停止跳動。她死去時的姿態就是最佳見證：彷彿時間暫停，被凍結在日常生活的例行公事中。

3.在邊際病理學的案例中，若有強力病史，同時沒有其他肇因，那麼決定因素就是病史和境況。

雖然有時死者罹患的疾病致命機率極低，但是死亡現場的線索卻全都指出那個疾病在該案件中就是致死因素。四十歲的派翠克．波茲爾，是一名健康、愛運動的律師，從不抽菸，也不常喝酒，完全沒有值得一提的醫療病史。有天晚餐時他抱怨心臟有灼熱感，早上起床時他已經面無血色，呼吸困難。他的太太打電話叫救護車，但是等醫護人員抵達時，派翠克已經過世了。

跟亞蔓達·琵波笛腫大又明顯生病的心臟相比，波茲爾的心臟看起來不只強壯光滑，還十分健康，只有一點點脂肪覆蓋，完全沒有心臟病的跡象。我一一解剖檢查心血管，發現只有其中一條，左前下行動脈裡有一點疾病的症狀。這條動脈被脈粥漾硬化斑（atherosclerotic plaque）阻塞了一半——一種因為脂肪分子在血液中慢慢累積導致的阻塞狀況。這在驗屍結果中根本算不上什麼大發現。我常常在其他驗屍對象身上發現比這更嚴重得多的心臟疾病，但那些死者卻是死於與此完全無關的病因。毒物報告和組織學報告都呈陰性。

「我一定是漏了什麼東西，」我在赫希醫生輪巡時間報告案子的時候這麼說。「不可能因為那一條血管就致命。」

「那一條血管，」我的老闆回答，眼鏡背後的雙眼閃爍著赫希特有的光芒，「光是那條血管，以及太太提供的證詞，外加醫護人員發現的現場就可以。不要為了客觀就否認現實。事發現場與境況都顯示是心臟猝死，但是心臟的狀況並不差，對吧？這個狀況讓你這麼困擾，就是因為你將實際驗屍結果看得太重。我們的工作是要評估所有條件，調查死因。你應該要根據證據的強弱程度來做出判定。」

當然赫希是對的。我們是科學家，都不喜歡靠微弱數據做出判定。但是當你竭盡所能只為保住科學客觀性，就等於否認部分證據的力量。我一直緊咬波茲爾的心臟看起來很健康這件事，卻忽略了報告中描述的心臟灼熱感和呼吸困難。這個男人的確是心臟病發作。就算他不該遇上這種事，也還是發生了。這就是現實，這就是死因。

4. 無顯著病理傷害。

有些病症，特別是思覺失調和癲癇，容易透過一些目前醫學尚未完全掌握的神經性、呼吸性或心臟運作狀況誘發猝死狀況。難熬的一月中，一個被他們稱之為「屍棒[3]（corpsicle）」的案子送了進來。死者是名一個月前死在浴缸中的思覺失調女病患。她的帳單過期未繳，房東於是切斷了公寓裡的暖氣，屍體因此徹底結凍了。我得在驗屍前先幫屍體解凍，接著在女子全身上下的檢查中，我找不到一絲問題。現場照片顯示她是在浴缸的水平面上死亡的，表示她沒有溺水。她的醫療紀錄中唯一有關聯性的，就是她的精神疾病——結果這就足以解釋一切了。「單單是思覺失調症本身，就能排除其他原因，視為死亡原因，」赫希在下午的培訓人員會議中解釋。「思覺失調症會使其患者出現自律神經失調併發心律不整是目前普遍採信的理論。沒有人知道檢測的方法，但不代表我們就能因此忽略這種情況是會發生的。」所以該案件的死亡方式就是自然死亡，死因則是五個字：思覺失調症。

5. 即便已經盡力仍無法確定死因。

這是自然疾病導致的死亡案件中的死結、最令人挫敗的一個項目。一名三十歲的華裔移民於自家在睡夢中去世，驗屍結果顯示死者十分健康，正值壯年。他沒有心臟損傷、血管乾淨柔軟、沒有肺部疾病的病徵。我的確找到幾顆小的膽結石，可能造成背部產生放射性疼痛，也可能毫無症狀。這具遺體完全沒有透露任何生命跡象停止的原因。

我們這棟樓樓上的鑑識生物學（Forensic Biology）部門的同事同意來當我的中文口譯員。他來到我的辦公室，用電話與死者的表親聯絡，表親告訴他，死者的背痛已經持續半年，也服用傳統草藥治療。他在晚餐時看起來一切正常，但是隔天早

3 譯註：此字為屍體 Corpse 與冰棒 Popsicle 兩字的合體，用以表示屍體凍得跟冰棒一樣的狀態。

上他的父母就在浴室裡發現兒子已經死亡。「請他們把死者生前在吃的草藥全都蒐集起來，」我告訴鑑識生物學的同事，「帶到辦公室來給我。」他把我的要求轉述給對方聽，死者表親也答應了。

幾週後等到組織學把顯微載玻片送回來時，我看了又看，想要找出心肌炎的證據。這是一種心臟感染疾病，會讓平日健康的人突然猝死。結果什麼都沒找到。毒物報告回來也是陰性，但是因為不知道這些「傳統草藥」是哪些藥物，實驗室也就無從得知要在血液中尋找哪些成分或是濃度多高。我申請進行玻璃體葡萄糖檢測以及電解質分析，然後從裝滿福馬林的塑膠桶中取出死者的心臟。我得檢查心臟電傳導系統（cardiac electrical conduction system），這差事可不簡單。讓健康心臟維持跳動的那一束束、一綑綑神經都深埋在心臟肌肉組織之中。芭芭拉・珊普森醫生給了我一份圖表，告訴我下刀的精確位置在哪裡，我就小心地照著這份圖表進行。我把死者的心臟拆解開來——結果還是沒找到任何隱藏的損傷處或任何線索。

死者的表親直到最後仍沒有帶著傳統草藥來找我。我從他的眼睛取出的眼液樣本送測的檢測值結果都是正常標準，所以他不是死於未被診斷出的糖尿病，也不是因為電解質不平衡導致的突發心律不整。我把玻片拿到芭芭拉・珊普森的辦公室，跟她一起重新審視每一個項目，最後還是一樣一無所獲。「這讓你知道驗屍的力量也是有限的——了解結構也不見得能告訴你所有功能的細節。」珊普森醫生安慰道。有些東西在顯微鏡下看起來就是那麼正常，可是卻不照常運作。「如果是心電圖QT間期過長症候群（Long QT）或是布魯格達氏症候群（Brugada），通常就什麼線索都找不到。」芭芭拉把頭探向我們倆之間的雙頭顯微鏡說道。「你的心臟電傳導系統解剖做得很好，」她說，抬起頭看著我。「很酷吧？」

我同意。這個案子讓我學到很多，但是我能下的結論非常有限。雖然已經用了所有方法，我還是被迫只能送出一份寫著「無法判定的自然死亡」的死亡證明書。某種病理現象使得這位年輕人逝世——但是病名和原因，只能跟著死者一起入土為安了。

4. 出於意外

八月一個濕黏的晚上，我們人在家中一棟六層樓高的頂樓公寓裡，突然之間一連串雷擊把窗戶震得嘎嘎作響，閃電點亮了地平線。提傑馬上抱著丹尼跑到有屋簷的前廊觀賞這場聲光秀，這兩個男孩就這樣站了半小時，被閃電嚇得縮頭縮腦，雷聲一響，丹尼就會尖聲大叫。我告訴我先生，他這麼做違反了一大堆基本常識。

「閃電只會擊中更高的樓層，」他反駁道，「而且反正前廊這邊是包起來的啊！」

「用紗窗包起來而已，你這傻瓜！」

隔天早上打開報紙，上頭的報導彷彿是在為我伸張正義。「猜我今天上班有什麼案子等著我，」我對提傑說，一邊低下頭細看報導內容。前晚的風暴中，有一群二十幾歲的年輕人跑到他們位於中國城的家裡六樓高的屋頂上，結果其中一人遭雷擊。

雷擊死者不是我的案子，但是我在驗屍房中還是能旁觀過程。雷擊是很少見的死因，我之前從沒親眼見過。

「他的鞋子被炸飛了，」那晚我們準備吃晚餐時我告訴提傑。「帽子上有個大洞，頭頂上禿了大約八公分，四周都是燒焦的頭髮。他腹部和大腿內側的毛髮也有部分燒得焦黑。」

「但皮膚沒燒焦？」

「沒有。他長得很帥。又直又飄的頭髮，留著很適合他的山羊鬍。眼睛跟你一樣藍，但是眼神看起來很痴呆。」

「每個人死了以後眼神都會變得很呆吧？」

我想了一下子，然後承認這點。沒錯，基本上死人都是這樣。但我接著更正自己的說法。「但是他的表情其實不是痴呆狀。」

「那不然是？」

我在腦海裡尋找適合的字眼，然後突然發現那個詞一直都在那，再顯眼不過了。「他看起來有如五雷轟頂。」

頭部中彈是死因，但是死亡方式可能是凶殺（有人對你開槍）、自殺（你故意對自己開槍）、意外（你在惡搞的時候不小心射中自己），或是無法判定（沒有足夠證據研判到底槍枝為何會發射子彈，或是不確定子彈發射時是誰拿著槍）。意外是依境況判定的，而有時境況也無法告訴我一切。要查明發生了什麼事，得靠驗屍房的嚴謹科學鑑識，並密切與警方和外勤法醫調查人員合作。如果屍體出現濃煙嗆傷、刺穿傷口，還有內臟多處創傷——而毒物報告又顯示血液中含有高含量古柯鹼呢？是哪一件事導致死亡？這種案件中目擊證人的說詞可能就跟停屍間裡的遺體能表達的內容一樣重要了。

傑瑞是一名三十八歲的癮君子，不久前才剛出戒毒中心，他跟八個人在布朗克斯的公寓裡鬼混、吸食快克古柯鹼。那天晚上他跟一個叫查克的朋友躲進其中一個房間，過沒多久，他們的朋友發現緊閉的房間門縫底下有陣陣濃煙鑽出，緊接著出現重擊聲響、有人大叫，以及打破玻璃的聲音。大樓外面，鄰居通報有濃煙和火焰從破碎的玻璃窗竄出，傑瑞就掛在窗臺上搖搖欲墜。最後他手一滑，從八樓跌落在人行道上。

當消防隊員進入一片混亂的現場時，發現房門從裡面用電視線綁死了，他們只得破門而入。開門後一看，房間已經被火焰吞沒。他們發現查克昏倒在沙發後面，然而消防隊員一救起他，他就清醒了。查克清醒當下，馬上一躍而起，開始沒命狂奔，大聲喊著傑瑞想殺他，然後又再度失去了意識，這次他倒在廚房。一位消防隊員想把他拖出熊熊大火的公寓外頭時，查克再次恢復意識，並隨手拔起一把刀，消防隊員只得放開他。查克衝到走廊上，上樓找到一戶因屋主一家倉皇逃難而去、留下大門未關的公寓，把自己反鎖在裡面。

後來調查過程中才知道，那家人之所以把門開著是希望如此一來能夠避免消防隊員破壞他們家大門。「住這裡的人都知道要怎麼做，」後來消防隊長告訴我。「這棟大樓已經不是第一次發生與毒品有關的火災事件了。」對長期受苦的那一家子而言很不幸的是，消防隊員還是得把他們家大門砸個粉碎，才能救出吸毒吸到茫掉的查克。查克在高度焦躁又因古柯鹼腦袋不清不楚的情況下結束這趟旅程，只受到輕微嗆傷和少數幾處燒燙傷，身上沒有太嚴重的傷。但是傑瑞則已經死在人行道上——而找出造成這個結果的原因，成為我在二〇〇二年三月初一個美好上班日的工作。

外部鑑識告訴我，傑瑞的雙手和手臂上有嚴重的二度灼傷，不過程度還不致死。比較明顯的是他的背部右側滿是擦傷、挫傷，單側傷處黏附了不少街道的碎片。這代表傷勢來自單次撞擊於大面積平坦表面。假如傑瑞遭人毆打，我就會看到分布於體表多處的創傷。我心想傑瑞之所以被弄到窗外去，估計查克也幫了點忙。

但是刀子仍是個問題。除了因為落地產生的傷口和瘀青，傑瑞的兩條上臂都有很深的穿刺傷。其中一個傷口深達超過十公分，幾乎刺穿他的手臂，但沒有嚴重傷及任何主要血管，也與尺神經（ulnar nerve）擦身而過。這一定很痛，非常痛。他身上還有另外一處穿刺傷，這個傷口比較淺，就在他的右腋下方。兩個傷口一起觀察的話，可以推測出應該是自衛傷口，可能是他在查克拿刀攻擊他的時候用兩手遮住臉部所留下的。不過，這兩處傷口也很像是破窗尖銳處造成的穿刺傷。

你可能會以為人體從三十公尺高處跌落到人行道上，下場應該是血肉模糊，但是實際上那種結果並不常見。至少外觀所見狀況並非如此。血肉模糊的現象是出現在體內。傑瑞的外觀沒有血淋淋，也不像被砸爛的樣子——但是他的心臟裂成兩半，肝臟支離破碎。肋骨右邊的碎片刺穿了兩個肺，狀況慘不忍睹、一片血海，他的呼吸道也因為濃煙的關係布滿了煤煙。

我把傑瑞支離破碎的內臟從腹腔移出後，才能檢查底下的血管、骨頭和肌肉。先從最大的動脈和靜脈開始，主動脈和後大靜脈，我把這兩條血管從脊椎內側表面移除，仔細檢查血管上是否有破裂處，結果沒有。所以我把這兩條晃來晃去的大血管堆到驗屍桌上遺體的腳邊，跟內臟放在一起，接著從內部仔細檢查傑瑞的脊椎。沒有裂痕也沒有出血。他落地時沒摔斷背部。

不過他摔裂了骨盆腔——摔個粉碎。我看都不用看就猜到了。當我移動傑瑞的臀部時，臀部感覺像——聽起來也像——一袋彈珠。我切開胯肌和腰肌，這是臀部內側的兩條大肌肉，在這兩條肌肉底下發現右側滿是骨骼碎片，與傑瑞的右臀挫傷相符。他以這個部位落地，把骨盆帶跌個粉碎。

我把坐骨神經採樣放入樣本罐中保存，等驗屍技術人員開始處理傑瑞的頭部時，我又取了一些沒有受損的肌肉和部分皮膚存放起來。技術人員在傑瑞的頭骨上，從頂部到耳朵的位置，做了一個U字型切口，然後把頭皮從頭骨上拉開來，前半部就掛在傑瑞的臉前，後方則是披在頸子上。我檢查頭皮內側的粗糙面，尋找出血或瘀青，再檢查頭骨外部看看有沒有裂痕，但什麼都沒看到。

頭骨露出後，驗屍技術人員啟動手術用骨鋸（surgical bone saw），看起來像是加強版廚房用手持式攪拌器，加裝彎月型電鋸刀片。機器發出巨響，使用時能把頭蓋骨猛力鋸開，空氣中會飄著骨頭粉末，所以技術人員戴著全罩型防護面罩，我則站在遠處等待工程完畢。打開頭骨需要專注力和技巧。驗屍技術人員必須在不在底下的柔軟組織留下任何「鋸傷」的情況下，沿著頭骨切開，且這個切口不能完全對稱，這樣頭骨鋸開、取出內部的大腦後把蓋子蓋回去時，上蓋才不會滑落。為了家屬的心情著想，我們必須在徹底執行驗屍的同時，盡量不讓最後結果看起來太駭人。否則喪禮時，安放在緞面枕頭上的死者頭蓋骨卻慢慢滑落……有人會不開心的。

技術人員完美地打開了傑瑞的頭蓋骨，用力一拉，聽見一聲因為內部吸引力導致的咕嚕聲後，頭蓋骨就被取下了。韌膜（dura mater），就是包覆著大腦的薄膜，還像傳統壁紙一樣黏在頭骨內部。我把韌膜剝下來，檢查硬膜外血腫（epidural hematoma）的跡象——這是當積血壓迫到大腦，造成癲癇、失去意識和猝死的病症。但我沒看到這個狀況，韌膜內側也沒有硬膜下血腫（subdural hematoma）的現象。傑瑞不是死於頭部創傷。傑瑞的大腦呈現白色——你所知的「灰質層」在更深的部位。在大腦上方是一層薄紗質地的組織，是蛛膜和軟膜。在傑瑞的蛛膜和軟膜上，只看見一些小區域的紅色血點分佈在白色背景之上。我試著用手套把血漬抹去，但是血漬牢牢黏附在蜘蛛網狀的組織上。賓果——這是蛛膜下出血。在沒有頭骨損傷的情況下，這種顱內出血是在大腦於頭骨內部用力前後撞擊時，導致其表面纖細的血管斷裂產生的。這個相對較輕微的頭部損傷證明了頭部是全身最後撞擊地面的部位。

要檢查傑瑞的整個大腦，我得先把腦部取出，所以我把兩隻手指插進他已經被打開的眉骨上方，勾住前額葉慢慢提起大腦，同時把連接著臉部的神經和血管切除。接著我把小腦幕分割開來，這是保護「爬蟲類腦」（小腦和腦幹）的韌膜支架。完成後我就能清楚看到頭骨底部。我把加長手術刀深入內部，切斷脊髓，一邊把頭蓋骨當作碗，等著大腦從頭骨中滑落出來的時候接住它。完成了：這個人的大腦、小腦和延髓，已全在我的掌心之中。

我把腦部放進裝了福馬林的塑膠桶，寫下一張神經病理學照會的申請單。人的腦部離開頭骨之後是果凍狀，在福馬林裡面泡兩個禮拜，會呈現莫茲瑞拉起司的質地，我到時會跟我們的神經病理學家佛蒙·阿姆博斯特梅切爾醫生一起進行開腦檢驗。這種驗屍實驗沒有婉轉的醫學專業說法：檢查完複雜曲折的表面後，阿姆醫生會拿出一把長切片刀和塑膠砧板，將大腦像吐司切片一樣切開。然後我們會研究腦部的內部結構，一次一片。我先生第一次聽到我下班回家，踢掉鞋子後大聲宣稱：「天啊，今天的大腦有夠難切的！」的時候都傻眼了。

我習慣在腦部都移出後才解剖頸部，因為只有到這時候，頭骨和臉部的血液才會流乾，我可以清楚看見喉嚨前面那條長長的帶狀肌。這條肌肉如果出血，就是遭勒死的鐵證。死者外部皮膚可能完全看不出來，但是把皮膚掀開後，我就能看著底下出血的肌肉，數出凶手有幾隻手指頭曾掐在死者頸部。有鑒於有目擊者的證詞提到死者在跑到窗外前可能曾身陷打鬥之中，我就必須仔細檢查這個部分，帶狀肌上沒發現傷痕，查克沒有企圖掐死傑瑞。

接下來，我移除「頸關節固定部位」，抓住氣管、甲狀腺和食道，把這些東西全都從舌根處拉出來。我快速檢查了一下上顎和竇部，然後把右手伸進傑瑞的顎骨後方，伸出食指探向頭骨內部，然後我讓他點點頭。如果傑瑞的脖子已斷，我可能會感覺到有骨頭刺到我的手指，或是聽到喀啦聲響。正常的脖子是不會發出喀啦聲響的。我曾經用這個方法診斷過寰枕關節錯位（atlanto-occipital dislocation）的病例，或是「體內斬首（internal decapitation）」[1]——也就是頭骨與頸骨上端銜接處

1 譯註：意為頭骨與脊骨分離。

被扭斷，傷及延髓，立即致死，但是頭部仍連接在軀幹上。傑瑞的頸椎感覺起來和聽起來都很正常。他落地的時候沒有摔斷脖子。

我暫停手邊的工作，把目前檢查到的鈍器外傷記錄下來，然後轉移重點，開始檢查傑瑞米手臂上的穿刺傷，我仔細沿著傷口解剖，直到找到血淋淋傷口的終點為止。雖然驗屍到了這個階段，傑瑞的血液已經全都流光了，但是傷口組織還是呈現亮紅色，這是活體反應時留下的結果——也就是說，這些傷口出現在傑瑞身上時，他的心臟還在跳動。傷口是刀刃的形狀，但並不一定就是由刀刃造成的。很有可能是傑瑞衝破窗戶時被玻璃割傷的。我把傷口打開來查看內部是否有玻璃碎片，小心翼翼地用戴了三層手套的手指把傷口洗淨，然後再次檢查。連一點碎片都沒有。但這也不代表我就可以排除玻璃窗割傷的可能、把傷口歸納為刀傷，這兩者都可能是造成傷口的原因。我得參考現場勘驗結果了。

「驗屍順利嗎？」警探在電話中問道。

「實在很難說。超多傷口的，大多數都是內傷，但是他手臂上有穿刺傷。這些傷口可能是自衛性傷口，也可能是在他穿過窗戶時割傷的。我有點兩難，因為傷口裡面沒有玻璃碎片，加上消防隊員也說了有持刀的插曲。」

「所以你想請我們再回到現場。」這句話不是問句的口氣，但也沒有顯示出任何熱忱。

「如果這個男的衝破窗戶是為了躲避火勢，這起死亡就是意外事故。但如果他是為了要躲避揮刀的攻擊者，那就是凶殺案了。我這邊需要兇刀，不然就需要找到一片至少長十公分的沾血玻璃。你們回現場的同時我會先把案子暫停。」

「好，醫生。」他聽起來不擔心。就算他們找到兇刀，此案變成凶殺案，他們也已經勝券在握。

警探和搭擋隔天就帶著現場照片來到了我的辦公室，照片裡有玻璃窗參差不齊的殘骸，和沾了血的碎片。整個房間裡的東西都被灰燼籠罩，除了那扇沾了血的破窗。我能靠窗戶尺寸估算出那些玻璃碎片長度是否足以造成傑瑞的傷勢。玻璃碎片上的血漬沾滿了整個邊緣，這告訴我這些碎片曾經停留在人體內。傑瑞在跳出窗外或爬出去時，弄出這些深入又極為疼痛的傷口，然後才落地死亡。

負責的警探告訴我，他們始終沒有找到那把刀，直到完成兩個公寓的蒐證後仍搜尋未果。「整個現場一團亂，消防隊員拆了每扇門。我們重新訊問了那個說看到刀子的消防隊員，但他又不確定了。畢竟當時現場吵鬧不堪、煙霧瀰漫，他也飽受驚嚇。」

「我猜他不常在企圖把人拖出失火公寓的同時，遇到有人拔刀對他亂舞吧。」

警探的搭檔回答：「火災現場是毒窟，醫生。什麼鬼事都有可能發生。」

毒物報告證實傑瑞體內有古柯鹼和低含量的一氧化碳血紅素，因此可以把嗆傷從死因中排除。四個月之後，我終於在傑瑞的死亡證明書上寫下死亡方式。起火點是床，現場沒有證據顯示是蓄意縱火。火警是由一個點燃古柯鹼用的菸斗——經目擊證人證實為死者所有——引燃床鋪導致。

——

這個電視纜線工人喜歡在晚餐後先吸食冰毒，再帶兩條狗出去散步。某個夏天晚上，他迷迷糊糊地遛完狗回來，發現自己把自己反鎖在位於九樓的公寓門外。在紐約要請鎖匠開鎖是很貴的，所以他決定不找鎖匠，自己想了個計畫。他把狗綁在門把上，爬上頂樓，撬開電視纜線箱，把電視纜線拆下來綁在自己胸膛上。

如果沒有被冰毒影響腦袋，這個電視纜線工人到了這一步，可能還來得及告訴自己：「這真的是個壞主意」。然而他卻選擇跨出了屋頂外，開始慢慢往下滑。他打算往下垂降一層樓，就可以搆到自己家開著的窗戶。他的體重讓同軸電纜漸漸磨損、滑落然後應聲斷裂。電視纜線工人抓住屋子邊緣又撐了幾秒，據報幾位目擊者曾聽見他在高處大叫「救命！」然後手一鬆，一路跌了八層樓，降落在人行道上。

隔天早上遺體送到我的驗屍臺上時，狀況簡直慘不忍睹。他的頭骨撞得稀巴爛，甚至還有骨頭碎片插進大腦中。他的肋骨全都斷成碎片，刺穿肺部、食道、主動脈和肺動脈。沒有活體反應的跡象，表示這位工人在落地現場就立刻斃命了。毒物報告呈陽性反應。警探向我保證，兩隻狗完全沒事。警方抵達現場的時候，狗狗就站在那裡搖著尾巴，他們的牽繩被綁在公寓門把上，正乖乖等著主人回來。

有不少意外死亡就像這名電視纜線工人的故事一樣荒誕——甚至有些是一聽到就覺得荒唐的。比方說「死於春捲機」。但這可不是笑話。這是一起我在紐約目睹的可怕產業事故。

一家春捲工廠會有臺跟房間一樣大的機器，專門負責絞碎和攪拌，在中國城布隆街的批發商「麥家麵坊」發生意外後我才知道這件事。他們這臺絞碎機器在高速運轉的情況下炸裂開來，機器裡的滾筒和刀片瞬間飛出。刀片從其中一位工人的肩膀處截斷了他的手臂，機器碎片則造成另外兩人受傷。超大型的滾筒落在第四人——米蓋爾．加林多，身上。他的胸骨裂成兩片，主動脈和肺動脈斷裂，兩個肺都被刺穿——但是他的脊椎毫髮無傷，也完全沒有頭部創傷。加林多受了這些可怕的傷之後仍完全清醒地忍受劇痛，直到窒息而死為止。他沒有癱瘓，連移動不便都沒有。他健康的心臟在意外發生後仍持續把血液輸入斷裂的動脈，而血液則流入傷痕累累的胸腔之中。加林多的胸腔膜裡充滿了血和空氣，直到他再也喘不過氣來的時候，已經缺氧的大腦仍努力利用血液裡所剩的一點氧氣，最後，感謝上天慈悲，他終於失去意識死去。

加林多很健壯——沒有心臟或肺部的疾病，肝臟也很健康。毒物報告顯示沒有吸毒或飲酒的習慣，他的血管裡甚至連一般用藥都沒有。驗屍完成後的那天晚上，我擠著地鐵回家，工作的畫面一直流連在我的腦海中揮之不去。滾筒掉落在明果身上之後多久他才斷氣？幾秒鐘到幾分鐘都有可能，但我確定他絕不是當下死亡。

「他有沒有受苦？」我恨這個問題。死者身邊的家屬總是會問這個問題。如果答案是沒有，我就會告訴他們實話。但是如果答案是有——有時我會說謊。經驗告訴我，哀慟的家屬有時已經沒辦法好好思考。他們以為自己想知道真相——但後來他們都會告訴我很後悔知道那些消息。我向一名十八輪卡車司機的遺孀撒了謊。某個下雨的晚上，這名卡車司機的車在瓦納斯快速道路上拋錨。他違反了高速公路安全守則第一條：不要下車。當他在檢查車子引擎的時候，另一輛大卡車追撞上他的車，這位司機最後被壓在自己的車底下。他的軀幹被壓毀，脊椎斷成兩段，但是跟米蓋爾．加林多一樣，他的頭部完好無傷。很有可能在死前還有一段時間仍保持清醒。司機的太太在電話上問我：「他有沒有受苦？」

「他當下就斷氣了。」我撒了謊。

我在舊金山接受醫療訓練的那段日子，每天都有車禍的慘劇送進來，但是紐約就很少見了。曼哈頓汽機車的平均時速是每小時十一公里，「負鼠跑起來速度還比較快。」赫希醫生說。比較常見的車禍案件是行人與汽車或巴士的事故，但就算是這些也算相對少例。

我處理過一位老太太在通過十字路口時，被一輛運貨卡車從背後撞死的案子。貨車司機一開始還不知道老太太已經被捲入輪下，直到大家對他大聲尖叫說他撞死人了才發現。還有我上工第一週處理了被小貨車輾過的尤莉雅．克羅列娃的驗屍。二〇〇一年聖誕節期間，一位老先生想踩煞車卻誤踩成油門，在先鋒廣場衝向尖峰時段的人潮，撞倒了一群逛街民眾，造成七人死亡、八人受傷。該案最後一位死者的驗屍是我負責的，骨盆被撞碎的一名女性，在醫院撐了十六小時後不治。

梅琳達．亨茵坐在車內，駕駛座上的男友喝個酩酊大醉，以時速一百一十公里闖過紅燈，衝向路邊一棟花崗岩建築。她死於右後方乘客座位，她最好的朋友凱蒂死在她身邊。這臺凌志轎車的主人是凱蒂的男朋友，也就是事發當時坐在副駕駛座的男子，他的下場是脾臟撕裂傷，但是保住了小命。梅琳達的男友，傑森．道爾經歷了這場事故後只有幾處割傷和擦傷——以及因為酒駕、車禍過失致死罪以及刑事疏忽殺人罪被以重罪起訴。

我被這個女孩的美貌震懾了。梅琳達死於青春正好的年紀，除了安全帶造成的幾處挫傷，她的外表沒有絲毫損傷。當我站在她完好無缺的遺體旁，我的專業好像失效了片刻。看到有幾縷髮絲蓋著她的眼睛，我直覺幫她把頭髮拂開，彷彿她只是個沉睡中的孩子。

在她體內我看到急遽加速和減速造成的傷害，這種情況在高速車禍中很常見。梅琳達的脊椎在胸椎第七、第八段之間斷裂，正是當她呈坐姿時的重心位置，她的主動脈也在同一個位置整齊斷成兩截。破裂的血管直徑跟花園水管差不多，她體內大多數的血液都流入下背部的肌肉並囤積在那裡。安全帶雖然讓梅琳達不致飛出車外，但是在那樣的速度下，並無法讓她免於急性胸腔主動脈斷裂導致的死亡。她沒有頭部傷勢，所以在那可怕的意外之後恐怕仍維持一段時間的清醒狀態。她一定也非常恐懼，因為脊椎斷了，所以她當下已經癱瘓。在內出血讓她送命之前，短則幾秒、長則數分鐘的時間中，她的腰部以下都失去了知覺。

梅琳達·亨茵之死成了各界高度關切的案件。我完成梅琳達·亨茵的驗屍將近一年後，二〇〇三年三月時我還因為傑森·道爾一案被傳喚出庭作證。跟地方檢察官碰面準備出庭事宜時，我肚裡正懷著已經八個月大的莉雅，也就是我們家老二。

雖然紐約市的法醫工作有百分之九十九都是在第一大道五百二十號進行，還是有百分之一的案子是比較令人興奮、緊張且類型相當不同的工作，是在市立法院進行的。在紐約市負責處理案件的助理地方檢察官覺得光靠死亡證明書和驗屍報告不夠有力時就會傳訊我們。上法庭作證是專業法醫的工作中很重要的一部分，我出席過的這十三次庭訊之前，我都會花很長的時間回顧我的報告、照片和筆記，準備宣誓作證。

起訴傑森·道爾案的助理地方檢察官想要以過失致死定罪。「你都以這麼重的罪名來起訴酒駕案件嗎？」我問他。

「沒有。但這件案子裡，超速和闖紅燈顯示出被告對人命的輕忽。」根據目擊者的證詞，光是看那臺凌志的損傷程度，還有建築物被撞壞的狀態，不難想像道爾開車當時的速度有多致命、多麼不計後果。如果時速是五十公里，甚至六十公里，梅琳達的脊椎就不會被甩成兩段，她的主動脈就不會斷成兩截，她就可能保住小命。但是一百一十公里就沒機會了。

我的證詞很直接。我形容了梅琳達腹部和右肩的擦傷狀況，與安全帶造成的傷口相符。驗屍時我發現腸道撕裂傷以及右輸尿管斷裂，創傷特徵都符合極度加速減速狀況。「她所受的致命內傷是因為在高速移動情況下突然完全終止所造成的，」我一邊說一邊用兩個拳頭相疊，模擬梅琳達的脊椎狀況，然後把兩個拳頭平行向兩邊移開，表示扯斷。「大動脈是人體最粗的血管，就位於脊椎前側，同樣也被扯斷，因此血液都流到下背肌肉裡。」我看到陪審團中有人表情扭曲了一下。

檢察官對法庭上的戲劇張力總是很敏銳。「梅琳達・亨茵當時幾歲？」他問道。

我停了一下，翻翻手上的報告。「她當時二十七歲。」

那是我跟提傑訂婚的年紀。我們在隔年結婚。我三十歲的時候成了丹尼的母親，現在我三十三歲，一個月後我會再次迎接新生兒。梅琳達永遠沒這個機會了。

她的生命被徹底浪費掉這件事又重回我的腦海中，且一定也顯示在我臉上了。檢察官讓陪審團停留在死者原本有大好青春年華的這個想法之中。

「我沒有其他問題了。」他說。

悲劇發生的凌晨，坐進朋友的凌志轎車駕駛座的那個毫無前科的男子，在兩個禮拜的庭訊結束後，被判二到六年有期徒刑。

「噢，太難過了，」莫妮卡．史蜜荻醫生聽完我的證詞後，用她那特有的柔軟口氣說道。「真是個難過的故事。」她一邊翻著醫事檢察處進案文件，就是一堆當天要處理的死亡文件，一邊低聲重複了一遍。那天早上輪到莫妮卡分發案件給每個法醫。「這個案子也很令人難過。」她翻閱待驗案件的另一個案子。「你看這個男的。還有這個。好令人難過啊。」

我靠近史蜜荻醫生身邊，壓低音量模仿她的語氣。「莫妮卡，」我說，「這些全都很令人難過。」

5. 中毒

「敲門的時候不要站在大門正前方，」羅素・唐恩一邊說，臉上露出一副有過什麼親身體驗的表情。我們走進一處廉價國宅的前院，空氣裡聞起來像外帶餐點和尿液的味道。「警方有守護現場的責任，但是他們最討厭顧屍體。他們多半就只會留一位巡警站在公寓門外，而這些人可能會忘了告訴你那個瘋女友或是吸毒的親友還在屋內。」

這位資深法醫鑑定小組前輩猛力按下七樓的電梯按鈕，然後繼續耳提面命。「門一開，就請所有人離開屋內，警探留下就好。移動遺體的時候你不會想要家屬繼續留在現場，且別忘了要請一位警察待在你身邊，讓他當你的證人，確認你沒有從遺體身上偷走任何財物。」然後他直視我的雙眼，說出了那句所有法醫人員心中非官方的箴言：「罩子要放亮一點。」

我們抵達目的樓層，走出擁擠的小電梯。果不其然，兩名警察就站在走廊最尾端一扇門前。我還聽到隱約的哭泣聲從那個方向傳來。

我第一次跟法醫鑑定人員出外勤，死者是一名海洛英癮君子。毒品害死了很多年輕人，但有時有些人可以跟化學藥癮和平共處活過很長的一輩子。公寓裡的死者年紀大概六十出頭。他的母親發現屍體後放聲尖叫，是鄰居打電話報警的，警方到了以後判定男子已死（羅素說：用根棍子戳一戳），就打電話給醫事檢察處了。

公寓裡雖然又暗又擠，但是還滿乾淨的，不是我預期的那種亂七八糟、好像是一時偷住一下的那種屋子。另一位巡警一副滿心不願意的樣子站在狹窄客廳的另一頭，死者母親一個人在廚房裡哭泣著。羅素一邊用熟練、專業的態度安慰她，一邊引著她走向門外。

他回來時手上已經戴上手套，一疊文件夾在腋下。「我們要試著讓家屬在現場就簽好身分證明文件，這樣他們就不用再跑一趟辦公室。」家屬告訴羅素她發現兒子的時候就是現在這個狀態，她沒有試著移動他。遺體臉部朝下癱趴在客廳沙發上。羅素開始輕拍死者的衣物。「找找看有沒有針頭，特別是口袋裡——就算已經有一根針插在他手臂上也一樣。要記得記錄死者身上所有物品，並且把物品都登記成法醫證據。」

等羅素完成現場鑑定，並且檢查過遺體，除了把遺體移到太平間的貨車上以外就沒別的事要做了。身材魁武的司機大衛來助他一臂之力。遺體是很重的，要擔任我們的調查員，除了要對家屬有同情心、對環境有洞察力、不害怕處理死屍，還一定得身強體壯才行。他們的薪水優渥是有原因的——誰都會希望來搬運自己的遺體的人是專業人士吧。

「讓地心引力發揮作用，」羅素一邊跟大衛把遺體從沙發上移到鋪在地上的屍袋的時候一邊說道。他們拉上厚塑料袋的拉鍊，抬起幾公分，放上已經調低的輪床。大衛把輪床的剪刀型床腳調回腰部高度的時候，羅素已經打開大門。「遺體移到屍袋以後，我們就要盡快離開現場。」羅素邊說邊把文件夾塞進運動包裡。

出了門外的走廊，死者年邁的母親就意志消沉地坐在一把廚房搬出來的椅子上。站在她身邊的是一張新面孔，一位眼神冰冷的男子，外表明顯長得跟毒癮死者有幾分相似。兩人都沉默地看著我們。我們到達走廊底端，大衛壓下幾根槓桿，讓輪床直立起來，這樣被帶子固定在金屬輪床上的遺體就能跟我們三人一起進電梯了。

「你有看到他兄弟手臂上的痕跡嗎？」等我們終於走到屋外，可以呼吸新鮮空氣時，羅素問道。我承認自己沒注意到，他冷冷地點點頭，「他看起來真是有夠神智不清的了。可憐的老媽子。」

赫希醫生有條政策——只要死者此生曾有過成癮物質濫用問題，就一定要驗屍——而紐約的藥物濫用和酗酒問題可是一點也不少。「酗酒者和癮君子活在社會的邊緣，他們比沒有嗑藥或酗酒的人更容易死於外傷，」赫希醫生在培訓人員的輪巡時間中說道。慢性酗酒者特別容易死於不明外傷——隱藏的傷勢、外部鑑識看不出來的傷口。「喝醉的人是很脆弱的。有鑑於內傷一時難以察覺，我們就有義務在寫下死亡方式之前先完成徹底的驗屍。而且要記得，不能只依賴毒物報告。毒物學是用來印證你的想法，不是幫你做調查用的。」

數據上看來，酒精是最致命的毒藥。它會緩緩殺死慢性酗酒者，也會讓狂飲之人暴斃。二〇〇二年跨年夜，我們接到的七個案件中就有四起是因為酒精死亡。一言以蔽之，喝酒的人增加了我不少工作量。有個男的才剛過完四十歲生日，就被發現死於自己在地下室的公寓臺階旁，他手上還抓著一袋外帶中餐，血液裡大概有十八個 shot[1] 的烈酒。鑑識小組跟他的室友談過，室友表示查理一週大概要喝醉三次。在幫他驗屍時，我花了大把時間記錄這個人幾乎遍佈全身的刺青和各式各樣的穿環。我很幸運能有個手腳勤快的鑑識人員協助我，還有一位來探訪的紐約大學醫學院病理科住院醫生，斐尼的一臂之力。

「哇！」脫掉查理的褲子時，我實在沒辦法保持專業形象了。他在自己的生殖器上加裝的各種金屬實在太令人吃驚了。「這什麼鬼？」

「這是艾伯特親王（Prince Albert），」斐尼用一種理所當然的口氣回答。鑑識人員和我同時轉向他。我們問的是一個很粗的銀製圈圈，裡面有顆灰色的金屬球，就穿在死者陰莖的頂端。就連我這個沒有老二的人，且也已經看過無數陰暗之處穿上的各種奇異之物，也還是覺得「艾伯特親王」應該會讓人痛到不行。

「這個小東西也是嗎？」我問斐尼，一邊用手術刀指著另一個類似的裝飾品，就掛在查理的陰囊與肛門之間的組織上。

斐尼皺眉，「我沒看過穿在那裡的，但我猜應該是一樣的名字。玷污的艾伯特親王（Prince Albert of the taint），有意思。」我停下來仔細在人型圖表上寫下這些

1 譯註：小杯烈酒。

裝飾品的位置，我實在沒有辦法速記這些東西。

移除遺體上所有珠寶、裝飾，並存放在密封袋中以便屆時歸還家屬是驗屍工作的一部分，所以等我完成所有查理的珠寶登記後，我就開始一一把這些東西取下。拆到艾伯特親王的時候，我先試著把那顆小球旋開，好讓我能把穿過皮膚的圈圈取下，但是那該死的小球動都不動，所以我拿起手術刀。「醫生，你不能——！」鑑識人員話還沒說完，我的刀子已經割開死者生殖器的頂端，把艾伯特親王取下了。我身邊這位高大的男子瞪大了雙眼，雙手掩著自己的下體快速倒退了一步。

我切開查理的軀幹時，甜膩的酒精氣味蓋過了太平間的其他味道。我沒有找到任何自然疾病，或顯示死者曾與人打鬥所造成的隱藏內傷。在現場照片中，死者呈現蜷縮狀，窩在往地下室的臺階下，這表示可能是姿勢性窒息（positional asphyxia）致死。他落地的位置就在關著的家門外，下巴抵在胸膛上，外帶中餐的袋子還握在手中沒打開。我詢問莫妮卡．史蜜荻醫生的評估意見，她就在我身旁的驗屍臺工作。如果人以一種會阻塞氣管的姿態昏厥過去，就會造成姿勢性窒息，這種狀況通常從遺體上就看得出來，但是莫妮卡沒找到相關證據。「他沒有多血症（plethora）也沒有瘀點，」她檢查死者的雙眼後說道。多血症是臉部充血現象，而瘀點則是眼白血管破裂，這是頸部遭到壓迫的徵兆。「吉姆，你可以過來一下嗎？」

吉姆・吉爾醫生是那天在大坑的另一位資深法醫，他過來加入我們。「好，」莫妮卡說出她的擔憂後，他如此回覆，「但是就算沒有瘀點和多血症，我們也不能直接排除姿勢性窒息的可能性，除非氣管完全沒有遭受擠壓的現象。快速毒物檢驗做了嗎？」

「結果是陰性，但我不相信那結果，」我不滿地說。快速毒物檢驗如其名，以立即驗尿的方式檢測酒精和部分其他毒品的代謝成分——這檢測即便成功，大家也都覺得可信度非常低。「他有酗酒歷史，且聞起來也是一身酒氣。」

「沒錯，」吉姆同意。「再做一次快速檢驗，就算結果是陰性，也先開未決死亡證明，以備後續不時之需。」

第二次快速毒物檢測報告結果是陽性，但除了讓我們知道這檢測根本是像丟銅板一樣不可信賴，其他方面仍是一無所知——不過最後的血液檢測確認了查理血液中的酒精濃度之高，已經足以使人失去行動能力，就算是喝酒冠軍也難以抵擋。公寓大樓的現場照片看不出掙扎或打鬥的跡象，警方也沒有發現闖空門的證據。我的結論是他是自己滾落樓梯的。

「頭部創傷沒讓他摔死嗎？」我寫下結論，在下午的輪巡中提出時，吉姆問。

「頭骨沒有裂傷，大腦也沒有傷口。」

「但他是醉到昏倒所以才滾落的，還是他是喝醉跌倒後撞到頭才昏過去的？」

「對，」我回答他專業又強忍笑意的提問。「都可以。死因都是一樣的。也許他是酒精中毒所以失去意識，或者可能絆倒後滾下樓梯。有鑒於沒有脊椎受傷的現象，不論哪一種情況都是因為喝酒才導致他倒在樓梯底下直到停止呼吸。」

「最好兩者都寫下來以免有個萬一，」吉姆建議。「頭部遭鈍器撞擊，以及急性酒精中毒。」

「因為鈍器撞擊而滾落階梯導致的姿勢性窒息一類的。」莫妮卡補充。

我在紐約醫事檢察處的兩年，進行了無數查理這樣的驗屍案，都是因為急性酒精中毒致死，但是慢性酗酒者會花上數年的時間慢慢把自己喝到掛，人數比那些喝醉跌死的還要更多。一起死亡案件中如果沒有外力跡象，死亡證明書上通常就會寫下「死亡方式：自然死亡。」死者可能有肝硬化（liver cirrhosis）、胰臟纖維化（fibrous pancreas）、心臟病、腸道出血和各種大小病痛，全都來肇因多年來完全合法的酗酒生活。我在紐約進行的最後一起驗屍，對象是一位雙管齊下的酗酒者，死於長年酗酒及急性酒精中毒的男子。

保羅．佛納黎在二〇〇三年一月十八號清晨被凍死這天，氣溫只有個位數，他一如往常睡在上西城的教堂階梯上。即便在這樣惡寒的氣候下，他仍拒絕到流浪者之家過夜。醫護人員抵達現場時，他們發現佛納黎已經沒有意識，他的呼吸很淺，體溫低得驚人，只有二十一度——這大概是一個還活著的人能承受的最低體溫了，送醫不久後他就過世了。

我馬上看出保羅．佛納黎是死於失溫，因為胃部內側本應該是平滑、呈粉色，他的胃部內側卻是深紅色，上面還有許多潰瘍的小點。當你的體溫降到三十五度以下，身體就會進入危機管理模式，停止供血給不重要的器官，以保持中樞系統繼續運作。在嚴重失溫的最後階段，血液會全部湧回原本被停止供血的胃，造成灌流傷害，稱之為豹紋狀胃黏膜病變（leopard skin gastric cardia）。直至今日我都沒有再見過比這次案例更清楚的例子了。每具遺體都有自己的故事，而這一具則道盡了一位男子活活凍死的悲慘故事。

佛納黎血液中的高酒精含量顯示他死時顯然是喝醉的狀態，那酒精濃度之高，如果是一個耐受度較低的人，就會死於酒精中毒而不是環境因素了。他可能是喝醉後昏過去，結果最後沒能再醒過來。教堂和流浪者之家的人都說已經露宿街頭三十年的保羅，常常把自殺掛在嘴邊。不過他最後不是自殺死的，不夠直接到可以在死亡證明書上寫下「自殺」。我最後判定保羅．佛納黎的死亡是一起意外。

酗酒者常常被人發現死於自宅。因為酒精是合法商品，如果發生意外中毒致死，不會有人想要掩埋罪證，至少如果死者是成人的情況下是如此。但如果有人在朋友家使用管制藥物致死，那這個朋友就得做出決定，看是要叫警察——還是棄屍。如果把警察叫到家裡來調查死亡案件，這個人就很難不洩漏自己的違法行為。這個人可能會為了掩飾自己的罪行，決定找個公共空間遺棄這個嗑藥致死友人的屍體。但當然，他也可能不會這麼做。

我被指派到郵務袋棄屍案，完全是因為蘇珊．伊萊醫生一語成讖害到我們兩個。二〇〇一年十月二十五號晚上，我正準備下班時遇到蘇珊，她跟我開玩笑說：「明天只有我們倆當值，記得穿跑鞋來上班。」

那天晚上在家，丹尼一如往常精力充沛，所以吃完飯我們看新聞的時候，提傑就讓丹尼繞著公寓跑來跑去——這時我們看到一則很糟糕的大頭條。公園大道一處建築工地鷹架倒塌，造成五人死亡。光靠蘇珊跟我兩個人根本無法驗完這五具屍體，而且一定還會有其他案件來攪局。「我得上床睡覺了，」我告訴提傑。「明天上班一定會忙翻。」

他伸手指了指穿著睡衣還在繞圈圈的丹尼。「你去跟那隻小猴子說吧。」

隔天早上進辦公室後，我發現身分鑑識辦公室被天花板管線噴出的水搞得到處濕答答，兩名維修人員拿出了幾個水桶接水，一邊在一旁忙著拖地，還有一個維修人員站在辦公桌上，頭和肩膀都隱沒在天花板裡。佛洛蒙本醫生在這一團濕淋淋的混亂現場中走來走去，整理出案件分配單，這天因為有多人死亡案件，讓他沒辦法慢下工作速度。

「跑鞋是吧，」我找到蘇珊後對她說道。她對我做了個啼笑皆非的鬼臉。「工地事故，我們要做什麼？」

「凱倫和海斯本來今天是要處理文書工作，佛洛蒙本把他們叫來了。他們各自負責兩起解剖，芭布．波玲爾負責第五具遺體，她也要負責幫一位疑似硬膜下出血的老太太驗屍，她在沒有人目擊的情況下摔倒。我的案子是三週大的嬰兒，疑似嬰兒猝死症候群（SIDS），你要負責郵務袋案。」

「我負責什麼？」

「穿戴好就下去太平間吧，」蘇珊說。「你看了就知道。」

的確是看了就知道。在大坑最裡面，放了一個標準型美國郵務袋，帆布製、底下還裝有輪腳的那種，大概一點八乘一點二公尺大，九十公分高，聞起來活像是裝了屍體的垃圾桶。一走近郵務袋我就知道這味道是怎麼回事了。那陰沉的袋子裡裝滿了紐約市街上的垃圾——還有一雙人類的腳從垃圾堆中伸出來。

郵務袋是在五十三街和十一大道的地獄廚房旁的巷子被發現的。翻找食物的流浪漢發現屍體，打電話報警。警方在垃圾堆中發現一張黑色聚脂纖維毯子，貌似包裹著一具軀體。這捆東西被用鬆緊帶捆著頸部和雙腳，再用一條男性領帶綑住臀部的位置。警方剪斷其中一條鬆緊帶，看見裡頭是一雙人類的腳後，他們就決定把整個郵務袋，包含屍體和其他東西，全都送過來我們的辦公室。

「搞屁啊！」是我的第一反應。紐約市警局凶殺組的穆勒警探就站在那裡等著我。「警探，這東西出現在我的太平間是什麼意思？」

「裡面有具屍體，醫生。」

「我聞得出來有屍體！但是從哪時候開始記錄整個犯罪現場也變成我的工作了？這個郵務袋是你們的才對！」

現場吧。」

「嗯，」他擺出一副標準的不在乎態度，「我猜他們認定這是一個移動式的死亡

我實在是無言以對。這個容器裡面的每一樣東西都是證物。全都得被取出、鑑識、裝袋，然後登記好——所有臭東西，得一件一件來。但這是我的案子，現在它就在太平間裡，沒有其他人會來把郵務袋裡頭的物品登記歸類。所以我走到另一頭，抓了一大把證物袋，開始做正事了。

一口平底鍋。兩只揉爛的紙袋。一只破成三片的瓷盤。兩個空的連蓋咖啡紙杯。一個裝著半杯咖啡的紙杯。一個柳橙汁空瓶。一個破掉的DosEquis啤酒空瓶。一條死魚。二十二根塑膠調棒。幾張報紙，大多已揉成團，部分沾有黏稠物。兩個吃了幾口的三明治，其中一個還裝在外帶包裝紙裡面。零碎的雞骨頭。

還有一具屍體：男性、白人、已腐爛、以毯子包裹。

我找了幾個技術人員來幫我把屍體移到驗屍臺上，然後小心翼翼拆開包在外頭的毯子。有幾根粗糙、黑白混雜的毛髮黏附在毛絨的毯子外頭，當我檢查屍體的手指之間，也找到這些毛髮。毛髮不是死者的——他有一頭淺金色頭髮——不明毛髮感覺上是來自動物毛皮。死者身上只穿了一件內褲，所以我進行了強暴檢驗。腐爛

的變化讓我很難判定屍體在死亡時的狀態。他的皮膚濕黏發綠，他頭下腳上被丟進袋子裡，所以臉部已經扭曲變形而且發紫，眼珠子凸出。我輕輕一拉，他的頭髮就脫落了。腐爛的氣味簡直臭得嚇人。

體內狀況則是平庸至極——沒有斷裂的肋骨、沒有頭骨裂痕或大腦出血、沒有勒斃的跡象。最後我只能告訴穆勒警探，這具屍體不是自己把自己用毯子綑起來的。「可能是跟毒品有關的棄屍，但是在我拿到毒物報告之前沒辦法確定。」

一個禮拜後，指紋對比從警方資料庫中揪出了一個身分，麥可·唐諾修的姊姊克萊兒來到我的辦公室，還帶了一位麥可的朋友同行。唐諾修因為一樁毒品案件，現在正在假釋期間，所以當他行蹤不明的時候，克萊兒沒有馬上報警。「我不想害他陷入麻煩，」她解釋，膽怯但堅定。「他以前會吸毒，但現在不會了。」

「他吸什麼毒？」

「古柯鹼。他是因為快克古柯鹼被捕的。他以前也會酗酒。但是從夏天開始就一直參與戒斷治療。他在音樂界工作，是顧問，得參加很多電視臺的會議。」

「小麥把自己打理得很好，」他的朋友補充。「他都穿昂貴的西裝，配上價格不斐的髮型。他總是說自己得看起來有型有款才行。那幾天誰都找不到他，這不像他。我試著打他的手機——但是是一個陌生人接的，然後又馬上就掛斷了。」

她們那天來到我的辦公室，問能不能讓她們看看包裹屍體的毯子和上面的領帶。兩個女子看了一眼以後馬上確定那條領帶不屬於死者。我鼓勵她們告訴穆勒警探關於那通打到麥可手機的電話，然後告訴她們等我拿到毒物報告，會親自跟穆勒聯繫。

幾個禮拜後，負責唐諾修案的地方助理檢察官打電話給我，請我催一下毒物報告的速度。穆勒警官已經幫我們描繪出案件的初步狀況。一對當地的毒蟲男女迪諾和史黛西某天晚上在夜店裡認識了麥可．唐諾修，然後大家一起回到迪諾家狂歡。這兩個人告訴穆勒警探，說唐諾修打了兩劑裝在玻璃紙信封袋的海洛因，然後就睡著了還打呼，到了早上他就死了。迪諾和史黛西於是把他的屍體用毯子裹起來，丟進郵務袋裡。

毒物報告內容顯示唐諾修的血管裡有古柯鹼、海洛因和酒精的大雜燴。但這並不足以讓我判別他的死因——因為我還沒判定他被裹起來的時候是生是死。隔天下午三點，當我簡報這起案件時，赫希醫生指出唐諾修的血液裡有每公升零點五毫克的鴉片類藥物，全是六單乙醯嗎啡（6-monoacetylmorphine）。「這可是不少

6-MAM[2]，且光是還沒被代謝成嗎啡這件事，就告訴我們當他在十二小時後被裹起來時已經死亡。如果他在這段時間中還活著，這些藥物就會全都代謝為嗎啡了。」所以報告表示這起死亡應該屬於意外，麥可．唐諾修應該是因為打了劑量過重的海洛因，用藥過量致死。強納森．海斯醫生指出，另外兩人聽到的「打呼聲」可能是垂死的呼吸聲，是標準鴉片類藥物用藥過量致死的現象。

我在聖誕節前夕收到警方報告，並把死亡證明書寫上意外致死後就送交了。結果兩週後，助理地方檢察官又打電話來了。警方取得了一份迪諾認罪的自白錄影畫面——裡頭詳述了他和史黛西是如何謀殺了麥可．唐諾修。

「什麼——？是凶殺案？」

「被告認罪時是這樣說的，」助理地方檢察官回答。「有錄影存證。」

「他們是怎麼拿到這錄影帶的？」

「穆勒警探和派德森警探讓迪諾承認他和他女友弄了一劑高劑量的海洛因，注射到那傢伙體內，再偷走他身上的錢。我們目前訴請二級謀殺罪。光是承認他們注射海洛英到死者體內就足夠了，連竊盜罪都可以不用算進去。」

「太棒了！」我滿心歡喜地答道，差點忘了有個男人因此送了命。「我老闆一定會很高興的！」

我猜得沒錯。「中毒致死是十分罕見的，」我把案件最新發展向赫希醫生報告時他說，「你會去見大陪審團嗎？」

「週四。」

「你到現在為止做過幾件大陪審團的案子了？」

「這是第三次。」

「別緊張，」他安慰我。「要記得——你不是在受審。」

週四早上，我穿上我的綠色幸運套裝，前往中央街八十號，與起訴律師，也是助理地方檢察官哈維．羅森碰面。穆勒警探和派德森警探也在，就站在大陪審團室外面。我問了他們全辦公室都想知道的問題。

「你們怎麼辦到的？」

「是死者的姊姊讓我開始思考這件事的，」穆勒說道。「她說她弟弟不可能一次注射高劑量的海洛因，因為他從小就會怕針頭。她堅持說她弟弟如果吸毒只會吸古

2 譯註：六單乙醯嗎啡，6-monoacetylmorphine的簡稱。

柯鹼，他從沒碰過海洛因。我們已經有那通手機的通聯紀錄，所以我們找上地方檢察官，再次把迪諾和史黛西叫來。」

派德森用警探搭擋才會有的方式，緊接著說下去。「一開始兩個人的證詞對不上。史黛西說唐諾修是自己注射的，但是迪諾說史黛西有幫他。她的前科可多了，不少毒品和賣淫的紀錄。所以我們把迪諾隔開來，告訴他我們發現史黛西跟小麥搞了不少私底下的勾當，說她瞞著他賺了不少錢。你知道，迪諾本來覺得史黛西是他女友。聽到我們的說法，他馬上氣炸了，髒話罵個沒完。」

派德森是個身材短小精悍的男人，有著寬肩配上一雙明亮的眼睛。他是比較資淺的搭擋，只有十年警探經驗，穆勒則有十七年了。他看起來對於要站在大陪審團室外面浪費整個下午感到很煩躁，不過說著說著，他慢慢想起當時讓迪諾認罪的過程。「所以現在他改變說法了，他說史黛西打算弄一劑大的給小麥，足以讓他睡死就好，然後他們再一起偷他的錢。她幫他注射後，兩人一起等到麥可開始打呼，然後從他身上偷了六百美金，他們早一點的時候就發現麥可的皮夾裡有厚厚一疊鈔票。他們又買了更多毒品來注射——然後坐在那裡盯著屍體看了一整天。直到一個朋友去他們家，看到唐諾修的金髮從毯子邊緣露出來，這兩個天才於是驚覺他們必須棄屍才行。」

這表示我在這具屍體上看到的腐爛變化，是在現場被放了兩天，然後又在太平間被冰了一個晚上後的結果。當時警方把東西送到辦公室後，我同事得把整架郵務袋車推進冰箱冰起來。要檢驗屍體的腐化狀況，方法有很多種，我都會試著讓每一起腐屍案件引導我。從麥可．唐諾修躺在我的驗屍臺上，綠色的皮膚和發紫的臉色，我得知一個身材中等的男子在死亡後四十八小時都被毯子包裹，接著又被頭下腳上投進放置在開放空間的大桶子，身上覆蓋著香蕉皮和汽水罐，曝露在秋天的氣溫下，沒有遭到動物侵略的棄屍會是什麼狀態。我把畫面存進腦袋裡。

「我們拿到自白書，」警探繼續說。「迪諾寫完後問：『那我要被以什麼罪嫌被關？』我們的哈維就說：『二級謀殺』，回答得一秒不差！」有著一臉灰色鬍子的羅森站在一旁微微一笑。派德森說：「我跟你說，再過兩年，退休金就進我口袋了，但如果可以讓我再看一次迪諾那傢伙的表情，我願意再多做四年。」

「法律是不分責的，」羅森補充。「因為他想要偷唐諾修的錢，他就跟動手注射毒品的史黛西一樣，在這起死亡案件中要負一樣的責任。即便他們只是想要讓死者嗨一下，但他在史黛西把針頭插進他體內後斷了氣，這就是凶殺案，可能會以過失殺人罪起訴。不過幫死者注射高劑量毒品，動機是為了偷他的錢，這就讓整件事變成謀殺了。」

穆勒警探告訴我，我把那些出現在唐諾修手指間和毯子各處的可疑的毛髮歸檔是正確的決定。那是狗毛。迪諾養了一隻黑白相間的德國牧羊犬，他說唐諾修失去意識之前還在跟狗玩。

大陪審團的運行是封閉程序，旨在判定是否有足夠證據讓嫌犯受審。他們所在的法庭是一間空間廣大、回音盪漾的會議廳，牆上的鑲板是深色木頭。會議廳裡坐著二十位市民陪審員，但沒有法官。我坐在會議廳中間的一張厚橡木桌旁，看著助理地方檢察官羅森。「檢方傳喚茱蒂．梅琳涅克醫生，」他宣布。

其中一位陪審員是年長的西班牙裔男子，臉上留著八字鬍，走上前來請我舉起右手。「在偽證罪的罰則前提下，你發誓所提供的證詞全為事實，一字不假，沒有半點虛言？」

「我發誓。」我說完誓言後坐下，我的神經已經被這戲劇性的傳統法律程序弄得有點緊張了。我很驚訝自己只遇到兩個問題讓我回答得比較吃力——什麼是「病理學」？和什麼是「驗屍」？——我沒想過這要如何簡短回答。除此之外，我的第三次在大陪審團面前提供證詞的經驗可說是十分順利。

隔天下午三點的輪巡時間，我再次重述了郵務袋案件的狀況，赫希醫生對於德國牧羊犬的毛髮鑑識那段顯得特別有興趣。「光是靠證據，他們就能證明你的死者曾與兩名嫌犯一起處於公寓之中，即便認罪錄影帶後來不可用也一樣。」我後來一直不知道迪諾和史黛西的下場為何。他們大概會認罪吧。我的確聽說警探在定罪庭審時用了狗毛當作證據。

因為過量使用非法藥品而死的案子通常都不會太困難。標準的用藥過量致死一般都是年輕、且相對健康的死者，所以解剖過程會很快。如果我沒發現任何奇怪之處，就只要等毒物報告回來，分辨出是哪一種化學藥物導致死亡即可。就算再忙碌的驗屍房中，單純的用藥過度致死案件也是大家會歡迎的案子——除非，那個動作多多、搞不好還有藥物濫用問題的不正常的家庭成員也來插一角。用藥過度致死的案件偶爾會引來一個麻煩的家屬，把人逼到抓狂邊緣。

羅伯特・沃德，二十八歲白人男性，有酗酒和嗑藥紀錄，處方用藥和違禁毒品皆有。二〇〇一年萬聖節前一週，他出門與朋友喝酒。沃德當晚獨自回到住處公寓，幾個小時後被室友發現已經斷氣。

我和死者的母親通的第一通電話中，沃德太太強烈反對進行驗屍。「不准你動我的寶貝！」她尖聲警告，指的是他那高一百八十九公分，重達一百一十公斤的兒子。有鑒於這就算是家屬反對，我只能暫停驗屍，先跟赫希醫生談過。

下午三點的輪巡時間，赫希完全站在我這邊。「如果死者沒有酗酒嗑藥的紀錄，而且整天都在家跟他媽媽在一起，結果睡了一覺卻去世了，那我會說你當然可以單做外部鑑識就好。但是我知道死者可能外部毫無損傷，內部卻有致命傷口。喝酒的人會捲入打架事件，而且還這麼年輕的男人是不會因為喝酒就送命的。我們一定得驗屍。」

驗屍的過程很簡單。沃德太太的寶貝患有肝門靜脈淋巴腫大（Portal lymphadenopathy，亦即淋巴結因肝臟損傷腫大）和臟器充血（visceral congestion，由心臟衰竭導致），還有二點五公分錐狀粉紅色泡沫從嘴角冒出，這是因為肺水腫的緣故（pulmonary edema）。這三個症狀同時出現，強烈指向鴉片型麻醉劑中毒。在平時健康的紐約年輕人身上看到這景象，十之八九就是海洛因致死。

小羅．沃德的毒物報告花了四個月才來到我桌上，那段時間沃德太太每個禮拜會至少打兩通電話來給我，有幾個禮拜她甚至是天天打。對於小羅的死因她有各式各樣的理論，通通都與毒品無關。「他不吸毒的。」她一直堅持，儘管我每次談話時都告訴她，我在驗屍過程中清楚看到吸毒致死的證據。「那壽司呢？」她在其中一次談話中問道。「常常有人因為吃到不新鮮的壽司就死了。他那天有吃壽司。你有檢驗他胃裡面的壽司嗎？」我企圖堅定地用專業態度表示並不是常常有人吃到不新鮮的壽司就送命。在我的經驗裡也從來沒有人因為吃到不新鮮的壽司死掉。因為大量海洛因而死，有的；不新鮮的壽司致死，沒有。

「那啤酒呢？他吃壽司的時候還有喝啤酒——這可能會引發中毒啊，可能是啤酒讓不新鮮的壽司更加危險！」那四個月之中，關於小羅到底怎麼死的，沃德太太幾乎每天都會想出一個新的理論：誤用了朋友的氣喘藥、炭疽熱（他的死亡日期就在二〇〇一年十月發生的炭疽熱信件恐怖攻擊事件後不久，這個新聞當時吵得正熱）、齒槽炎（alveolitis）、塵蟎，還有不斷反覆提起的不新鮮壽司理論。

然後就在聖誕節後不久，毒物報告終於出來了。報告顯示羅伯特・沃德體內有致命劑量的海洛因、古柯鹼和鎮定安定劑混合物。我以為這項結果應該可以讓哀痛的沃德太太了解，他的兒子並非死於壽司。結果我們通電話談過毒物報告的內容後，隔天沃德太太就出現在醫事檢察處辦公室。

警衛打電話來通知我，說她就在大廳等著，手上還抓著一罐奈奎爾感冒藥。她在藥局買了這罐藥，想要帶來給我看，因為她兒子死前一週她曾看到他把這種罐子帶在身邊。請注意，並非就是奈奎爾感冒藥的罐子喔——是一個跟它「很像的」罐子。她的理論是奈奎爾感冒藥跟她兒子朋友的氣喘藥產生了交互作用。我盡可能溫和地向她解釋，毒物報告中的藥物含量已經確認了，他的兒子就是死於吸毒過量。

她一副大受打擊的模樣。「我兒子不會吸毒的，」沃德太太重複道。我向她保證，小羅的死亡證明書上會寫著「意外」——但這結果正是她最大的憂慮。意外死亡，等於是他的錯，甚至是她的錯，因為是她用這樣的方式養大了兒子。「這是凶殺案，」她直視我的雙眼，口氣漠然地說道。「有人賣毒品給我兒子，是那些毒品害死我兒子的。我會循線找出到底是誰，然後我會報警把那個人抓起來。」

循線找出？這個女人到底看了多少電視劇？「你說循線是什麼意思？」我問道。沃德太太告訴我，她聽說有謠言指出上城百老匯大道那裡，有一家店裡的汽車技工講到小羅死於吸毒過量的事。她覺得這代表那個人就是小羅的藥頭。她打算去店裡「訊問」那個男人。

我心裡警鈴大響。「毒販都是不擇手段的，」謹慎挑選著自己的用字。「他們可能會傷害你，特別是在他們覺得自己受到威脅的時候。我強烈建議你不要去找陌生人對質。」我心裡想到自己可能要跟赫希醫生解釋為什麼我手上一件相對簡單案件的死者母親，最後會變成東河裡一具被五花大綁、載浮載沉的浮屍。

我在大廳與羅伯特·沃德的母親後來的談話時間裡，她都在大聲哭泣，然後又冷靜地重提幾個她稱之為「犯罪」的理論。她甚至表示，兒子的死可能是自殺——她不願面對攤在面前的事實，不願接受已經明擺眼前的毒物學檢驗報告，寫著她兒子貪圖娛樂而吸毒，結果最後送了小命。我就坐在那裡，握著她的手，盡可能表現出同情之意。沃德太太終於在約一小時後回家去了，走之前還堅持要我收下奈奎爾感冒藥，「好好分析。」

二月十九號，我發出死亡證明書，讓羅伯特·沃德一案正式結案。沃德太太隔天立刻就打電話給我，感謝我完成文書工作，並問我是否有把他兒子的組織樣本「收納在安全之處」，這樣她就可以開始著手自己的偵查計畫了。

三月時我開始到布朗克斯的法醫辦公室，進行為期一個月的輪訓——我一抵達，馬上就發現自己深陷無數吸毒致死案件中。吸毒致死的案件數量在布朗克斯簡直多到嚇人，我在那兒進行的驗屍案件中有三分之一都是死於藥物濫用。二十三具遺體中就有九具。這些案件的死者也都還年輕。我的頭兩起布朗克斯的案件，是一位四十六歲女性，因為使用古柯鹼、冰毒和非處方抗組織胺過量導致死亡，還有一位四十七歲的一家之主，開著車跟一位妓女在外面晃，結果古柯鹼讓他心臟病發作導致車禍。另外有一位四十歲的女性，送進來時已經開始腐爛，毒物報告中顯示體內有酒精和古柯鹼。傑瑞為了逃出因吸毒引起的大火而跳窗時，還不到四十歲。沃德太太追著我到布朗克斯，持續不間斷的每週打電話給我。等我四月回到曼哈頓時，電話數量開始減少了——到了五月初，我終於沒有再接到任何電話。我心想，也許她終於慢慢接受了兒子吸毒致死的事實。五月最後一天，我才進辦公室，就接到十二通語音留言。其中有六通留言對方什麼也沒說就直接掛斷電話——我馬上明白，這一定是沃德太太打的。在我逃出辦公室之前，電話就響了。我心裡很想把電話線扯斷，但也知道這根本是無意義的掙扎，所以我接起電話。

「梅琳涅克醫生，你必須把小羅的死因改成凶殺。警方說他們不會去逮捕藥頭，就算我已經跟他們說藥頭是誰也一樣！他們說因為死因不是凶殺，所以他們也愛莫能助。你一定要告訴他們這是一起凶殺案，這是你的工作！」

「沃德太太，」我努力不讓口氣透露出怒火，「你兒子的死因我已經結案了。他是因為海洛因、古柯鹼和安定劑過量致死。這種死法我已經看過很多次了，我可以跟你保證小羅死前沒有受到任何折磨，他的死亡過程既不是暴力致死，也沒有拖很長時間。這起案件歸類在意外是因為小羅用藥單純只是為了找樂子——他無意讓自己送命。」我停了一下。電話另一頭也沉默無聲。「你真的得了解這一點。我的判定，死亡的方式是意外，這點會維持不變，除非我拿到鐵證，指出小羅是在違反意願的情況下取得藥物，或是在不知情的情況下用藥。這件案子不是凶殺案，我不能夠把它列為凶殺案。我真的希望你能找到辦法接受你的兒子是意外喪生的。」

沃德太太耐心等到我把話講完——然後又好像我剛什麼都沒說一樣，自顧自地說下去：「我已經準備好所有的文件了，但是警方就是不肯調查。」她複述，然後開始了一連串對美國公民自由聯盟（ACLU）[3]的謾罵，說因為紐約市警局沒有完成完整調查，所以他們不肯接手她的案件。甚至連找出殺了她兒子的藥頭都不肯！

那天我的計畫本來是要完成兩件舊的布朗克斯案件，兩位都是男性，都遭兩次槍擊。我還想要完成一位在家庭糾紛中被刺死的女子的死亡證明書。這位女子手上

3 譯註：美國的非營利法律協助單位。

有自衛性傷口，我可以從她胸口致命傷口的角度和位置，研判攻擊者身高可能與死者相等。電話響起時，攤在我桌上的是一位八十歲女性死者躺在浴缸裡的現場照片，她被痛毆、強暴後勒斃。我在驗屍的時候透過脖子扁平肌上的手印，指出這就是右撇子凶手用手掐死死者的證據。這個案子上了各大新聞報紙。警方扣押了一名嫌犯，地方檢察官還在等著我交報告。但我現在卻在這裡跟沃德太太通電話，聽她抱怨警方對她的冷淡。

我已經在理智斷線邊緣，必須很努力才能控制住自己不要對著電話大喊：「你的兒子就是吸毒過量！拜託，求求你還我一個清淨，讓我能繼續調查真正的謀殺案件！」但是我沒對她大喊，而她又繼續說了二十分鐘。自從萬聖節那時候開始，我們每個禮拜至少會有一通以上內容一模一樣的通話，現在陣亡將士紀念日（Memorial Day）[4]都過了。沃德太太跟我已經透過電話共渡了無數時光，還跨越了季節交替。

後來我要出去吃午餐的時候，被兩位人事部的行政人員叫住。顯然沃德太太前一天已經打給他們過了，她問他們要如何聯絡上我，以及我哪時候會進辦公室。她還想知道我家的電話，這樣她才能打到我家找我。他們拒絕了她的要求，但是覺得應該要告知我一聲。沃德太太在跟蹤我。我突然間不想獨自走出大門了。我回頭走到培訓人員的辦公室，探頭張望。「史都華，來當我的保鑣，」我說。「我請你吃午餐。」

沃德太太的本意並非要折磨我。她沒發現自己在浪費我時間的同時，也讓自己被困在哀痛的循環之中。我沒有能力像醫生或是傷痛諮商師那樣協助她。羅伯特．沃德不是被藥頭殺死的，也許他是成癮者，也許他曾經需要協助——但是沒有人拿槍指著他的頭，叫他把針頭插進自己的血管裡。用藥過量致死比起其他類型的意外致死來說往往會招惹更多臆測。沃德太太的反應很極端，但並不是特例。一個人面對親友猝死的消息時，「拒絕接受」是一種很有力（且常見）的反應，但是用一連串疑問堆疊到其他疑問上來讓「拒絕接受」的情緒更加根深蒂固，會讓自己的傷痛無法癒合。我在紐約的日子裡，看過無數家屬深陷這樣的困境，我也學到如何策略性幫助他們度過那段日子；去說服他們，讓他們了解這些疑問其實正在傷害他們自己，雖然我最後沒有成功說服沃德太太。

4 譯註：五月最後一個週一。

羅伯特‧沃德母親的來電後來突然停止了。我心裡覺得鬆了一口氣——同時也有點意志消沉。這種情緒永遠不會突然之間大有進展，也永遠不會有終點。我知道只要想到小羅為了找樂子而使用那些毒品，沃德太太就會感到心痛，我一直這樣告訴她，我也覺得很不好受。她把小羅帶到這個世界上來，她的寶貝卻只是想要嗨一下，就離開了這個世界。沒有一個母親會想接受這種事——而且據我所知，沃德太太從來不曾接受過。

6. 惡臭和骨頭

雞尾酒派對上好奇的陌生人總愛問我怎麼面對腐爛的死屍、死亡的腐臭味，還有蛆。答案：習慣就好。沒有人喜歡勘驗腐爛的屍體，但是有些這種案子仍是很吸引人的。工作中最讓我能從容面對死亡的一個層面，就是學著處理已經開始逐漸回到土壤循環的人體——但這也讓我更加難以忍受蒼蠅和神經質的貓咪就是了。

跟著死亡現場調查員羅素．唐恩進行隨行輪訓，是我第一次在工作時看到蒼蠅。那個禮拜跟著法醫鑑定小組的經驗，讓我發現自己面對驗屍臺上的遺體時，竟然能錯過這麼多細節。

我跟羅素抵達老先生一塵不染的家的時候，大門已經對著我們敞開。因為十天份的信件堆積如山、無人領取，鄰居打了電話報警。有人在走廊上點了薰香，讓令人窒息的腐臭味增添了點異國風情。如果你遇過老鼠爬到車子儀表板後死在那裡的狀況，或是曾經在家裡牆壁夾縫中發現過死老鼠，就知道這是什麼情形，只是你遇到的跟我的狀況相比只是小咖。死人的腐臭跟死老鼠一樣——是一種令人作噁的甜膩、細菌性腐臭——但強度更烈。那味道會襲擊你——是一種攻擊，不只是氣味而已。你會驚恐地縮身往後退。那味道會侵入喉嚨、強占味蕾，甚至刺痛雙眼。

這具屍體的主人是一位個子矮小的男子，但是他身上散發的臭味卻很強大。我們經過公寓隔壁的住戶家門，看到裡頭一位巡警正在煮咖啡。「這是最古老的方法，也是個好方法，」羅素解釋。「請所有住戶都煮點咖啡，且讓咖啡一直滾著不要關火。」

「聽起來是要讓他們有事好做，不要來煩你。」

羅素臉上露出無比倦怠的微笑。「你等等就明白了。」

我們套上塑膠鞋套，戴上乳膠手套，羅素從成堆的信件中抽出一個信封。「埃里科・拉法尼諾，」他說，一邊記錄在手上的寫字夾板。「不過要記得，這只是初步研判的身分。所有腐屍進來之前都要先登記為無名氏[1]，直到透過科學驗證後，判定出真實身分為止。指紋、牙醫紀錄、醫院的放射學紀錄，如果這些都失敗，就靠ＤＮＡ。」埃里科．拉法尼諾，我們的無名氏面朝下趴在廚房地板上，手裡還抓著一個裝著某種醃漬物的果醬玻璃瓶，可能是辣椒一類的東西。我看了一眼，馬上了解這四散到走廊上的可怕氣味是我最不需要在意的事。我從沒見過這麼多蛆。

腐肉蠅成群盤旋在屍體附近不只是因為牠們吃腐屍，也因為牠們的幼蟲同樣會吃腐屍。如果天氣夠暖又不會太乾燥，蛆蟲就會大啖死屍。母蠅喜歡在潮濕溫暖的地方產卵：嘴角、腹股溝、腋下，但通常第一首選都是眼睛，母蠅會在眼部產下數百顆卵，有時死者剛去世一、兩小時之間，屍體都還沒僵硬，母蠅就產卵完畢了。蟲卵看起來就像淚腺管旁被灑了一堆帕馬森起司絲。不用一天的時間，這些蟲卵就會孵化、開始進食了。大多數大頭蒼蠅家族的幼蟲都會在一週到十天內發展成熟，所以我面前的屍體上已經培育出兩代的蒼蠅了。

我曾經在太平間處理過一具腐屍，但是太平間是受到控制的環境。我穿上一套ＰＰＥ制服：個人防護裝備，配上一條尼龍圍裙、一雙塑膠醫院工作靴、乳膠手

1 譯註：原文為John Doe和Jane Doe，用以分辨是男性無名氏或是女性無名氏。有鑒於中文中並無性別分辨之必要，故內容若無強調時，便統一譯為無名氏。

套、袖套和全罩型防護面罩。在這裡，我只有防護面罩和靴子——連口罩都沒有。我覺得自己一身赤裸。在太平間，我可以用水管把蛆從屍體上沖掉後就眼不見為淨，但是在這間公寓裡沒辦法。

蛆特別喜歡臟器，所以他們會往體內鑽。有些蛆會一路從皮膚表層吃出一條路來，有些則直接由身體上的孔洞進入，或是鑽進真皮層的裂縫。進入體內後，牠們喜歡柔軟點的臟器。拉法尼諾先生的臉已經全部被蛆吃掉，只剩下一點結締組織，露出頭骨。我看著蛆蟲在耳朵裡爬進爬出，啃食腦部。拉法尼諾先生絲綢般的白髮已經完全脫落，落在他的右耳邊，好像鬆脫的假髮。蛆蟲不喜歡毛髮和骨骼，所以他們會沿著頭皮組織一路往下吃進去，每個毛囊都變成一個洞，在他們的侵略攻勢下，頭蓋骨就露了出來。

我憋氣靠近想看清楚點。但是我才剛踏出腳步，就聽見一聲清脆的碎裂聲，當下我心裡警鈴大作，馬上後退一步。我踩到蒼蠅的蛹殼了。每個殼的形狀大小就跟一顆米粒差不多，沿著屍體四周到處都是。野外的蛆在變成蛹之前會先挖土把自己埋進地底，但這裡因為廚房地面堅硬，四處遍佈蒼蠅蛹。我踩碎了一堆蠅蛹，靠近遺體準備開始檢驗——然後馬上又縮了回來，死者的衣服會動。一大群蛆蟲在衣服底下蠕扭，讓屍體看起來好像會顫抖。我又感覺到一股強烈的反胃。

蛆蟲通常不喜歡四肢，因為手臂和腿沒有那麼多柔軟組織，所以我把注意力放到死者手腳上，希望這些部位會比較沒那麼嚇人。表面的皮膚已經脫水變成深棕色皮革狀態。從抓著醃漬物罐的手上，我能看得到手指骨頭的線條和關節。一指鑲著祖母石的金戒指鬆鬆地掛在他的中指上。看到這隻戴著珠寶的木乃伊手緊抓著玻璃罐，罐子裡頭還有食材漂浮著的畫面，比蠕動的蛆蟲讓我突然感到更強烈的噁心感。我別開頭，深呼吸了幾口氣，努力壓抑嘔吐的衝動。

「你要不要去檢查他的個人物品，」羅素同情地提出建議。他已經訓練過許多年輕法醫，一眼就看穿我噁心反胃的表情。「找到東西就跟我說一聲。」

「好，」我勉強擠出一個字。然後我才發現我根本不知道自己要做什麼。「我具體是要找什麼東西呢？」

「任何可能會影響死亡調查的東西。第一件事就是找找看有沒有遺書。翻翻垃圾桶看看有沒有未繳的帳單或私人信件，這可能可以幫我們釐清他死前的心理狀態。檢查冰箱，如果是空的，他可能有經濟問題。如果冰滿了酒，那他就是酒鬼。看看藥櫃裡面有沒有空的藥罐子，如果有，判斷這些藥可不可能是自殺時使用的藥物。垃圾、冰箱、醫藥櫃。」羅素舉起戴著手套的手指數了數這三個重點。「你等於幫了我省了事。我想要把他裝進屍袋然後離開這裡。」

我從客廳垃圾桶開始，因為這裡離打開的窗戶最近。從義大利寄來的信成堆擱在書桌上。我對於死者藏書之豐富暗自讚嘆了一番，大多是義大利文書，其中也有英文和法文書，整齊排在窄小的書架上。另外一個架子上放滿了歌劇CD，仔細按照作曲家排列。拉法尼諾先生在這間位於鐵路旁、略嫌寒酸但一絲不苟的公寓中投入不少心血，裝置了品質極佳的木造家具。我走向敞開的窗戶，看到外面的陽臺上有好幾盆結了果的番茄盆栽。植物的香氣馬上沖淡了腐屍的惡臭，我真希望自己可以一直站在這裡，躲著我的同事直到離開那一刻為止。有幾株盆栽上垂掛著結實飽滿的果實。能夠在陽臺上種出這麼漂亮的番茄的男子，他的死真是紐約市的損失。

藥櫃裡有一罐滿滿的泰諾感冒藥、一把傳統式雙刃型安全刮鬍刀、一把牙刷。完全沒有處方用藥。廚房放了一個胡桃木的架子，架子上擺了幾瓶還沒開封的紅酒，櫥櫃裡有半瓶義式白蘭地，沒有任何濫用的跡象。冰箱裡不是空的，這點倒是十分明顯——保鮮盒裡裝滿了蔬菜，已經略顯枯萎但還沒腐爛。熏肉和裝在大罐子裡的家常義大利麵醬擺放在架子上。我站在離腐屍三十公分距離旁，閉上眼睛，想像自己在埃里科・拉法尼諾煮飯時的小廚房裡，也許是週日料理，羊肉與小牛肉淋上肉汁，或是義大利蔬菜湯，裡頭放滿自家種植的羅勒。結果沒用，這地方仍然被死亡的氣味徹底籠罩。

羅素從工作包裡抽出四條浴巾，分別把屍體的四肢包裹起來。我問他為什麼要這麼做，「要施力，」他答道。「有時候皮膚會一拉就脫落，你無法預測。用浴巾比直接抓著嚴重腐爛的手好多了。」羅素和我們的司機一起抓起屍體的手腳，把它裝進屍袋。一堆蛆從軀幹掉下來，落入屍水裡瘋狂扭動，那一灘顏色、質地都像機油的液體就這樣留在地面上。

我知道我一定會在法醫鑑定小組的報告上看到「鄰居表示聞到奇怪的臭味」這幾個字。「孤單的惡臭。」赫希這麼形容那氣味。但是當我跟著屍袋和輪車一起走出公寓大門時，我只聞到整個走廊上都是咖啡香。羅素是對的。我說出我的發現，唐恩調查員一邊搬著屍體，臉上又出現那個疲倦的微笑。

因為我這個禮拜要跟著法醫鑑定小組工作，我們把埃里科・拉法尼諾的遺體送回辦公室後，不是由我驗屍。我的第一起腐屍案件是一具浮屍，破破爛爛的剩下一把骨頭。這件案子讓我得以和內部專員、人類學家艾美・日爾森合作。

如果在曼哈頓的空地拿把鏟子用力一掘，一般都會挖到點什麼骨頭。這時建築工程就會中止，警方會把骨頭送到人類學家艾美的手中，艾美就會告訴警方這是什麼東西。百分之九十九的機率會是動物骨頭。紐約人在過去的三百年裡吃掉很多豬、羊、牛。不過有時候也是會有人挖到人類遺骨。警方會把該區四周隔離開來，我們的法醫鑑定小組就會來到現場，工地領班會回家吃兩片阿斯匹林壓壓頭痛，等到警方心滿意足宣布該地已經沒有其他線索為止。通常警方都還會再發現其他骨頭，而艾美則能夠從骨頭中判定出關於這位過世已久的市民的有趣資訊。

二〇〇一年七月十九號的半夜，一具骨骸被沖上布魯克林大橋下的岩岸。警探抵達現場後打給了艾美．日爾森。「我看不出來這是一具人骨還是一頭小牛的骨頭。」他說。

「你幾時在曼哈頓看過牛隻放養？」她回答，「如果上面沒有羽毛或毛皮，就送過來吧。我明天早上再檢查。」警探聽了不是很高興。

隔天早上艾美看了一眼「小牛骨」，就把它編上案號了。這具骨骸少了頭部以及手腳的前半段，但是無庸置疑，一定是人骨，不過骨骸的模樣跟萬聖節那種慘白的骨頭不同。骨頭經歷了皂化作用（saponification），這是一種在寒冷潮濕、缺乏氧氣的地方會發生的生物化學變化。脂肪組織變成一種灰褐色或淺黃色的肥皂狀物質，稱之為屍蠟（adipocere）。

這具浮屍與我後來驗的其他腐屍不同。標準的腐屍會因為腐爛而崩解，會發紫腫脹，氣味非常可怕——遠比新鮮的屍體還要臭得多。你死後，細菌會繼續生長，把人體內構成細胞的蛋白質吃掉。首先，你的腹部會開始發綠，因為肚子裡面的「好菌」會開始侵蝕四周的組織。你的皮膚會開始出現紫色與黑色相間的大理石紋，這是因為血管裡布滿微生物，把紅血球弄破，釋放出內含物質所導致。腐敗的水泡會開始浮現在皮膚表面。「這些水泡分成兩種，跟酒一樣：紅與白，」赫希醫生有天在下午的課堂時間中警告我們。「不論你要做什麼，千萬不要把水泡弄破。這些水泡是屍臭的成因。」如果你的皮膚完好無缺——如果的意思，就是指你的皮膚沒有被蛆蟲、老鼠或家貓吃掉——你就會成為一顆充滿細菌的氣球。當你被送到我的驗屍臺，我用手術刀一刀劃破你的腹部，那可怕的氣味就會一次全部迸發。我得後退等上幾秒，氣味才會被太平間強而有力的空調系統抽走、過濾後再送回來。

噢，對了——家貓那段是真的。你那條忠心耿耿的黃金獵犬可能會坐在屍體旁，餓著肚子守上好幾天，但是那隻虎紋花貓可不會。你的寵物貓會立刻把你吃掉，從眼球和嘴唇開始，像禿鷹一樣。我親眼目睹過。

這次躺在我驗屍臺上的腐屍，只帶著點淡淡鹽沼地腐爛的味道。屍體的皮膚已經不見了，所以可以直接看到開放的腹腔內部。腹腔組織色澤慘白、質地如蠟，觸感平滑。大多數暴露在外的肋骨都已斷裂，艾美指出呈鋸齒狀的斷骨處，表示斷裂的狀態是死後造成的。我盡可能地記錄一切，送交樣品進行毒物分析，祈禱鑑識生物學實驗室能從我取下的那點蠟黃肌肉和碎裂的骨頭中找到一點可用的DNA。艾美把右股骨從髖關節脫臼取下，然後把部分恥骨、一根鎖骨和兩根肋骨鋸下。在我看來這些選擇很古怪，所以我問她為什麼挑選這些部位的骨頭。「鎖骨末端跟骨幹還沒接合起來。骨頭的頂端在十八到三十歲之間長出，取代軟骨。所以還沒接合的鎖骨能給我們這位性別不明的無名氏一個大概的估計年齡。」

「是男的。他有陰莖。」我指著緊貼在恥骨前方的證據說道。

「很好，那我們知道性別了。我可以用股骨計算出身高，從肋骨和恥骨的成長狀況縮小年齡範圍。使用越多技巧，估算的數值就能越精準。」

艾美跟我年紀相當，身高也一樣，有著一雙棕色眼睛，一頭豐厚、大波浪的黑髮隨性綁成馬尾——還有非常精壯的身材，這身材在這行很有優勢。她已經把股骨放在一張像是超大試鞋尺寸表的比例尺上量測完畢，正在把數據速記下來。不到幾分鐘，艾美已經可以把眼前這堆灰色骨骸判定為二十多歲的男性，身高一百五十八公分，實際身高年齡涵蓋範圍有加減七點六公分和兩歲的誤差值。

下午的輪巡時間，我把這個神祕浮屍案簡報給赫希醫生聽。「首先，」他說，「我不認為他是跳水自殺的。根據目前看到的腐爛程度，他應該是在幾個月前就落入冰冷的河水中，當時可能是冬天。然後他就沉在鹽沼底部。為什麼他沒有跟其他浮屍一樣，落水後幾週就浮出水面被沖上岸？」

「一定是有東西把他拉住了。」我答道。

「是把他壓住。我猜他的手腕和腳踝應該都被綁住。所以屍體在肌肉分解、關節脫臼後才浮上來。」

「但是他的頭呢？」

「可能有個袋子套住了，而且還跟手腕和腳踝綁在一起，沉在河底，」赫希醫生平靜地作出推斷。「不過這不是黑手黨做的。他們會把他帶到十六公里外的河流上游。我認為這起案件與毒品有關。」

艾美・日爾森的辦公室就在醫事檢察處大樓中比較令人退避三舍的放射學專區

對面：那裡停著一臺臺輪車，頭尾相連，全都載著排隊等照X光的腐屍，讓整條走道都散發出一股惡臭。「噢，我現在都聞不到了，」我抱怨那味道時，艾美用絲毫不在乎的口氣說。「應該是我已經有抵抗力了吧。」

鑑識人類學實驗室是隔出來的，環境很乾淨，最多就是二到三公尺的空間，裡頭塞滿了被仔細標籤的紙箱，裝滿骨頭。一臺瓦斯爐和一口大釜被高高放在三角架上頭，那大釜看起來就像是軍用配備，要用它煮出四十人份的湯也絕對沒有問題的模樣。另外有兩口一般的湯鍋正在小火上滾著，煙不斷從熱鍋中緩緩冒出。

艾美用手比了比，示意要我去看看。在最小的一口鍋裡頭滾著的，就是我們的布魯克林大橋浮屍的恥骨。我可以看到那些死灰色的組織正在剝落。另一口大一點的鍋裡則是某人的上臂和有著嚴重疤痕的下顎。「哎呦！」我驚聲道。「是佩雷茲？」艾美點點頭。那個禮拜前幾天我剛完成了迪亞哥．佩雷茲的驗屍，並且請艾美協助判斷死者身上部分已癒合的骨折傷勢是怎麼造成的。

艾美從抽屜拿出一個帶鉸鏈的盒子，小心翼翼打開。盒子裡是一組細長的塑料鑄模，安置在塑膠泡棉之中。她告訴我，這些鑄模是用第四根肋骨接近胸骨那端的表面製成，分別是來自不同性別和不同年齡的肋骨。她拿起無名屍的右邊第四根肋骨，把原本連接在胸骨上的那一端與每一根塑料鑄模比對，直到配對成功為止。「你可以看到肋骨是如何隨著年齡增長，慢慢長出更深的溝紋。有看到那貝殼型的邊緣嗎？後面又變平滑了。」死者的肋骨有一片明顯的瓣型處——跟二十到二十三歲男性的肋骨鑄模完全相符。

「也太酷了吧！」

「我還有一組恥骨模型比這更精準，但要等到你的死者骨頭上的組織都被煮到掉光後才能拿來比對。在估算年齡的時候，有越多模板可以比對越好。如果多研究幾組解剖結構，你估算正確的機率就越高。」

我在艾美的實驗室裡東摸西摸，把一箱箱骨頭開來看。「來，」她說，手上拿著一個裝了一對頸椎骨的證物袋。「斧頭砍殺案。有個男的因為從自家公司偷錢，被自己的叔叔砍死。」

「噢，我有聽到盧卡斯提起這個案子。」我仔細觀察頸椎骨上殘暴、邊緣銳利的破口。「他說致命的一擊斬斷了脊椎動脈。」

「沒錯——但是你可以看得出來，斧頭沒有一路砍到脊椎中樞去。」她給我看的細節，我們在驗屍的時候沒辦法看得這麼清楚。如果警方找到這把斧頭，歸入證據之中，艾美就可以進行工具痕跡分析，證明斧頭與骨頭傷勢吻合——或是可以把斧頭排除在凶器之外。

我拿起一個頭骨。艾美告訴我，那個頭骨屬於一位女性街友，腐爛的屍體在高架鐵路橋下被人發現。「她的牙齒顯示出顯著的生活變化。臼齒可看出曾接受過昂貴的牙醫治療，當時她可能還能負擔得起昂貴的醫療保險，或者她還有工作福利支付了這個部分。」然而她的上犬齒和下門牙卻有嚴重蛀牙。嚴重程度讓我覺得她一定一直在忍受慢性蛀牙的疼痛。艾美從我手上接過頭骨，仔細看了看，又還給我。「每一個骨頭都訴說不同的故事，」她說。「我真愛我的工作。」

週末時，又有一具浮屍送來，這次頭部還在。這起案件被分發給我的同事，凱倫・圖里醫生。失蹤人口組的警探傳真了一份報告給我們，裡頭是一位一個月前失蹤的男性資料，疑似從五十九街大橋跳水自盡。傳真資料裡形容男子身高一百五十八公分，年紀二十二歲，凱倫的死者比這位失蹤人口還高了十五公分——不過卻完全符合了我的無頭浮屍案的死者特徵。

我致電給失蹤男子的家屬。他們告訴我，男子在失蹤之前因為一場意外住了一個月的院。醫院把X光片送來後，我就直接把片子送到艾美手上。她跟我一起走過臭氣薰天的走廊，來到放射學辦公室，把X光片跟無名屍的片子並排放到燈箱上。艾美仔細一瞧——馬上發出一聲壓低的驚叫。「你看那棘突（spinal processes）！頸椎第七節和胸椎第一節都完全相符！」兩張X光片都顯示出一對長得一模一樣的亮白色五角形。這就是棘突，也就是脊柱之間的結。每個人的棘突都有一點不同，所以能幫兩塊脊椎骨找到完美配對，在鑑識學上就是決定性的證據了。這證明了失蹤人口跟無名氏的脊椎是同一條。「你找到你要的身分了，寶貝！」艾美笑道，我轉身跟她擊掌。

五天。我不敢相信我們只花了五天時間就為史蒂芬・布蘭可這宗無頭腐屍懸案做出身分辨識。赫希醫生在第一天下午的輪巡時還警告說有些無名屍永遠都將無名無姓。然而，透過科學、警力和機運的合作，我們在屍體被發現的一個禮拜內就查出了史蒂芬・布蘭可是什麼人。

ＤＮＡ檢測結果不久後也從鑑識科學部（Forensic Sciences Division）送回，與我們的結論相符。我馬上簽下暫定版死亡證明書，並把遺體交還給家屬進行後續殯葬事宜。殯葬業者告訴我，布蘭可一家對這個悲傷的消息非常感激，他們的兒子深受憂鬱所苦，並且有自殺傾向。警方告訴他們，有許多目擊證人通報說看到一名與他們的兒子外型相符的男子從五十九街大橋縱身一跳，落入東河中，日期跟史蒂芬失蹤的日子是同一天。那已經是五週前的事了。他們知道真相後感到鬆了一口氣，終於可以好好悼念他了。

這起案件最後仍有個鑑識上的疑點懸而未決。赫希醫生提出的吸毒棄屍的臆測錯了——但我看得出來他的臆測完全符合科學邏輯，且是集合了過往經驗所做出的判斷。我們會在冬天的沼澤或寒冷的鹽水河底發現跟布蘭可的徵兆相符的腐屍。這些屍體不會在泡水一個月後，出現在七月中旬的東河。夏天的跳水者一般來說隔一到兩天，就會因為腐爛和細菌脹氣讓屍體浮上水面。那這具屍體為什麼會一直沉在底下呢？皂化現象又是為什麼會發展得這麼快呢？

這些沒有答案的問題，再次讓我深思赫希語錄的智慧：「不要把驗屍跟死亡調查搞混了。前者只是後者的一部分。」赫希醫生臆測這個男子被綑綁後棄屍於河裡，是根據我進行驗屍這天唯一的線索判定的：也就是屍體的腐爛程度。如果沒有艾美的骨骼解析、沒有那兩張X光片、少了警方的失蹤人口報告，我們就不可能發現事實真相。我們可能會認為史蒂芬·布蘭可是一起未被查明的凶殺案的被害人，布蘭可一家也永遠不會知道他的命運。

就連人類學家艾美也不見得能夠憑空變出屍體的身分證明。這個城市的公墓就埋了將近一百萬具無名屍體。不過，每隔一段日子，就連已經被遺忘的死者也會回來重新取回自己的名字。一九八六年十月，紐約市有名男子酗酒過量死亡，他被埋在哈特島上其中一座只有編號的無名塚。過了十五年半後，傑米．盧比歐重拾了真實姓名。

盧比歐是個酒鬼，平時露宿街頭。他被人發現躺在人行道上吐血，送到曼哈頓醫院後，還沒來得及恢復意識、表明身分就去世了，沒有人知道他是誰。當時沒有人替他驗屍，這名死者被以公費埋葬，身分紀錄為無名氏，眾人就這麼遺忘了他。他的兩個妹妹在一九八六年提出了失蹤人口報告，結果一點線索也沒有，但是羅莎和艾爾瑪沒有放棄，一直纏著警方調查。最後在二〇〇二年，失蹤人口小隊成功從傑米．盧比歐早期遭逮捕的紀錄中找到兩組指紋，因此在我們的無名氏死後調查檔案中，這位死者終於又取回了自己的姓名。

盧比歐先生的妹妹們得知傑米的屍體沒有經過解剖，她們便提出補驗要求，這個案子因此來到了我手中。被重新挖出的屍體，跟著一堆泥土一起裝在屍袋裡，送到大坑來。我最多就只能把混著砂土的棕色糊狀物體從原本死者腹部的位置勺出，以及從頭骨裡挖出一些發綠的糊狀組織。如果毒物學實驗室能從放在棺材裡十五年的東西驗出任何結果就厲害了。我也與艾美一起評估了骨骼狀態，尋找可能的裂痕或其他創傷跡象。我們比對了X光片，這是所有腐屍都要進行的程序，但結果什麼都沒發現。完成這起死後超久才進行的驗屍之後，我打給傑米．盧比歐的妹妹們，試著跟她們解釋，因為遺體幾乎只剩骨架，我沒有太多方法可以檢驗她們哥哥的死亡原因。羅莎聞訊大聲哭了起來，彷彿傑米是昨天才剛去世一樣。最後艾爾瑪終於成功安撫她，兩位妹妹還大力向我致謝。

幾個禮拜後，我在忙著寫一起特別複雜的自殺案的驗屍報告——一名年輕男子引火自焚的同時，還在自己肚子上插了一把刀，幾個禮拜內他經歷了數起手術，最終還是死亡了——這時電話響了。是醫事檢察處櫃臺人員打來的。傑米．盧比歐的兩個妹妹未先告知就來到大廳——並且堅持除非能見到哥哥一面，否則她們不會離開。

我下樓去跟羅莎和艾爾瑪談話。兩個妹妹都一臉哭過的模樣。他們告訴我，傑米的屍骨要直接被送去下葬，但是希望能夠在遺骸送往墓園之前再見他一面。顯然她們沒錢請殯儀館舉辦一場開棺告別式。我心裡很同情，但同時也很擔心。我們的工作地點本來就不開放參觀。雖然電視上會這麼演，但我們其實不會把家屬帶來這裡認屍。如果我們需要讓家屬指認遺體身分，我們會帶家屬到安靜、嚴肅的大廳旁的一間小辦公室，拿拍立得照片給家屬看。要帶著這兩個可憐的女人穿越大坑，讓她們看看自己哥哥沾滿泥土的遺骨，這行為實在是太恐怖到近乎殘忍的地步。

我走到前臺，打了通電話給太平間技術主任，問他能不能試試看把遺骸擺置好，供家屬瞻仰。當我向他解釋原因的時候，他說，「我問問賈姬吧。」賈姬是一位總是臨危不亂的年輕女孩，散發出冷靜與同情的氛圍，她是我最喜歡的技術人員之一，同時她也能說一口流利的西班牙語。如果說有誰能夠在法醫的太平間裡臨時變出像喪禮那樣的觀禮環境，一定就是賈姬了。

她做得棒極了。那時已經接近下班時間，所以等我帶著傑米·盧比歐的兩個啜泣的妹妹走到後方一間小房間裡的時候，大多數可怕的驗屍案件都已經結束清空了。賈姬把骨骸排放在輪床上，用一張藍色的床單折出一個枕頭，放在頭骨下方。她還在骨骸其他部位蓋上藍色床單，讓兩個妹妹可以看得出人體線條，但又不會一眼就看見屍骨。賈姬甚至把輪床裝飾得有點像是棺木內部的模樣。傑米的遺體看起來相當平靜。

他的兩個妹妹站在小房間裡，一邊啜泣，一邊走到各個角度檢視骨骸。「看起來就是他的樣子，」羅莎用西文說道。「他的眼睛看起來總是有點鬥雞眼。」她停了一下，然後用英文大聲哭喊了起來，「哥哥，我愛你！我們沒有機會見上最後一面實在是太不公平了！」艾爾瑪從頭到尾都用毛衣掩住口鼻，雖然其實乾燥的屍骨是沒有味道的。她一度轉向賈姬，用西班牙文問她：「你怎麼有辦法做這份工作？」

「習慣就好。」賈姬答道。

我們又在那裡站了幾分鐘。兩個妹妹終於停止哭泣。骨骸還是一直用空洞的眼窩看著她們，其中一眼有點鬥雞眼的樣子，然後我就護送她們回到大廳。到大廳後，艾爾瑪才終於把毛衣從口鼻上移開，拿剛剛問過賈姬的問題又問了我一次——我怎麼有辦法做這種工作？「一切都是為了這些骨頭，」我誠實告訴她。「為了生者，像你跟我這樣的人。我是為了你們才這麼做的。」兩人給了我一個擁抱，表達過謝意後，手勾著手走出了大門。

並非所有身分不明的遺骸來到我們這裡以後都會成為法醫的管轄範圍，其中有

些案件甚至可說是無法分類。有次一名男子打電話報警，因為他在中央公園的一塊岩石上踢到一個人類頭骨，這個頭骨被羽毛包裹，掛著珠珠項鍊，上頭貌似還有血跡。艾美交出報告後，警方的結論認為這一定是巫毒儀式或是惡作劇。頭骨是真的沒錯，但是羽毛卻是假的，「血跡」則只是顏料罷了。

二〇〇二年五月初，一位警探背著一個塑膠桶子來到我們辦公室。這個桶子無故出現在一棟公寓大樓的走廊上，警戒的住戶報了警。「巡警看了一眼就打給我了，」警探說道。「我只瞥了一下，差點吐出來。現在我得知道這裡頭是不是有個死掉的胚胎，因為看起來就像是那麼一回事。」

這個神祕桶案件發給海斯醫生。他把手伸進帶著紅色斑點的桶子裡，撈出了一個冷冰冰、硬梆梆的東西。是一座陶瓷相吻天使塑像。這已經夠奇怪了，他還找到好幾打瑪拉斯奇諾櫻桃。最後海斯醫生從桶子裡拉出了一對長達六十公分的長條狀有機體。海斯醫生判定這若非被去皮的蛇，就是驢子的陰莖——但他不確定是哪一個。海斯醫生把找到的物體洗乾淨，送到放射學辦公室。X光片揭露這兩個條狀物絕非胚胎：不含骨頭。那就可能是陰莖了。為求保險起見，海斯醫生還把條狀物體切成兩段觀察，從切面可以看到裡頭有著海綿質地的組織。沒錯，這是陰莖，來自非人類的動物身上。

海斯醫生本來就是急智碎嘴王，所以聽他用文質彬彬的英國腔報告神祕的驢屌案成了所有人那週的亮點。有人說就因為那陰莖有六十公分長，且跟可樂罐一樣粗，不代表就不是人類陰莖。是的，這對器官真是完全與已知人類陰莖的尺寸差太多了，但是他仍有責任要做到科學信度吧？為什麼他沒有採集樣本，用顯微鏡研究，以確保沒有誤判？這案子搞不好可以寫成一篇期刊論文來發表呢！

海斯醫生告訴我們，在佛羅里達，也就是他受訓的地方，常常可以看到這類東西。這可能是古巴桑泰里亞教派視為愛情魔咒的配備之一。但是在醫事檢察處的辦公室裡，這對陰莖到底用途為何其實並不重要。海斯醫生只要確定這些條狀組織絕對不屬於人體，他的工作就完成了。他把兩條陰莖扔了——還有櫻桃、親吻天使像，和那個桶子也丟了。我聽說的時候很失望。他應該至少把親吻天使像留下來當紙鎮才對。

7. 死於他人之手

多明哥．蘇洛的遺體在二〇〇一年八月六號被送到太平間來，佛洛蒙本醫生認為是時候讓我接手第一起凶殺調查案件了。培訓人員要先行處理過比較簡易的凶殺案之後，他才會讓我們開始接觸多重槍傷案，或是難以處理的多處刀傷案件。「我寧願幫七名都是一槍致命的死者驗屍，也不想要接手一個死者身上有七處槍傷的案子。」赫希語錄如是說。佛洛蒙本那天早上翻了翻鑑識調查員的報告後，就把蘇洛的案子派給了我。看來不難——應該是兩處，也許三處刀傷。

多明哥．蘇洛已婚還外遇，這件事被他太太的哥哥發現了，於是多明哥就遇上刺殺事件。他二十六歲，個子矮小纖細，長得並不是特別俊美。身上寥寥幾處刺青沒有幫派象徵或是坐過牢的跡象。驗屍最難的一件事，就是要記錄所有小傷。他的身體告訴我這個人經過一番纏鬥，也許是自我防衛吧。我花了很長時間，記錄、描述每一個指結的擦傷、瘀青和刮傷，不論傷口多小都不容錯過。

蘇洛被送進急診室後就直接進了手術室，要分辨手術傷口和刀刃刺穿傷的差異，竟比我想像中還要複雜。驗屍結果顯示蘇洛右胸遭到一記深刺後，傷到鎖骨下動脈，因此流了許多血。醫療小組在這處致命刀傷的位置擺了一個引流管（surgical drain）。我一開始不明白他們為何要這麼做，這處傷口已經遭到污染，從傷口裡頭伸出一道閥門只會讓它變成敗血症的快速道路。除此之外，當我試著要檢查凶器造成的血淋淋傷口時，他們留在傷口裡的那個塑膠材料也讓我更加難以辨識刀刃到底深入到何處。我對這場手術的消毒漏洞因此更加火大——病患被暴露在高度感染風險中，還搞得法醫病理學家一個頭兩個大。

不過蘇洛倒不是死於感染，他是流血致死的。從我在外科的工作經驗判斷，創傷小組可能在病患一送進手術室的當下就開始進入傷害控管模式，在傷口中置入導流管可能是第一時間能採取的手段。外科醫師縫合動脈傷口，止住了出血點，但是已經為時已晚。他的維生器官色澤蒼白，不像新鮮組織，比較像過期的內臟。在標準驗屍過程中，內臟應該是亮紅色且帶著光澤，當我下刀時，血應該會流到我的驗屍臺上，然而蘇洛的器官裡頭都已經乾巴巴的了。

照片顯示他在現場血流成河。打鬥是從他自家公寓大樓頂樓開始的，頂樓看起來到處都是空啤酒罐和烈酒空瓶。多明哥和大舅子顯然就在那裡一路扭打到多明哥的公寓裡，然後就在那裡遭刺。蘇洛最後倒在大樓的大廳，留下一大片血跡。我跟負責此案的助理地方檢察官碰面時，她告訴我大舅子打算指稱是多明哥自己拔刀，結果意外「跌倒」在刀子上面。助理地方檢察官打算請我出庭作證，說明我在驗屍時發現的傷口是否符合長期打鬥所致。她相信我記錄到的多重刀傷和自衛傷口一定可以推翻「意外」的說詞。不過檢察官最後沒有發傳票給我，所以我沒有出庭作證。

「如何？」提傑聽到我的第一起凶殺案竟是如此結束，看起來十分失望。「那個大舅子後來如何了？」

「考倒我了。大概接受認罪協議了吧。他一開始是拒絕了，地方助理檢察官覺得此舉非常愚蠢。我猜他最後應該是接受認罪求輕判。」

「我不敢相信你居然毫不好奇，都沒關心結果！」

「我很忙，」我指出。「地方助理檢察官也一樣。我們每個人手上都同時有好幾起案件要煩心，才沒空八卦已經了結的案子呢。」

謀殺案大概是每個人都想要聽的案子。這些謀殺案其實只佔了我接手所有案件數量的百分之十，卻會用掉我超出比例的工作時間。殺人案件的驗屍需要進行超多細節性的工作，所以我如果打算在死亡方式那一欄勾選「凶殺」，一定要非常確定這真的是凶殺案才行。

我的職業在這超過十年的時間中，一直是電視劇的熱門主題。每次看到電視上如何虛構我的工作，我就會樂不可支。女法醫眼神迷濛，穿著細跟高跟鞋，露著乳溝，出現在血淋淋、氣氛詭譎的凶殺現場。她能立刻堅定做出判斷，還能風趣地跟同事調笑——還要帶著那麼點性暗示。每次電視一播出這類劇集，我總是笑到不行。在真實世界裡，我受訓的一個月中，曾有一個禮拜的時間都跟著犯罪現場小組的警探一起前往紐約的凶殺現場。我會穿舒適的鞋子，和一件法醫的風衣。

計程車放我在位於皇后區工業園區的犯罪現場小組總部下車後，我走進大樓，見到懷斯警探和伊耿警探就坐在一張鋼材辦公桌旁，從希臘圖案的紙杯中喝著咖啡。查理・伊耿年紀四十多快五十歲，是個體格苗條、嚴肅的黑人，講話帶著千里達島的口音。保羅・懷斯是個金髮帥哥，穿著合身西裝和一雙擦得亮晶晶的皮鞋，笑起來時一口潔白的牙齒，自信滿滿的樣子。我到的時候剛好是他們的晚餐時間。

我已經吃過了，所以我只禮貌性地吃了幾個洋蔥圈，一邊想讓查理多吐露點關於處理死亡案件現場的細節。他對自己的工作已經很熟悉了，而且也不吝分享——但是在他深入說更多之前，電話響了。平地大道比爾德希遊樂場附近一名青少年頭部遭槍擊。

現場到處都是警察——警車頂燈閃個不停，四周拉起了黃色封鎖線把民眾隔離開來，人行道上有一灘血跡——可是沒有屍體。中槍的男孩在是救護車上斷氣的，不是死在街上。他中槍的現場地上可見許多點四五口徑的彈殼，最後這八個彈殼都會被蒐集起來。管區警員在人行道上和馬路上的彈殼上方都蓋了紙杯，其他還有幾個滾到車底下和垃圾桶後面。一只銀色底座的鑽石耳環跟一頂洋基隊的棒球帽一起掉在地上的積血中。我們只找到一顆子彈。

這起案子的調查負責人是保羅，他開始把犯罪現場畫下來。他先描繪了人行道、貝果店和緊鄰一旁的洗衣店，然後又快速地在垃圾桶的位置畫出一個方框，接著把每一個證據的位置都精準標示在圖表上，從編號D1到D12，用計距器測量出距離和三角測量牆面和路緣石。他記錄每臺車的車牌和車輛識別代碼（VIN），一邊低聲咒罵這個複雜的槍擊現場。

完成現場草圖後，警探拿出照相機把現場拍起來。他在人行道上拍了相當多張照片，街道兩邊也拍了，還有那面染了血的陰暗牆面。我們必須從各個角度拍攝每個證物，並且清楚拍出物體細節。我說我可以幫忙，所以保羅教我如何用貼紙幫每個彈殼編號後黏貼在一旁，並且確保貼紙不會被吹走。每當他拍完一個彈殼，我就會把彈殼撿起（要戴著手套），然後把它放進一枚寫上標籤的夾鏈袋裡。得有人去把滾到車底下的彈殼撿回來，所以這也變成我的工作，而其他男警探，包含犯罪現場小組和凶殺組的警探，都跑來一邊盯著我看。「你們應該要常常帶她一起來。」當我鑽到一臺低底盤的本田汽車底下時，聽到有人在一旁這麼說。

等我們把證據都收集完畢後，查理和我跟保羅一起坐在擁擠的小貨車上，等保羅把每樣物件都貼上標籤並登記好。「剛開始做這份工作的時候，我會把東西全都帶回辦公室，在辦公室裡記錄，」保羅對我解釋道。「但是每一次等我走進辦公室，把證物攤開來，拿起筆——電話就響了。我從來沒辦法在新案件進來之前完成手上的案子。現在我都在現場完成標籤紀錄。我還在這個案子的現場，他們就不能派我去做另外一件案子了。」他用手上的筆點了點太陽穴。「聰明吧。」

查理翻了個白眼。「已經很晚了，」他說。「寫快點好不好。」

等我們回到辦公室的時候，時間已經過了午夜。查理哈欠連連。保羅的西裝皺巴巴的，領帶也歪了。另一位犯罪現場小組的警員毫不留情地取笑他。

「警探，襯衫要扎好啊！」

「我從沒看過他整個人皺成這樣過。」

「身邊跟了個美女，他一定超囧的啦！」

保羅全當耳邊風。他說他可以開犯罪現場小組的小貨車載我回布朗克斯，這樣我就可以省一趟計程車資。

車子開上狄根少校高速公路，我打著瞌睡——突然之間小貨車停了下來。我們前方有一臺載著兩名男子的改裝福特野馬看來是失控撞向了陸橋牆面，男子目測沒有受傷跡象，但是當保羅亮起車頂上的警示燈和探照燈的時候，他們倆看起來都是一副完全搞不清楚狀況的模樣。「我們待命就好，」他告訴我，平時的輕佻消失得無影無蹤。「想在工作時送命，最好的方法就是在高速公路上下車。」他一把拽下儀表板上的廣播器，啟動開關。「請站在車旁邊，拖車已經在路上了，」保羅的聲音從擴音器裡傳出，兩名男子眨了眨眼，其中一人稍微揮揮手以示感謝。「有什麼話想說嗎？」保羅問道，把麥克風遞給我。

「你們最好感激我是在這裡，而不是在驗屍臺上看著你們這兩個白癡。」我大聲地用一個平板音調對著沒開開關的麥克風說道，保羅大笑。他打電話到勤務中心報告這起事件，然後我們繼續亮著警示燈，又坐在那裡等了半小時，也許更久，直到巡邏車和拖車抵達為止。十分鐘之後我就回到家了，很高興自己平安歸來。

這個禮拜跟著犯罪現場小組工作的經驗，印證了赫希醫生說的：我隸屬的組別所需要的人才範圍包山包海、各領域和不同專長皆有。是的，死亡證明書上簽的是我的名字沒錯——但是整起調查過程從來不是我自己一個人完成的。比方說那起令人難忘的國王的新衣案件，我就跟警方和地方檢察官合作，並且提交關鍵傷害分析證據，幫忙把凶手送進大牢裡。

凌晨一點，派蒂．布朗和男朋友獨自在家，兩人為了劈腿的事情吵得不可開交，他拿出瑞士小刀，猛刺了她三刀，傷及她的頸靜脈。派蒂跑到走廊上，全身衣衫不整，頸部血流不止。她男友全身一絲不掛跟了出來。

其中一位鄰居猛地打開了門，看見血淋淋的女子倒在地上掙扎著，還有一個裸男全身是血站在她身旁。鄰居見狀立刻深鎖大門，拿起電話報警。裸男開始猛敲他家大門。顯然派蒂家的大門在他們出門後就自動反鎖了，他在走廊上大聲呼叫著要鄰居借他一件衣服。派蒂這時還躺在地上慢慢流血致死。這位男友又去敲另一家的大門，但是沒人肯借他衣服穿，所以他跑下樓出了公寓大門。就在那兒，對街上的甜甜圈店前，正好就停了一臺紐約市警察局的巡邏車。

國王的新衣，這是後來地方檢察官辦公室幫凶手取的名字，他告訴警察：「我拿刀捅她。」其中一名警官扣留了國王，另一位則衝進公寓。他發現被害人倒在自己的血泊中。派蒂．布朗撐著最後一口氣，向警官說出男友的名字，然後就失去意識了。她最後死於急診室。

派蒂．布朗的驗屍過程花了我很長的時間。頸部解剖極度困難，但是最後終於還是清楚看到那三刀的位置，傷口一路深達布朗的頸靜脈。太平間的攝影師來到現場，拍下了完美的照片。我同時還得首度啟用紐約州性侵害證據搜集工具，通常（不精確地）被稱為強暴檢驗工具，這就花了我半小時——比佛洛蒙本教我的基本程序所需時間多了一倍之久。如果死亡的情況中包含性行為、如果有家庭暴力的跡象，或是如果死者被發現時是全裸或半裸，法醫就必須進行強暴檢驗。但這並不代表一定有發生強暴行為。強暴檢驗包含使用一套工具搜集微量證據、ＤＮＡ，以及性行為的證據，不論性行為是否為兩廂情願都一樣。再加上透過驗屍記錄瘀青或傷口，以及性行為證據，可能會指出性行為是非自願發生的——但我的工作只需要搜集證據，警方或地方檢察官會決定他們是否要提起告訴。

強暴檢驗工具中有一個塑膠袋和四根棉花棒，還有一堆已經事先貼好標籤的小信封。第一根棉花棒上面的標籤寫的是陰道上部樣本，第二根棉花棒寫的是肛門部位，第三根寫的是口腔。第四根棉花棒上頭寫的是「分泌物」。我不知道要怎麼處理第四根棉棒，蘇珊．伊萊醫生正好在我隔壁桌處理自殺案件，我決定問問她。「噢，那是要讓你採集屍體全身上下任何地方發現的可疑黏液用的。」她說。工具組裡面還有一把指甲剪，以及分別用來裝左右手指甲的信封袋——可以從受害人的指甲底下取出嫌犯的DNA進行檢驗。等我完成所有步驟，把證物袋封好，便接著完成驗屍，然後在下午三點的會議上報告布朗這起案子。工作結束後我心情還不錯，死後凶殺案調查，這是我經手的第三起案件，不過一切都很順利。

隔天史黛芬尼．費歐麗醫生在早上會議結束後跑來找我。她的眼神中有種掠食者的神情，搞得我很緊張。「你應該有注意到昨天在赫希醫生輪巡的時候，你說你那件凶殺案死因是『頸部切割傷』吧？應該是『穿刺傷』才對。」我馬上告訴她她說錯了，但是史黛芬尼非常堅持。「你就是說『切割傷』。」

「那我一定是口誤，」我回答道。「我確定我在死亡證明書上寫的一定是『穿刺傷』。」我非常明白這兩者間的差別在哪。切割傷的傷口在表面長度比深度大，而穿刺傷是傷口深度比表面傷口長度大。法醫病理學家如果在處理創傷案件時把這兩者搞混，等於是連基本工作都沒做到：明確辨識傷口。

「為了保險起見，你最好再檢查一次死亡證明書，因為我很確定我聽到的是什麼。」語畢，史黛芬尼就趾高氣昂地走了。

我真是氣炸了。她以為她是誰啊？我只不過是在開會的時候一時口誤，有那麼嚴重嗎？重要的是那份會被起訴人、辯護人、法官和陪審團參考的官方法律文件：死亡證明書才對。我真是等不及要把布朗的死亡證明書拿出來，然後我就可以好好感謝一下史黛芬尼的關切，告訴她實在不用多慮了。沒錯，我要來好好告訴她一點道理。我要來——直到我看到死亡證明書。死亡原因其中一行就寫著「頸部切割傷」。

媽的！我居然把我經手的第三起凶殺案的死亡證明書寫錯了！

檢調單位已經掌握所有資料，我無比希望嫌犯會選擇認罪協商。我必須修正死亡證明書，而且我不是只是寫錯死者的出生月份而已。我把死因寫錯了！辯方律師可能會在交叉訊問的時候把我釘到死。我是要怎麼跟陪審團解釋對於死亡原因改變心意這件事？但不論如何，這還是會比我直接以原本的死亡證明書——就是錯誤的那份——出庭來得好多了。史黛芬尼・費歐麗救了我的小命。

我去見地方助理檢察官吉兒・霍克絲特的時候，她完全沒有提到死亡證明書修訂的事。她對於國王的新衣不肯接受協商而滿心不爽。「我真不敢相信這傢伙居然不肯認罪，但是我們距離判定出他到底該服刑多少年還有一大段距離。我可以接受過失殺人，十五年到終生監禁，但是他不願意接受十年以上的刑期。」她提起精神打開檔案。「我還收到這堆東西。」吉兒遞給我一疊八乘十的照片，照片裡是個沒割包皮的裸男，全身皮膚蒼白、毛髮茂盛，還有一雙湛藍色的眼睛。照片裡的他雙眼直視鏡頭。他全身上下都是血，特別是雙手。沒錯，國王的新衣手上滿是真正的血跡，地方助理檢察官有照片可以證明。「犯罪現場小組在現場幫他拍的照，」她告訴我。「這照片逗得全辦公室都樂了。」

在這張正面全身照底下還有另一張照片。這張是對著他的脖子拍的特寫，在畫面左邊角落有一撮胸毛。他的脖子左側有四道抓痕，其中幾道還稍微呈曲線狀。

「你看！」我說道。「她把他抓傷了。」

吉兒湊過來看照片。「這是你想的那個嗎？」

「沒錯，這太經典了。這不可能是刀子弄的。你有看到這裡的指甲形狀嗎？」我指著照片。「嘿，我在做強暴檢驗的時候有把她的指甲剪下來作證物。我打賭那裡頭一定有可用的DNA。」

「那好，」吉兒一邊在筆記本上振筆疾書，一邊回答。「我們已經在凶刀上找到他和她的DNA。不過如果你覺得這些是抓痕，那我想請你出庭作證。這可以推出意圖。」

「沒問題。」

那些抓痕證明死者是為求保命而掙扎，我對傷勢的解說能讓辯方律師難以將刀傷辯稱為意外。國王的新衣最後接受了認罪協議，被判十五年有期徒刑。對於自己最後不用真的出庭作證，我著實鬆了口氣，不過後來我的經驗告訴我，其實我不需要對於誤植死亡證明書這麼驚慌。赫希醫生教我們，陪審團能理解醫生也只是一般人。「他們只會在你不肯認錯的時候抓著錯誤針對你。」

史都華、唐和我都從赫希醫生那裡學到完整的槍傷訓練。我們花了很長時間在槍擊凶殺案中，追蹤子彈和散彈，比對子彈進出的傷口。所有細節一定都要互相對得上才行，法醫對於遺體遭遇的事件描述，可以協助警方判斷開槍的方向和距離，有時甚至可以分辨出槍傷產生的先後順序。通常遺體中取出的子彈都能與凶器配對，在法庭上，這些子彈也會成為強力的證據。

子彈射進體內的傷口，通常都是一個圓形的洞，穿過皮膚，傷口會留下擦傷邊緣，或稱之為「磨損邊緣」（abraded margins）。如果彈孔的邊緣呈「撕裂邊緣」（lacerated margins），那這個彈孔可就是子彈射出的路徑。我的驗屍工具組中包含有四種傷害探棒，其中一根比鉛筆略細一點的金屬棒，長約四十六公分。「從子彈的出口往入口進行探測一定比較容易，」赫希醫生指導道。「你必須要清楚描述彈孔的模樣、邊緣，以及出血量。如果沒有流很多血，這個傷口可能就是在連續幾槍之中，比較慢射中死者的那一槍，因為動脈血壓降低導致出血減少。」

子彈的路徑是可預測的，一旦進入人體後，子彈不會亂跑，大多數都是直線前進。如果打中骨頭，可能就會卡在骨頭上，或者這顆子彈的去向就會被稍微改變，但是它不會像小鋼珠一樣彈來彈去。有些子彈的設計是打中目標後，會在目標體內綻放出無數銳利的花瓣。外科醫生和法醫病理學家無人不恨這種東西。這種情況下，我們得親手移除子彈，不能使用任何會刮傷、使彈道證據受損的工具。我會戴兩層乳膠手套，中間夾一層棉手套，但即便如此，也不一定就能保證不會受傷。伸手在死者體內到處撈一塊小金屬，還可能會被割破手套和皮膚，這是我由衷希望自己可以不用面對的職場風險。

法醫病理學家也是會遇到令人摸不著頭緒的彈道謎團，其中子彈血栓是我最喜歡的一種。子彈射進跳動的心臟中，位置正確衝力也剛好，讓這顆子彈被沖入血液循環系統裡，然後一路直達越來越細小的血管，最後終於卡住，位置已經離進入點非常遠了。「我遇過最奇怪的子彈路徑。」赫希醫生告訴我們，那起案件是一名遭胸腔射擊的男子，結果子彈最後卻跑到原本毫無創傷的肝臟內部。這顆子彈跑到死者的後大靜脈，地心引力又把它一路向下拉到肝靜脈（hepatic vein）裡頭。

如果遺體上有子彈進入的傷口，卻沒有出口，你就得負責找到子彈。沒找到子彈可能會讓凶殺定罪失效。有天下午輪巡的時候，赫希醫生跟我們說了一個故事，這件事是他多年前的親身經歷，一件多發槍傷的案件。在他把所有子彈進出傷口計算完畢且收集起來清點之後，發現竟然少了一顆。他把整具遺體徹底地用X光檢查過，看看有沒有任何金屬碎片殘留在體內，但是卻一無所獲。最後，他告訴我們，「在走投無路的情況下，我只好拿起扳手，把驗屍臺的排水孔拆了。」

「那你有找到嗎？」史都華問。

赫希醫生露出了他那招牌表情，似笑非笑的。「沒有。我沒找到。這件事讓我一直耿耿於懷好多年了。我猜子彈應該是卡在胸椎上，所以X光片才沒拍出來。」我們都哀號了一聲，赫希的表情又多了一點笑意。「但是遺體已經入土為安，我永遠都不會知道答案了。」

人體上的槍傷，會因為距離不同，產生明顯的差異。接觸性傷口指的是槍枝接觸或壓迫在皮膚上方，會留下圓形的燒燙傷，我們稱之為槍管烙印。如果槍枝只是離目標很近，但是沒有直接接觸，炙熱的微粒殘留物會散佈在表面，在彈孔四周留下噴灑狀的擦傷。如果開槍距離小於十五公分（近距槍傷〔close-range wound〕）那麼彈孔附近就還會出現煤灰。距離十五公分以上、七十六公分以下的槍傷，會有表面散佈痕跡但是沒有煤灰，這種槍傷就稱為中距槍傷（intermediate-range wound）。如果槍傷上頭沒有以上描述的特性——沒有煤灰也沒有表面殘留物——那麼這就是遠距槍傷（distant-range bullet wound）了。不論子彈是在七十六公分外發射的，還是二十七公尺，都只會留下一個乾淨俐落的小洞，沒別的了。

二〇〇三年一月的案子讓我學到許多關於彈道的知識，還有槍傷傷口的確切細節。二十二歲的安德烈·傑佛森，是一名來自東哈林區華格納公宅的黑人男子。他因左側太陽穴一記槍擊致死的過程，只有友人賈斯丁目睹。賈斯丁告訴警方，他帶了一把手槍給安德烈，兩人打算把槍賣掉。根據賈斯丁的說法，安德烈舉起槍，對著窗外瞄準。「不要那麼做，」賈斯丁告訴安德烈。

「嘿，還是這樣？」安德烈舉起槍，對準自己的太陽穴，然後——砰——槍就這樣走火了。警方抵達現場時，手槍就掉在窗臺上，而賈斯丁則在企圖離開大樓的時候遭到警方逮捕。

槍傷在安德烈·傑佛森的髮際線邊緣，右耳上面有細微的殘留物質可是沒有煤灰：中距槍傷。子彈穿過傑佛森的大腦，在另一側停住。當我把他的大腦從頭骨上方取出時，子彈就卡在硬膜的位置，緊貼著頭骨，方向與子彈射入的傷口完全相反。子彈很小，與點二二手槍的子彈相符。我把這塊變形的灰色金屬裝袋作為證據，在工作單上寫下：「小口徑、無外包層鉛彈」。

殘留物的狀態告訴我安德烈是在十五到七十六公分的距離之間遭射擊的，這讓賈斯丁所說、安德烈是自己射中自己這狀況可能為真。中距射程的距離範圍，短可以短到能由死者自己扣下扳機，長也能長到能排除這個可能性。當然，任何距離也都可能是由他人持槍對死者扣下扳機——若是如此，那麼此案就是凶殺案了。

所以到底是誰做的呢？我向警方提出申請，由他們進行槍枝射程分析，兩個半月後收到尚恩・哈特（Sean Hart）警探捎來的驚喜消息，邀請我到現場親眼觀看彈道測試。我問他能不能讓我帶一位學生一同前往。「當然，」他回答道，「想帶幾個就帶幾個。」這時候是二〇〇三年，我肚裡的老二已經八個月大。我把自己塞進副駕駛座，由同事開車前往皇后區，後座還擠了三個幸運的醫學院學生。

哈特警探有著一張圓臉和一雙眼神銳利的綠色眼睛，穿著藍色牛仔褲和紐約警局的運動衫。他已經任職十七年了，最後這八年都在彈道小組——他很明確表達自己想在這裡待到退休。「我在曼哈頓北邊當了幾年巡警，然後在皇后區的兩個分局當過臥底癮君子，包含現在這間分局在內。這兩年左右我都在這區買毒品。」

「這還真是唯一可以大聲說出來還不會被逮捕的情況了，」我開玩笑。

「我有被逮捕過一次。」

「真的？」

「對啊。我那時打扮成建築工人。你知道的——低腰牛仔褲、工地帽、工作靴什麼的。嗯，警局突然來臨檢，抓到我身上還帶著剛買的毒品。」尚恩・哈特警探看起來不像是個愛誇大其詞的人，正因如此，我們五人同時不自覺都向他靠了過去。「這個巡警把我壓在巡邏車旁準備上手銬。我開始小聲跟他說：『欸，我是警察。』因為我真的很緊張，我怕他找到我的槍。」

「怕他找到後開槍射你嗎？」

當他用那銳利到像是可以看進我大腦裡的警探眼神看我時，我瞬間超後悔自己問出了這個問題。「是啊，世事難料。但是我又不能太大聲說，不然我的臥底身分就穿幫了。好險後來有位警長以為這個巡警沒辦法搞定我，他走過來要幫忙，一眼認出我的身分。他們兩人把我上了手銬，用警車載著我開了幾個街區後就放我走了。」

「哇，」其中一個醫學院的學生說，「這經驗太酷了。」

「對啊，以後有機會可以講給我的小孩聽。」

射程分析室裡面的桌上放了一個黑色的木箱，前端還綁了一張白色帆布，看起來就像個自製寵物提籃。一把金屬碼尺平擺在箱子一旁，長度比箱子還長不少。「裡面是什麼？」我想知道。他把帆布掀起來給我們看——好幾層布料店買得到的那種棉絮，被緊緊綁在一起。

「這是你們的槍，」警探說道，一邊打開塑料證物袋，拿出一把小小的點二二手槍，銀色槍身，棕色槍柄，看起來跟玩具沒兩樣。哈特再三確認我們全都站在他身後，也都戴上了隔音耳罩，然後他把槍管抵著帆布，用力扣下扳機。槍聲一響，專家握著槍的手幾乎沒怎麼移動。子彈在帆布上留下一個燒焦的黑色圈圈，中間有一個小小的洞。「我可以跟你們說，這扳機很緊，」他說。「至於確切是多緊，我等等告訴你們。」

他拿出一張新的帆布掛在箱子上，用碼尺量測，讓槍管距離帆布五公分，然後再次扣下扳機。這次手槍震動的狀況稍大。近距發射在彈孔四周留下大範圍髒亂的深色煤灰和殘留物的星爆痕跡。哈特警探重複這個程序，動作不疾不徐、有條有理，從十公分、十五公分、二十公分、三十公分、四十五公分到六十公分。每次射擊，帆布上面的煤灰和殘留物的範圍就變得更廣、更散，直到距離拉開到七十六公分時，帆布上只剩彈孔，沒有其他東西了。警探把所有的帆布都在桌面上一字排開，看得出來傑佛森的傷口，是在槍口距離他三十公分以上、四十五公分以下的距離之內造成的。我問了問法醫同事他的看法，他跟我有同感。

該死，我對自己說。三十到四十五公分正是中距槍傷範圍的灰色地帶——要由死者自己扣下扳機是遠了點，但又沒有那麼遠。意思就是我沒有辦法排除意外的可能性，不能直接把案子列為凶殺案，如果殘留物質的範圍是符合七十六公分之外，甚至六十公分就可以了。

下一步，如先前所說，哈特警官開始測試扳機。他先檢查槍枝已經清空，將槍口對著天花板，然後在扳機上懸吊一點三公斤重物。什麼事也沒發生——一點三公斤太輕了。他把重量加到一點八公斤，然後又加到二點二公斤，仍然沒聽到扣下扳機的聲音。扳機終於在懸掛的重量達到五點一公斤的時候才移動。「這就可以證明這把槍的扳機不是一觸即發，」他說道。「大部分黑槍的扳機大概都是二到三公斤。這把槍的扳機重量跟紐約市警局的武器類似，扣下扳機的人一定都是有意而為。」

雖然過程十分有趣，但是哈特警探的彈道示範並沒有解決傑佛森的案子。我還是得想辦法找出到底是誰用那把銀色的點二二手槍對著安德烈的大腦開了槍。我現在知道槍是在三十到四十五公分之間的距離扣下的扳機——但是這件事只證明了一個理論，就是仍然不能排除死者自行扣下扳機這個選項。我懷疑賈斯丁本來是想把槍從安德烈手中搶走，結果卻在離安德烈比較遠的時候意外擦槍走火。也許當時槍枝還在安德烈手上，或者是兩人同時抓著槍也不一定。我在下午三點的輪巡時間報告這起子彈懸案的時候，赫希醫生提醒我，「指控者須提出證明。」——但我卻什麼都證明不了。安德烈．傑佛森的槍擊案就這樣歸檔了，死亡方式不明。

像安德烈．傑佛森這種年輕黑人男性的槍殺致死案件，在紐約市數量多得令人沮喪。我在布朗克斯辦公室為期一個月的輪訓期間，幾乎每天都要處理這類案件。某個週五我替拉蒙特．韓德森驗屍，他身上有兩處大口徑射穿的槍傷，每個彈孔各自是二點五公分寬。隔天我又接到另一起案子，死者是二十一歲的雷納德．霍爾：臉部兩處槍傷。在芭布．波玲爾醫生的指導下，我得先完成「撕臉皮」的任務，才能追蹤子彈的途徑，我必須把薄薄的臉皮跟底下的肌肉組織分離開來，從眉毛一路進行到頸部。這件事並不容易，而最棘手的部分是眼皮。把臉皮全都剝除後，我就跟著子彈留下的血紅色傷口，一路進入雷納德．霍爾的頭部。一顆子彈從左臉頰射入，最後卡在頸部後方。另一顆子彈從左眉進入，直接向下鑽，在第四節脊椎處截斷頸部脊髓。我直到把死者的下巴抵住胸口，才有辦法找到子彈的直線路徑，把金屬探棒從槍傷出口往射入點穿過去。

這兩發子彈告訴我一個完整的故事。霍爾先遭胸口槍擊，在第二發子彈射中他的眉毛上方之前，他就先往下蹲了。他的下巴往下壓，於是形成了這樣的彈道。除此之外，如果第一顆子彈就是射中頸椎的那一槍，他就會完全無法控制自己的肌肉，直接倒地——那麼第二發子彈就不可能從臉頰射穿了。

「太酷了啊！」我看到金屬探棒從死者被剝了皮的眉毛旁通出來的時候，高興的向芭布醫生和技術人員芮妮喊道。我之前從沒在處理槍擊案件的時候，重建過這麼有時序性的細節。

凶殺組派來的警探是個身材高大的白人男子，他在我驗屍進行到一半、還沒和芭布一起把臉皮剝除時來到太平間，要對死者身分作出官方指認。他開口說話前幾乎沒怎麼看雷納德．霍爾一眼，「就是他，」然後遞給我一份寫字夾板，讓我簽名。「所以是胸前兩處槍傷。」我的筆才剛碰到簽名處，聽見他這麼說。

我看了一眼表單上的身分：「拉蒙特．韓德森」——昨天的黑人死者。「這不是你的案子，」我說。「這個死者是臉部槍傷，你看。」警探馬上滿臉通紅。「你差點就簽錯屍體了。胸口槍傷的死者，拉蒙特．韓德森現在在冷凍庫裡。我們昨天就完成驗屍了。」我把沒簽名的寫字夾板遞還給警探。

「真好奇這種事有多常發生，」芭布醫生在警探經過她身邊要走出布朗克斯太平間時故意挖苦道。我也很好奇。

在紐約市辦公室，培訓人員通常都會想要爭取凶殺案件，但是我卻覺得大多數凶殺案件都不是那麼吸引我。大抵上就是有塊金屬進入人體，截斷了某個部位，人死了，故事結束。我喜歡的是需要解開謎團的那種、另有隱情的案子。瑪麗・琳區是一位老婦人，有疑似酗酒紀錄，在二〇〇一年八月一個炎熱的夏日，被自己的先生發現死於上東城閣樓公寓裡的階梯旁。這起案件看似沒什麼新奇的，畢竟紐約市到處都是樓梯、年長的市民，和酗酒者。

驗屍過程很快。外部勘驗除了頭部左側有嚴重挫傷以外，沒有疾病或其他傷口。我從她的手指上取下一枚戒指，上面有一顆跟青豆一樣大的祖母綠，周圍還鑲了一圈鑽石。我把戒指放進證物袋中封起來。那枚戒指看起來比我一輩子當法醫的薪水價值還要高。急救人員已經把她的衣服剪開來了，但是她身上的衣物風格高雅還是可見一斑。就連她的髮型和指甲，也在在告訴我她的財富不容小覷。

我打開瑪麗・琳區的軀幹時，發現兩根斷裂的肋骨，但是沒有其他創傷，也沒有會給我帶來麻煩的舊開刀傷口。除了大多數酗酒者都有的肝腫大狀況以外，看起來她這七十八年之中沒有什麼健康問題。我鋸開她的頭蓋骨後掀開來，裡頭的肌肉和纖維組織上有挫傷導致的血點，在這個創傷下方，我還發現骨頭上有一條長長的筆直裂痕。我寫下筆記：「左額骨有五公分頭骨裂痕。」然後啟動電鋸，把頭蓋骨鋸斷取下。死因就出現在瑪麗的左腦上方：部分已經凝結的黑色和紅色血跡，硬膜下出血把脆弱的大腦往右邊推擠。「中線偏移。」我這麼寫。

頭骨是很堅硬的拱形骨骼，大腦則是軟軟的果凍狀。在硬膜下出血的案例中，創傷會導致血液流到頭骨跟大腦之間。血液無處可去，頭骨也不會被往外撐開，結果就會導致大腦突出（subfalcine herniation），這是非常糟糕的狀況。一部分的大腦在液壓擠壓之下被推向頭骨其他位置。你的生命中樞——告訴你的心臟繼續跳動、肺部繼續呼吸的神經系統——就會停止運作，然後你就會一命嗚呼。

瑪麗的情況中，這現象可能是在致命撞擊後幾分鐘到幾小時之間發生。她可能就倒在樓梯旁，失去意識，直到頭顱內的失血充滿顱內空間。她的頭骨只有一處筆直裂傷，代表了讓她致命的就是這記重擊。在秤過大腦重量後，我小心翼翼把大腦放進裝了福馬林的桶子裡，申請神經病理學評估。阿姆博斯特梅切爾醫生能告訴我這個傷勢具體是位於大腦的哪個位置。這個案子顯然就是一擊致命。我在死亡證明書上簽了名，同意讓瑪麗的先生火化遺體，文件上的死亡狀況我寫下：「意外。」

那天早上，我又繼續完成了兩件平凡的驗屍，第一起是四十八歲的愛滋病患者，被發現於自家中時，屍體已經開始腐爛，另一起是一位來自毒窟的二十多歲的毒癮者。三起驗屍讓我那天非常忙碌，但是至少文件處理都不會太複雜。或者說，在我的電話響起之前是如此。

莫琳說她是瑪麗．琳區來往四十年的摯友。「她跟比爾結婚時我也出席了婚禮，願他安息。他們的婚姻生活很快樂。但是比爾過世後，她認識了這個……這個騙子！噢，可憐的瑪麗。他們不知道吵得多兇！」

莫琳在電話中說到，二十年前她那富有的寡婦好友認識了一個甜言蜜語的琳區先生——英俊、高眺，穿著洗鍊，年紀比瑪麗還輕。瑪麗答應了他的追求，沒過多久他就求婚了。但瑪麗可不是傻子。她立下婚前協議書，把自己的財產跟婚姻生活切割開來。琳區先生對此可不是很高興，而且根據莫琳的說法，他開始出現暴力行為。他們就這樣生活了好幾年。他會揍她，而她則沉溺於酒精之中。

「當鋪事件是最後一根稻草，」莫琳用一種爆料的口氣告訴我。瑪麗獨自前往歐洲度假，她不在家時，琳區先生企圖把她的一些銀器拿到附近一家小有規模的當鋪典當。「當鋪老闆是瑪麗的老朋友。他一眼就認出那些銀器。那可是傳家寶啊！

他打電話給我，由我聯絡人還在歐洲的瑪麗。那之後……」她沒繼續說下去。

「為什麼瑪麗不跟琳區先生離婚？」

「她做了其他安排。」莫琳接著解釋，這對夫妻的婚姻關係名存實亡。「她告訴我，去年她又改了一次遺囑，把琳區先生從遺囑中移除了。沒打算留一分錢給他，財產全都留給已經長大成人的孩子——她跟比爾的孩子。」我問莫琳，琳區先生對這樣的安排作何反應。「他一直不知道。但如果他發現遺囑的事，我猜他會攻擊她。看過他們的爭吵狀況後，我真的不會太驚訝。」

莫琳把當鋪老闆的電話給我，對方也證實了莫琳的說詞。琳區先生是常客。多年來，他總是帶著許多女性珠寶來到店裡，「每次都是賣，從來不買東西。他有次帶著一只美麗的女錶來賣，那是我看過最精緻的一塊錶了。上面鑲滿珠寶，搭配最頂級的瑞士手工。唉，真是塊好錶啊。」

「你有問過他是怎麼取得這些東西的嗎？」我問道。

「醫生，我的工作性質跟你的相反。我得盡量避免問問題。我沒有立場質疑東西是不是贓物，而且也沒有人對此有任何抱怨。」他接著回答另一個我還沒提出的問題。「但是瑪麗的銀器——我一眼就認出來了。」他繼續說下去，狀況跟莫琳告訴我的相符。「瑪麗幾個禮拜後來到店裡的狀況？我在店裡看過很多生氣的人，但是我很清楚記得瑪麗來的那天。她氣壞了。生她先生的氣，你懂吧——不是生我的氣。不用說，我全都原價讓她買回去了。她請我把東西全都送回去他們家大樓，交給門房比利。我當然答應了。」

我原本希望最後一個在醫院急診室裡治療過瑪麗的醫生能告訴我更多內情，不過他沒多說什麼——在他能出手相救之前，瑪麗就斷氣了。「她被送進來之後八分鐘，急診室就發出危急警報了。完全來不及開顱。我猜你應該有看到血腫狀況吧？」

「硬膜下血腫一百西西，中線偏移還有大腦突出。」

「啊，難怪。好吧，這也不是最糟的死法吧。」

「沒錯。」我同意。

我還是沒辦法找到關鍵問題的答案：瑪麗和她先生之間真的有暴力紀錄嗎？赫希語錄突然在我耳邊響起：「電話能解決的案件比顯微鏡還多。」我手上有瑪麗的鄰居，拉娜的電話，也能聯絡得上當時叫救護車的門房比利。我決定先打給拉娜。

「瑪麗都說那是『意外』，我沒道理不相信她吧，」拉娜急忙宣稱，不過聽起來也沒什麼說服力。「不過經我一想，她有次好像還去了醫院。她說她在家跌倒，扭傷了手腕。喝醉時的確會發生這種意外，瑪麗也是個會喝酒的人。我不是要說她壞話——但你是醫生，一定比我更清楚。她就是個酒鬼啊。」

「那她跟先生的關係如何呢？」我問道，猜測拉娜是否會跟莫琳有一樣的看法。

「噢，他和她兩人的生活是獨立開來的。他們住在不同的公寓裡。」

這點引起了我的注意。「不同的公寓？你的意思是？」

「那套閣樓公寓空間很大。我想他們並沒有處得很和睦。她告訴我他們已經好幾年沒說過話了。其實也不奇怪——他實在是個很討喜的男人，風度翩翩。」她像花痴一樣笑了起來。「他待在他的『領域』裡，她是這麼形容的。瑪麗說過，只要他不煩她，就會讓他繼續住在裡頭——這比直接甩掉他簡單點。幾年前她請了一組裝潢人員把公寓裝了隔間。不信你可以問門房比利。」

又是門房比利，好像每個人都認識這個門房比利一樣。「是的，女士，就是我讓醫護人員進入大樓的，」他接起我的電話時說道。「然後我就離開了。」

「你有看到公寓內部嗎？有沒有看到什麼東西？」

「琳區太太躺在地板上，就在閣樓裡的樓梯腳下。他們的公寓面積很大，裡頭分成兩層，是本棟樓裡最大的一戶。」

「但是裡頭是兩套公寓吧？先生的和太太的？」

「是的，女士。兩扇門，個別的鑰匙。」

「原來如此。」我努力讓自己聽起來保持中立。「那麼是琳區先生發現瑪麗倒在樓梯旁的嗎？」

我聽到電話那頭的背景傳來電梯發出的叮聲，比利沉默片刻沒有說話。「這點也讓我有點困擾，」他終於答道。「我已經好幾年沒看到他們同時出現了。然而昨天我卻接到琳區太太的內線來電。我接起電話，說，『您好，琳區太太，有什麼需要我替您服務嗎？』——結果是琳區先生打來的，告訴我他太太跌倒了，要我幫忙叫救護車。醫療人員抵達後我就立刻帶他們搭電梯上樓，但是我沒有進入公寓。畢竟我還得照顧其他住戶，您明白吧？他們全都跑出來，想要知道發生了什麼事。如果我不回到大門旁的位置，其他人會抱怨的。」

「屋裡除了琳區先生跟太太以外沒有其他人了嗎？」

「我是沒有看到。」

「裡面看起來有打鬥的痕跡嗎？有沒有什麼東西看起來是被打亂的？或是摔破的？」

「就跟我剛跟您說的一樣，我站在門外的走廊上。不過我可以告訴您一點：我沒有聽說過鄰居抱怨琳區夫妻。」比利停了一下。「我很遺憾看到瑪麗的遭遇如此，」他輕柔地說道。「但這不是我遇過的第一起死亡事件了。我已經在這棟大樓工作了很長一段時間，事故難免會發生。但看到瑪麗如此我真的很遺憾。」

我掛上電話，馬上前往樓下身分鑑識辦公室找齊妮特。我請小齊幫我先扣住瑪麗・琳區的遺體，並且重新開一張死亡證明給我，上面的死因和死亡方式都寫「未定」，並且把「允許火化」那一欄留空。然後我回到辦公室——撥電話給紐約警局凶殺組。

兩名警探，昆恩和泰勒那天下午來到我的辦公室。兩人看起來對於這個新任務都不甚有興趣。

「她的血液酒精濃度是多少？」昆恩問道。

「那要幾個禮拜後毒物報告回來才會知道。」

「她聞起來一身酒氣嗎？」

「沒有，」我告訴他，「不過沒錯，大家都證實了她酗酒這件事。只是若不知道他先生在公寓裡做什麼，我就不能把死亡證明書簽出去。」

「什麼意思？」

我告訴他們整個情況，但是兩名警探還是保持懷疑態度。他們已經被貨真價實的幫派槍擊戰、公園持刀刺殺案還有毒品交易煩死了，看起來都不想在沒有充足理由的情況下，跑到上東城的一棟高級公寓裡到處摸索。

「我需要確認有沒有任何鄰居聽到他們吵架，」我說。

昆恩闔上筆記本。「醫生，如果你找到具體證據能證明這起案件不是單純跌落樓梯致死的時候再告訴我們，好嗎？」如果沒有證據證明琳區先生曾經對她動粗，他們就沒有理由去按門鈴問問題。

因為警方沒有展開調查，這起案件就這樣卡住了。我去找蘇珊·伊萊醫生，想問問她的意見。我說到警探的反應時，她翻了翻白眼。「如果他們可以把這起事件列為意外，要他們在現場下腰都願意。沒有其他創傷了嗎？」

「一點也沒。」

「我們一起再檢查一次吧，明天早上。有時候創傷會等到隔天才顯現出來。」

這我還是第一次聽到。「你說隔天才會顯現出來是什麼意思？創傷還能上哪去？」

蘇珊向我解釋屍斑掩飾創傷的原理。當你死了以後，血液會停止循環，並且產生任何液體都會產生的現象：受地心引力影響，往最低處流去，然後堆積在那裡。瑪麗・琳區是在醫院過世的，死亡時呈平躺姿，所以當我開始進行解剖的時候，她的背部已經出現好幾處紅斑。等到解剖結束後，血液從體內排空，屍斑就會消失。「在某些案件中，二十四小時後就能看到本來被遮住的創傷。」

可是我還是比較悲觀。「就算我們看到她身上出現什麼痕跡，又要怎麼證明是她先生做的？」

「嗯，如果沒有在她背上找到手印，就很難說是他把她推下樓梯的。我們明天看看就知道。」

蘇珊和我隔天早上在更衣間碰面，一起換裝。遺體已經平躺在驗屍臺上等著我們。我們合力把瑪麗・琳區翻過來——然後兩人都倒抽了一口氣。她的肩膀後方出現了十處前一天還不存在的瘀青，清清楚楚呈現四隻手指和一隻大拇指落在左肩，右肩上也有四隻手指和一隻大拇指的印子。「蘇珊，你根本會通靈啊！」我驚呼。

佛洛蒙本醫生也在大坑，所以我請他過來看。他微笑了。「沒錯，那就是抓痕。這就是為什麼我們不會急著把遺體送走。記得做顯微切片。如果只看到紅血球，表示傷處是死亡時剛造成的。但如果你看到發炎狀況，可能就是死亡前幾小時產生的。不過我們眼前的狀況絕對是活體反應，一定不是死後產生的。」

攝影師把我們的新發現拍照存擋，然後我用解剖刀切入兩肩出現紅斑的部分，採取組織樣本送到組織學實驗室。有人在瑪麗．琳區的身上留下指紋了，不會錯的。有人抓住她——而且用了很大力氣。

一出太平間，我立刻撥電話給凶殺組。「警探，我找到你要的實際證據了。」我告訴泰勒。他的反應倒不像我同事一樣熱烈。

「那些指印不會是醫療人員留下的嗎？」

「你的意思是？」

「你知道的啊，就是搬動她時留下的，急救的時候。」

我想了一會。他說得有道理。不過急救過程中不太可能會把手放在那個位置就是了。「就我所知，沒有醫療行為會需要醫療人員抓住那個部位，更不用說要用力到留下瘀傷的地步了。」

「但你也不能排除這種可能性吧？」

「排除？不能。醫療人員抵達現場的時候她還沒斷氣，所以她的血流的確足以留下活體反應。但是不要忘記，醫療人員對病患是很小心的，特別當病患是一位個子嬌小的老太太。」

「但是那些記號的確有可能是醫療人員留下的。」

「有這個可能性，但機會極小。」

「好。那有沒有可能是當她絆倒後，先生企圖喚醒她呢？他可能會抓住她的肩膀，用力搖她想把她叫醒。這也不代表他把她推下樓梯吧？」

我告訴泰勒警探這點也是不無可能。我不能明確指出那些手印到底是怎麼在瑪麗．琳區還活著的時候出現在她肩膀上，也不能判定確切的現場狀況。我只能告訴他我親眼所見：那些記號看起來像是有人用手留下來的，這個人還得使出不輕的力道，以及這樣的使力狀況不是在瑪麗．琳區死後才發生的。剩下的就得留給他去查明了。

「你會把這起案件判為凶殺嗎？」他想知道。

「我手上的資訊不足以判斷是凶殺還是意外，我只能等到你的調查結果出爐才能決定。」

這已經是八月底的事了。到了九月，我收到阿姆醫生送來的神經學報告，他確認硬膜下血腫就是死亡原因。又過了幾個月，毒物學報告也回來了。瑪麗當時已經喝醉，體內乙醇含量很高。每個被我訪問過的人都告訴我，她多年來一直是個重度酗酒者，所以我根本不可能判定她到底是不是喝醉跌死的。最後終於在五月初，組織學切片報告回來了。在顯微鏡下只看到紅血球，沒有別的，沒有發炎、沒有癒合跡象。那些手印瘀青是新創傷。

我在五月中旬的一個文書日好好總結了瑪麗．琳區的案子。我在死因欄裡寫下，「鈍物重擊頭部導致頭骨破裂及頭部創傷。」但是死亡證明書仍維持待決狀態。我沒辦法判定死亡方式——意外或凶殺——直到我看到警探的調查報告為止。這已經是事件發生後九個月了，而我還是沒有收到報告。我再次致電泰勒警探。

「瑪麗．琳區的案子你有其他進展嗎？」我問他。

「還能有什麼進展？」

我簡直不敢置信。「嗯，上次我們談話的時候，我告訴你我擔心她先生可能家暴她。這起案件得以凶殺案調查。」

「你要在死亡證明書上寫下死亡方式為凶殺嗎？」

「我不知道——這取決於你的調查啊！」

「我們有找先生問話，但他中風了，我們聽不懂他說什麼。」

這下我真的火大了。就這樣嗎？想躲掉殺人罪嫌，只需要中風然後罹患失語症就好嗎？「你有做訪談嗎？跟任何人談一談？」我問。

「沒有。」

「門房呢？」

「有，我們跟他談過了。他什麼都沒看到。」

「那鄰居呢？」

「沒什麼好調查的我們就不會去訪談，且除非這個案子是凶殺案，否則也沒什麼好調查的。」就這樣。我不能去挨家挨戶問話，而警方也不打算這麼做。

我在當天下午三點的輪巡時間中提出這個案件。「我不能光從屍體判定她到底是被推下樓梯的還是自己摔倒。這個案子整個狀況都很可疑，但是也不足以判定為凶殺。可是我也不覺得可以就這樣判為意外。毒物報告顯示她可能已經醉到會摔下樓梯的程度，但是已經分居的丈夫又為何會出現在她屋內？她上臂後方的傷痕顯然是抓傷，但這傷勢到底是他攻擊她的證據，還是當她跌落後，他企圖叫醒她留下的痕跡？我不知道啊！」

赫希告訴我，我只是調查團隊中的一個環節。昆恩和泰勒警探則讓我明白了我的身分能做的事有限。「如果你沒辦法判定到底是凶殺還是意外，這時候『無法判定』就派上用場了。」佛洛蒙本醫生說。我一定是一臉挫敗。他微笑繼續說：「死亡方式無法判定不是代表『我沒有努力查明』。而是『我們的資訊不足以做出確切判定』。就這樣而已。」

「我認為你的決定是正確的。」赫希醫生說。他的認同沒有讓我在瑪麗．琳區的死亡方式上寫下無法判定的時候覺得比較坦然一點。警方決定將這位婦人的死亡視為失足所致，這就是結果了——整個案子就這樣走進死胡同。也許是意外，也許是凶殺，但永遠不會有人知道了。

皇后區的這戶公寓大門微開，門框已經一片破爛，一進門到處都是木頭碎片和暴露在外的鐵釘。安德烈斯．賈西亞已經在裡面腐爛五天了，也可能已經一週了，直到屍臭讓這處貧民窟的其他住戶忍不住報了警。法醫鑑定小組的報告告訴我賈西亞的屍體在屋內走道，呈半俯臥狀態。一條電線緊緊纏繞在他的脖子上，另一端則

綁在曝露在外的天花板管線上。還有一條電線綁住他的腳踝，但是他的雙手和雙臂沒有遭到捆綁，手腕和前臂上有明顯的割傷，但只有內側有，傷勢一路延伸到手肘。報告中寫道他的鼻子和眼睛被保鮮膜緊緊包裹。屍體下方有一灘黑色液體——也許是血，也許是腐爛過程中形成的液體。

客廳的電視還開著。床邊桌上的錢包裡放的是玻利維亞幣。一把明顯是乾淨的刀放在廚房流理臺面。有人用血在水槽邊寫下一個字——可能是「Pato」或是「Bato」，調查員在報告中寫道。浴室地板上也有血字，但是無法辨識。馬桶裡飄著一對手術用乳膠手套。醫療人員來過現場，並正式宣布賈西亞已經死得很透徹，但是他們全都保證沒有走進浴室，更別說把手套丟進馬桶裡了。法醫鑑定小組人員在報告中用來形容公寓整體狀況的形容詞是「被洗劫得天翻地覆」。

「是我就不會這麼形容，」皇后區的太平間裡，我忙著把遺體從屍袋中移出的時候，佛瑞爾警探這麼說。「有些人的生活方式就是如此。」

我問他血字是什麼意思。「這要看情況。『Bato』的意思是老鄉，但是『Pato』指的是『死同性戀』。我們不確定上面寫的是哪一個字。」除了這些，佛瑞爾就沒有其他資訊了。法醫鑑識小組的報告中沒有照片，所以我沒辦法自己靠現場狀況做出判定。只能靠遺體了——而這具遺體已經是發臭、剝落的腐爛狀態。

安德烈斯．賈西亞從屍袋被移到我的驗屍臺上後，保鮮膜已經不再緊封住他的雙眼和鼻子，而是脫落到頸部，像圍巾一樣掛在那兒，上面還黏了不少皮膚組織。他臉部僅存的皮膚像一塊破破爛爛的灰綠色抹布。整具屍體都覆蓋著亮亮的黏液，全身斑駁，出現一片片棕色、綠色、白色和黃色的斑。表皮組織外層像腐爛的水果皮在我手中滑落。他的整個軀幹包含生殖器在內都腫脹不已，肚皮鼓得跟要炸開來一樣。當我一刀劃下去進行Y字型胸腔切口時，屍體內部的氣體一股腦全噴出來，包圍我整個工作臺。佛瑞爾警探立刻一路退到太平間的另一端去。

電線在死者頸部留下深深的綑綁痕。我用大剪刀把電線剪斷，然後把線圈大致重組以量測長度。死者腳上的電線也一樣綁得緊到留下了很深的痕跡，甚至到了流血的程度。賈西亞右前臂和手腕的割傷是平行的切割傷口。這些可能是自殺未遂留下的「猶豫疤痕」——或是刑求的證據。每道傷口都沒有深到會流太多血的程度，他的韌帶也毫髮無傷。即便手部已經受傷，他還是可以敏捷地把自己的腳踝和頸部用電線綁緊或鬆綁。

安德烈斯．賈西亞後頸的傷勢讓我一頭霧水。綑綁的痕跡落在第四和第五節頸椎位置，跟喉結同高。一般上吊自殺留下的綑綁痕跡通常都會呈斜角，從下巴的角度往上直至頸背，甚至到耳朵的位置。賈西亞的傷勢則看起來是平行的綑綁窒息痕跡，如果他平趴面朝地的話，施力點就是他的正後方。

我大聲對著太平間另一邊喊：「警探！死者被發現的時候是什麼姿勢？」

「他身體朝前，雙膝跪地，面部朝下。」佛瑞爾答道，一邊走近了幾步，但仍保持相當距離。

「他被吊著嗎？」

「對啊。」

「他如果面部朝下，要怎麼被吊著？」我問。「這些勒痕看起來是水平狀的。」

佛瑞爾走到夠近的距離範圍內，看了一眼工作臺上的屍體，然後聳聳肩。「電線另一頭被綁在天花板的管線上，這一端則是在他的頸部。現場照片有拍。」

「有現場照片？」法醫鑑識小組的文字報告裡完全沒有照片。「為什麼我沒拿到？」

「照片在犯罪現場小組手上。」

「我得看看照片才行。」我說，一邊繼續將腐爛屍體中的內臟取出。幾分鐘後等我抬起頭，佛瑞爾已經走了。

兩天後我致電這位警探。他說犯罪現場的照片還沒好。犯罪現場小組也還在繼續嘗試從馬桶裡的乳膠手套上採集指紋。如果他們有找到任何資訊，他會告訴我——不過現階段已經有新發展了。調查發現了幾份屬於安德烈斯．賈西亞的文件，其中有一份文件能讓他在玻利維亞繞過機場警衛和警方臨檢。「他可能是警方人員或隸屬緝毒署。」

「哇！」我說，「所以這可能是緝毒案件嗎？等等——國際緝毒案件？」

「我們還不能這樣假定。這案子在我看來還是很像自盡。」

「那他的公寓被翻遍又怎麼說？這男人的家裡還有血字啊！」

「想自殺的人往往會做出奇怪的行為，你應該很清楚吧。」

「屍體上有刑求的證據！」

「我還是覺得看起來是自殘，」他重複道。

他跟我就這樣一來一往爭了一會兒。警探拒絕承認死者被攻擊者勒斃的可能性。我則拒絕進一步調查前在死亡證明書上寫下自殺。掛電話的時候我們倆都滿火大的。

過了幾天史都華跟我出去吃午餐的時候，我提起賈西亞的案子。「你有檢查直腸嗎？」他問道，幫我們服務的服務生顯然對這個問題很驚訝。

我等到她離開了才回答。「為什麼要檢查直腸？」

「有時候他們會在運毒過程中虐待這些人，把毒品塞進他們的直腸裡。我們之前在邁阿密的時候常常看到這種例子。」

我不記得自己有沒有檢查安德烈斯．賈西亞的直腸。那天晚上我整晚在家焦慮不已，徹底毀了我先生的晚餐時間。隔天我把遺體從冰庫拉出來，重新檢查了一次直腸和結腸。沒有創傷跡象。

我請毒物報告加速進行，一個禮拜後報告回來了，死者體內沒有酒精成分。我打給警探通知這個結果，但他還是沒拿到犯罪現場的照片。我已經開始覺得煩躁了。他再次想說服我以自殺結案，但是在看到現場照片之前我絕對不可能這麼做的。

將近一個月後，一大疊八乘十的照片終於送來了。我陷入了困境。

犯罪現場照片顯示安德烈斯．賈西亞胸口靠在廚房椅子上，身體向前傾，雙腳被綑綁在背後。綁在管線上的電線拉住他的頸子，讓他的頭不致於向前癱垂——他的頭部完全被保鮮膜包裹住。保鮮膜一定是在法醫鑑識小組將屍體移入屍袋中的時候脫落到頸部的，但是在未被移動的死亡現場，保鮮膜緊緊覆蓋著他的眼睛、鼻子，幾乎連嘴部都要裹上了。我翻過那張馬桶裡的手套照片，這謎團仍未解，下一張看到廚房的照片。流理臺上的血字寫的是「Pato」也就是「死同性戀」，清清楚楚。臥室裡的每一個抽屜都被拉出來，床墊被翻開，衣物丟得到處都是。

現場照片送來的時候，再過五分鐘下午的輪巡就要開始了，我往會議室走去，手上仍翻閱著照片，說不出的震驚。我把照片傳給同事看。當我提及佛瑞爾斷定這可能是自殺案件，以及公寓的狀態不算被洗劫，只因「有人選擇這樣的生活方式」時，好幾個同事都發出不以為然的聲音。佛瑞爾在想什麼？為什麼要讓我覺得這起案件是自殺？我如此大聲質疑。「他可能以為只要一直不要給你照片，你最後就會在死亡證明書上寫下自殺然後忘了這件事。」有人說。畢竟這可能真的是自殺啊，不是嗎？我能把這起案件寫成無法判定，對吧？

大家望向赫希醫生。「這顯然就是一起凶殺案。」他說，然後把照片還給我。

我覺得佛瑞爾警探簡直把我當傻瓜耍，並且在心裡決定絕對不讓這種事再次發生。我們法醫人員要靠警方協助，告訴我們那些遺體無法提供的資訊。但這不代表我就應該要天真的相信他們一定都跟我一樣追求相同的目標。有人刑求安德烈斯·

賈西亞，並且將他以一種殘虐的方式絞死，下手毫不留情。死亡方式不是自殺也不是無法判定。我隔天就在死亡證明書上寫下：凶殺。

殺害賈西亞的手段之兇殘，以及警探態度之冷漠讓我精疲力盡。每當發生暴力犯罪案件，社會結構就出現一個缺口。我們身為法醫鑑識科學的一份子，必須協助填補缺口。這項任務需要專業判斷力和敏銳的觀察力，隨著工作的時間越來越長，我學會讓自己和病患之間保持距離。但是我並非在每一起案件中都能堅持住。我久經練習的保留態度，在遇到殺童案的時候就不足以保護我。

我在紐約接手過十八起兒童驗屍案。許多這些意外死亡事件背後都有很可怕的故事——不過總括來說，當我自己還是一位新手媽媽的時候，調查的兒童案件反而讓我比較不擔心自己家裡那個總是不受控制的孩子。這兩年間我經手的案件中，沒有任何一位死者的年齡落在四歲到十四歲之間。我接手驗屍的兒童，除了少數幾件例外，生命結束的時間都是在幾個禮拜到幾個月之間。曾有一名極嬌小的七週大嬰兒，因為住在流浪者之家的少女媽媽將他面朝下、放在一堆危險的棉被床單之中不幸悶死。一名六個月大的孩子從母親的床上滾落，卡在金屬欄杆之間，死於姿勢性窒息。最令我心碎的案子是一名兩個月大的孩子，被「嬰兒姿勢固定器」悶死，他的保母特地把這東西放在嬰兒床裡，這是用來避免他因為翻滾而窒息的泡棉製品——結果反而造成了這個孩子死亡。剩下的其他案件大多都是自然死亡，可能是因為基因問題，或只是運氣不佳。菈凱夏是唯一被我判定死因為凶殺的案件。

我在丹尼三歲生日前一周接手這起驗屍。菈凱夏只比丹尼大一歲，是名個子嬌小的女孩，跟丹尼爾身材差不多。她的母親向警方宣稱菈凱夏在浴缸滑倒了，她在說謊。我知道她說謊，因為驗屍臺上的遺體顯示出清楚的浸泡式燒燙傷痕跡。她的臉部、手腕和雙手毫髮無傷，但是雙臂上燙傷的皮膚看起來就像袖子一樣。她身體的其他部位大致上都被皮膚皺摺或浴缸的陶瓷表面保護住了，這告訴我菈凱夏並沒有掙扎著要逃出滾燙的熱水。她是縮成一團，想要躲開疼痛的來源。有人抓起這個小女孩的手腕和腳踝，強逼她浸泡在熱水中——而且把她壓住不讓她離開。

史都華那天就在我的驗屍臺旁邊做事。他看了一眼菈凱夏的遺體後說：「如果那不是浸泡式燒燙傷，我就可以把課本拿去丟了。」史蜜莪醫生和佛洛蒙本醫生也同意。我一完成驗屍，就立刻致電警探。我向赫希醫生報告這起案件，他冷靜但毫不猶豫地說：「這是凶殺案。」

菈凱夏還有其他兄弟姊妹。她八歲大的哥哥向警方說出這個令人肝腸寸斷的受虐故事，他說他們本來不應該跟任何人說的，「因為兒童福利局（ACS）會把我們帶走，送到寄養家庭。」孩子的母親雙手上有燙傷的痕跡，她堅稱那是煮飯的時候弄的。菈凱夏因傷住院一個月後辭世，在她接受治療期間，有天她跟幫她換尿布的護士說：「昨天我不乖，所以媽咪把我放進浴缸裡。」

我到醫院去找曾經幫菈凱夏治療的小兒科醫生，她入院那天，醫生將燙傷紀錄為意外事故。這個醫生努力想要辯解自己為何做此判定，他說菈凱夏的雙手沒有受傷可能是因為她在浴缸裡滑倒的時候，雙手舉高要母親把自己拉出來。不過他也承認，那天菈凱夏入院檢查的時候，他沒有評估她全身的傷勢——因為她已經從頭到腳都被用紗布纏起來了。

想到這個醫生告訴警方此案可能是意外，就讓我搭公車回家時整路都感到心煩意亂。對我來說，如果菈凱夏是在浴缸裡滑倒的話，立刻將雙手向後或向下支撐是一個反射動作。我打開家門時，發現丹尼還醒著，我決定要來試試看這想法是否合理。我帶著這個穿著全身睡衣的小男孩到臥室裡，把他抱到離床幾十公分高的地方然後鬆手，他的雙手馬上就往身體兩邊向後伸。而丹尼這孩子當然愛極了這個實驗，「要要，」他一邊大笑一邊說，「要要！」

我又拋一次，這次他已經有心理準備了，可是雙手的反應還是一樣。「要要！」每一次丹尼的雙手都會做出一樣的反應。如果他是被丟入熱水中，雙手就一定會燙傷。那個小兒科醫生根本就大錯特錯。

我用力抱了抱丹尼，謝謝他擔任我的研究主角，但是他還想繼續玩。提傑在廚房裡做晚餐，所以我又繼續跟丹尼多玩了幾次。那天晚上，我讓他跟我們一起睡，到天亮都沒有把他抱回自己的床上。

二〇〇三年一月中，我在布魯克林家庭法庭上跟菈凱夏的母親相見，當時我還懷著六個月大的莉雅。在家庭法庭之前還先舉行了一場聽證會，用意在於決定菈凱夏的三位手足的去向，紐約市兒童福利局想要將三個孩子從母親身邊帶走。那三天中，我都以專家目擊者的身分，站在法庭上描述死去女孩的遺體狀況，告訴大家那個她再也沒機會說出口的故事。

法庭很小，只有兩排椅子面對著法官席，有一道像是一九七零年代的教室裡會有的醜陋木貼皮矮隔板把雙方律師和觀眾席分開來。兒童福利局的律師泰瑞爾．伊凡斯先緩慢講述我的檢驗結果開場，但最後重要的環節還是來了。死亡原因是「全身百分之八十的皮膚遭受二級和三級燒燙傷，包含頭部、軀幹和四肢。」死亡證明書上「創傷肇因」這一欄，我寫的是「浸泡於熱水中導致。」根據創傷的位置和程度，我判定死亡方式為凶殺。

菈凱夏的母親有張圓潤的臉，搭配著好像終其一生都很苦惱的表情。她穿著一身休閒服，跟律師坐在辯方那端，正對證人席的位置。她一次也沒抬起頭來正眼看我一眼。她自己的母親一身打扮無懈可擊，披著一件五顏六色的披肩，上頭還別了一個老氣的銀色胸針，就坐在她正後方的觀眾席，我站在證人席上的每一分每一秒，她都用那雙綠色的大眼睛死盯著我。

代表菈凱夏母親的律師開始交叉訊問。他是個個子矮小的男人，一身廉價西裝，搭配一條聚脂纖維的領帶，和一雙正經的黑色休閒鞋。他一開始就要求把菈凱夏的整份醫療紀錄列入證物中，這讓我吃了一驚。但是這要求也沒被反對，所以法官就叫艾利司先生，也就是那位年輕律師開始問我關於醫療紀錄的事。他花了不少時間要我唸出救護車報告、急診室診療表和醫療人員的筆記，每一份都對於燒燙傷程度和面積比例有不同的數字。我照念了這些記錄，並且解釋一級燒燙傷、二級燒燙傷和三級燒燙傷的定義，以及這些燒燙傷隨著時間會出現變化，所以不同的醫療人員會做出不同程度的評估。最後我們終於講到浴室裡究竟發生了什麼事，艾利司先生請我重述在我做出最後判定前聽到的說法。「我沒辦法回答這個問題，因為我不知道你說的是哪一段。我聽到很多種說法，」我回答道。這時法官介入了。

「梅琳涅克醫生，你何不把聽到的每個版本都講來聽聽。」我從救護車的部分開始說起：孩子的母親告訴急救人員，菈凱夏獨自在浴缸裡，且自己打開熱水水龍頭。接下來是她告訴醫院的小兒科醫生的說法，基本上跟前者差不多，不過這個版本中有提到蓮蓬頭也開著。然後我提到菈凱夏對醫院裡的護士說的那些話，這部分我就直接從醫療紀錄中的護理師筆記念出來。

「昨天我不乖，所以媽咪把我放進浴缸裡。」

「抗議！」艾利司先生大喊，只差沒整個人跳起來。

「艾利司先生，這份陳述是經你要求列入證物的醫療紀錄的一部分，」法官指出。「梅琳涅克醫生，請繼續。」我照做了，接下來提到在紐約市警局調查時提供給我的ＤＤ５紀錄內容（警方更新後的報告），還有警探後續跟菈凱夏的母親和其他手足的談話紀錄。等我說完，我覺得法官已經很清楚這些說法之間出入有多大。

休庭時間是十一點半，我已經在證人席上站了兩小時，大多數時間都在接受交叉訊問。我對於自己的證詞還算滿意，但是因為懷孕的關係，整個人餓到不行。泰瑞爾和我於是到轉角的比薩店吃片比薩。

隔天早上九點，我又再次站上證人臺，接受交叉訊問。當艾利司先生問到受傷的位置，他把重點放在我的筆記說到創傷處有「清楚分界線」這部分。

「怎麼有人能夠光是用手就把孩子提起來，放進浴缸裡？」

「你需要我表演一次嗎？」我問道。

「要。」

我望向法官，法官點點頭。

「你沒有個娃娃或是人形模特兒嗎？」我問艾利司先生。

「沒有。」

「我可以用我自己的身體表演嗎？」我問法官。

「可以，」她答道。

於是我走下證人席，緩慢走向兩方律師桌前、法官臺前的位置。我倒臥成胚胎的姿態，背貼地，兩手靠在一起舉在胸前，大概比我懷孕的肚子還高一點。「這個姿勢就能表示浸泡燙傷的位置是如何產生的，」我開始解說。「如你們所見，我的背部和臀部都依靠在相對溫度較低的浴缸表面，這解釋了為何這些位置的傷痕沒有其他部位那麼嚴重。我的雙臂緊貼在我的胸腔兩側，大腿和膝蓋稍微彎曲。當皮膚與皮膚接觸的時候，熱水就無法侵入。這就是為什麼腋下、大腿皮膚皺摺處和膝蓋後方沒有被燙傷的緣故。」我稍停一下喘口氣，然後把手臂再稍微抬高一點。「你們現在可以看見我的雙手已高過水平面，因此會在手腕上形成燙傷範圍的清楚分界線。」

「請記錄員記下目擊證人躺在地上，雙手高舉在胸部高度，背部和臀部接觸地面。」法官對法庭書記官說道。

泰瑞爾・伊凡斯發言：「是否可以也記錄下，因為她的膝蓋和大腿略微彎曲，所以她的雙腳是離開地面的呢？」

「可以。」法官說道。然後我們全都望向書記官，我的雙腳還朝著她的方向，她點點頭。

我掙扎著坐起身。泰瑞爾向前一步伸手扶我。我悶哼一聲，起身後馬上揉著背。我看起來一定十分裝模作樣，但是其實在整個孕期中我一直飽受背痛之苦，在堅硬的地板上滾來滾去可是一點幫助也沒有。我就這樣站在小房間中間，這下我的大肚子突然成了所有人的目光焦點，我發現自己正好就站在菈凱夏的母親面前。她在我示範的過程中顯得越來越坐立難安，現在簡直是怒氣沖天的狀態。接著她突然起身，走出法庭，一邊喃喃說著洗手間。

「艾利司先生，請控制你的委託人。」法官命令道。

「她得去一趟洗手間！」律師回答道，法官要求紀錄人員在描述中表明菈凱夏的母親離開現場一舉。菈凱夏的外婆這時再次用匕首般的眼神直瞪著我。我不介意。我明白她為何這麼生氣——她相信自己女兒的說法。但是我的職責就是要讓她知道她去世的外孫女的說法，這說法也已經明明白白寫在菈凱夏燙傷的皮膚上了。

這整件事最後的結局很差勁。菈凱夏的母親承認過失殺人，最後獲判緩刑。她沒有為了自己的女兒之死入監服刑一分一秒。我在家庭法庭上的證詞沒辦法讓菈凱夏死而復生，但是我希望這能讓她母親不要再傷害其他孩子，因為州政府打算褫奪她的監護權。我的所有努力，可能只能達成這點。我直至最後都不知道法院如何裁定還活著的三個孩子的監護權。

菈凱夏的凶殺案讓我學到一件事，那就是身為母親對於我的工作也是件有助益的事。如果在鑑識案件中出現類似的狀況，我可以相信自己的母性直覺和經驗。我知道一個四歲大的孩子會有什麼樣的反應。我知道如何分辨孩子身上的傷口，是粗心大意的結果還是遭虐導致。我知道一個不講理的小孩有多令人心力交瘁，也知道身為一個母親，即便只有一個孩子，也需要極大的自制力，更不用說家裡有四個孩子會是什麼狀況了。

但我也明白，菈凱夏會被燒燙傷致死，並不是因為她的母親一時衝動所致。菈凱夏母親的行為是要處罰這個小女孩。她等到浴缸裡的水放了至少十五公分深，然後把小女孩丟進熱水裡，壓住她讓她出不來。我不認為她有意要殺死自己的女兒。但是她絕對是故意要傷害她。

我老實地完成了自己的工作，盡可能幫菈凱夏把話都說明白了。在A線地鐵從布魯克林的法庭回布朗克斯的家的路上，我一直無法擺脫一個想法，就是菈凱夏的母親之所以不敢直視我的眼睛，是因為我是世界上唯一知道她對菈凱夏做了什麼事的人。我懷疑她對自己的母親撒了謊，也許自己也沒面對事實。我知道她騙了急救人員、醫院醫生和警方。但是她騙不過我，因為我親眼看過菈凱夏身上那些預謀暴力傷害，而且遺體永遠不會說謊。

我想要見到我兒子，想得心都痛了。我心想也許看著他在遊樂場跑來跑去會讓我舒服點。但是那天晚上跟提傑一起坐在公園長椅上的時候，我一邊撫著突起的肚子，滿心只覺得疲憊、氣力耗盡，且無能為力。我唯一能做的事情就是跟自己保證，也跟丹尼和還在我的子宮裡的莉雅保證，我絕對不會做出傷害他們的事。

我先生認為，沒有任何死法能被稱為「好的死法」，我何嘗不明白。菈凱夏的死法很糟糕。安德烈斯・賈西亞也是，還有被春捲攪拌機壓死的米蓋爾・加林多。吸毒的傑瑞——被嚇得半死之後經歷玻璃刺傷、被燒傷，最後墜樓把自己的五臟六腑摔個粉碎後意識還很清楚——非常糟糕的死法。

總是有人問我：「你看過最糟的死法是什麼？」我會回答，「你不會想知道的。」不過還是有那麼幾個人會一直逼問我，且堅持他們真的想知道。所以就來說說吧：我見過最糟的死法。

艾倫・凱涅特警探帶著一具遺體來到太平間，在我拉開黑色聚氯乙烯屍袋之前先告訴我整件事的前因後果。尚恩・多伊爾是一家餐廳的調酒師，他在週五晚上下班後，跟朋友麥可・萊特和萊特的女友出去喝酒。清晨時分走路回家的路上，多依爾突然說了一些讓他兄弟很不爽的話。「萊特認為多伊爾在調戲他女朋友，整個人氣炸了，」警探說道。「他的塊頭可不小。」兩人從大聲互罵變成大打出手，雖然女朋友後來宣稱兩個男人只是「在鬧著玩」，萊特後來向警方形容這場口角為「一陣打開」，不過凱涅特警探還是聽了九一一通話錄音。

「有人在樓下把另一個男的打得半死！」鄰居告訴接線生。鄰居的先生接過電話，表示聽見一名男子大聲呼喊「不——不要打斷我的腿！」警方後來問過幾個目擊證人，他們都表示看見「一名壯漢揍一位個子嬌小的男性。」其中一人告訴鄰近大樓的警衛：「我都看到了——他把那男的扔進去！」

開放的人孔上套著塑膠材質的煙囪，以利聯合愛迪生公司[1]修繕的時候，還能讓蒸氣從開口處往外散去。從地面到地下蒸氣管道中的滾水之間，有五點四公尺的距離。聯合愛迪生的主管跟現場法醫鑑定小組談話時表示，尚恩．多伊爾墜落的地方溫度高達三百度。警方和急救人員很快就抵達現場，但是他們無法救出尚恩。他們必須等聯合愛迪生公司的人先把管道關閉才行，即便關閉後，救難人員進入高溫管道還是太危險。聯合愛迪生公司的人抵達現場時，多伊爾還沒死，法醫鑑定小組的報告中寫道。他們說他在底下拱著背，向他們伸出手，不停慘叫。

他們花了四小時才讓屍體重回地面。法醫鑑定小組在裝袋前量測了屍體溫度，這是高溫致死事件的標準程序之一。溫度計上顯示一百二十五度，她在報告中寫道，「實際溫度可能更高，不過現場量測溫度計最高只能量到一百二十五度。」

多伊爾的屍體摸起來質感很像皮革，全身扭曲，表面因為布滿水珠而閃閃發亮。他的雙手、雙腳、肩膀和雙腿上的表皮層都剝落了。他的嘴巴變成一個由黑色的燒傷組織形成的O字型，雙眼混濁，全身上下每一吋皮膚都是鮮紅色的。躺在我的驗屍臺上的男人像一隻龍蝦一樣被徹底蒸熟了。

「他為什麼是那個姿勢？」在一旁觀察驗屍過程的凱涅特警探問道。多伊爾的膝蓋彎曲，臀部向內收。

「這叫做拳擊者姿勢（pugilistic pose）。高溫讓長條肌肉收縮，導致手臂和雙腿蜷縮，有時甚至會讓骨頭斷裂。」

「怎麼會？」

「你煎牛排的時候，牛排會縮小對吧？」我說。「差不多是同樣的意思。」

「噢。」凱涅特用凶殺案警探習得新知時會出現的表情點點頭。

多伊爾身上受到高溫導致收縮的肌肉沒有讓他的骨頭斷裂，他跌落人孔的時候也沒有摔斷骨頭。除了被狠揍一頓然後從五公尺高的地方跌落以外，他身上沒有什

1 譯註：聯合愛迪生公司為美國最大的民營能源公司，透過旗下子公司進行電力、天然氣、蒸氣輸配業務。

麼嚴重的鈍器創傷。沒有內出血、完全沒有頭部創傷。我真希望自己會發現頭部創傷。一想到這個男人是在意識清楚的情況下承受了我眼前這身高溫燙傷，我就很難繼續專心驗屍。我看不出來他身上是否有瘀傷，因為會顯示創傷痕跡的組織已經全都被煮熟了。我找不到任何擦傷，因為他的皮膚表面大部分已剝落。他的肝臟不像正常肝臟處於充血狀態且呈紅色，也沒有因為大出血顯得蒼白又坍癟。他的肝臟是棕色，而且硬梆梆。心臟、腎臟、脾臟和其他臟器也都一樣。就連大腦都被煮硬了。靜脈和動脈都變成了香腸。

三級燒燙傷會讓神經壞死——但是因為這個可憐的男人是被高溫蒸氣燙傷的，沒有火焰接觸，真皮層裡的神經就不會受到損傷。他在皮膚被燙傷、內臟被煮熟的過程中必然承受了無比的疼痛折磨。

我切開尚恩·多伊爾的氣管，發現呼吸道裡有泡沫物質。在高溫開始破壞肺臟的時候，他的肺部就開始充滿液體，每一次呼吸都會使肺裡的積水翻攪，讓他越來越難以呼吸到空氣。吸進肺部的炙熱空氣讓他上呼吸道的組織受損，導致呼吸道腫脹，最終使他窒息。同時，極度高溫導致的生理壓力讓他的血壓上升、心跳加速。高溫讓他的大腦腫脹。這三個情況的其中之一——窒息、心跳驟停、高溫腦浮腫——可能是死因，只要出現一種就足以讓他致命，而遺體的狀態告訴我，這三個狀況全都同時發生了。尚恩·多伊爾的死因，是「蒸氣和沸水導致的高溫創傷」。

完成驗屍後我要把案件交給赫希醫生審查，所以我打電話給他。我很肯定這是一起凶殺案，不是意外。就算兩個男人本來只是在「鬧著玩」或「只是一場打鬧」，當多伊爾從噴著蒸氣的人孔跌落的時候，兩人確實是有肢體接觸的，光這點就足以讓此案成為「死於他人之手」，而這就是凶殺的意思。也許只是一件意外凶殺案，但是這不代表案子就是一起意外。赫希醫生同意我的看法。「只要是有意識的行為就夠了。動機在凶殺案中很常見，但是卻不是必要條件。」

替尚恩·多伊爾驗屍完後的那天，我做了一場在紐約醫事檢察處服務的兩年間最可怕的噩夢。夢裡很暗，我獨自一人，唯一聽見的聲音就是尖叫聲——那聲音有如動物狂嚎，充滿絕望，我一開始甚至沒有察覺是人類的尖叫聲。我在夢裡看見腳下有個充滿蒸氣的大坑洞，尚恩就在裡面對我尖叫，求我救他出來，但是高溫把我逼得直往後退。我感覺到熱氣的同時，尚恩的尖叫聲就變得更加慘烈，他的哀求變得更加淒厲，好像我們心靈相通。我完全明白他在底下經歷的是什麼感受，他的身體，裡裡外外、每一吋皮膚都被高溫蒸煮。我明白那代表什麼意思，但是我卻束手無策。這樣的噩夢連續了數個禮拜之久。

我在紐約工作的期間總共接手了二十七件凶殺案驗屍。這些案子改變了我。我學會使用像警探的思維來剖析驗屍過程中的發現。我目睹了一般人加諸在另一人身上的暴力造成的結果——不論手段凶殘與否、出於無心或經過算計。

六月中旬的一個禮拜，我調查了三件謀殺，三位死者都是在自家遇害。其中一起是一位癮君子，被來家裡一起吸毒的朋友拿刀捅了九次後割喉。另一起案件是一位再過幾年就滿一百歲的老太太被用電線勒斃。最後一起是一位患有思覺失調症的女性，遭到搶劫、勒斃後再被刀刃刺傷胸腔和頸部。

那禮拜過完後，我覺得自己需要放假一天。提傑和我把丹尼交給我母親照顧，然後我們一起去朋友位於上西城的家中參加早午餐聚會，接著再去看場電影，最後吃頓晚餐。提傑因為思念洛杉磯生活，挑了一家咖啡館風格的墨西哥餐廳，客人都在櫃臺點餐，然後自己找空桌坐下。我們還在排隊聊著電影的時候，排在我們前面的這位男子引起了我的注意。他的身材很高大——至少有六呎二——二十五、六歲，理了個小平頭，兩個擴耳後的耳垂上都分別戴著個一分錢硬幣大小的黑漆製耳環。他上臂的刺青，我曾在毒癮者身上看過，這種刺青是為了掩飾針孔痕跡用的。

還有其中一些刺青我認得，是監獄的圖樣。不過真正讓我大吃一驚的是這男人的脖子。他的頭顱底下有一道完美的圓形傷疤，就在中線偏左的位置，還有一條筆直的、已經完整癒合的手術疤痕，一路延伸到他的頸椎部位。

頭骨有洞先生的故事就這樣在我的眼前一清二楚，彷彿他是我的驗屍對象一樣。這個男人不久前曾不知為何讓某人對著他小心翼翼從頭部後方開槍。根據傷疤的粗略直徑，我判斷這個槍手大概是用一把點二二或是其他小口徑的武器近距離發射。這一槍的力道讓刺青男倒地，甚至失去意識，但是子彈卡在厚厚的頭骨末端，沒有射穿。有一個醫術高超的外科醫生幫他把子彈取出，止住了血，救了頭骨有洞先生的小命。我甚至可以看到延伸到脖子上的縫線兩旁有清楚的手術縫合用訂書針留下的小孔。

我們選座位的時候，雖然還有很多空著，但是頭骨有洞先生就選擇坐在我們旁邊。他吃得很急，然後就坐在那邊什麼事也不做，慢慢喝著一杯外帶杯的汽水。他看起來像是在等什麼——他待得越久，我就越發擔心。

我們看起來一定一副傻觀光客的模樣。剛剛在結帳櫃臺的時候，提傑不像平常馬上就拿出鈔票俐落付帳，而是慢手慢腳湊齊了正確數字才把錢交給服務生。整頓飯的過程中我們都在大聲地討論著夏日整天在曼哈頓散步、逛街有多麼舒適宜人。提傑身上穿了一件夏威夷衫，我則是一身花洋裝。

當我先生還活像剛從鄉下進城來、滔滔不絕地講著電影院的環繞音響有多好的時候，我在餐巾紙上潦草地寫下了幾個字。「你左手邊的男人曾經遭槍擊頭部但僥倖沒死（看他的疤）。他在觀察我們，搞不好還跟蹤我們。」提傑看完紙條，假裝在找洗手間一樣的環視四週一圈，在他評估完頭骨有洞先生後，給了我一個憂心的神情。提傑大咬一口墨西哥捲餅，我們兩都默默無語，然後在把口中的食物吞下去之後，他換了個話題。「親愛的，你知道我們在哪個轄區嗎？」他問我。口氣輕鬆但音量不小。

「不知道。」我不知道他想做什麼。

「我只是在想這裡是不是一四區。昨天那個男的，就是佛古森警探調查的那個，不就是從一四區來的嗎？」

我突然聽懂了。「不是——噢，對，你說對了，佛古森就是在調查一四區，但我想這裡應該是一〇區。但我其實沒有特別在乎案件是哪一區來的，除非是凶殺案。」

最後一個關鍵字從我口中說出的時候，我聽到椅背匆忙往後推開的聲音，跟蹤我們的人就經過我們身旁，頭也不回走出了店門口，連飲料也沒帶走。

一開始提傑和我還對於詭計成功感到又驚又喜。等到驚喜的感覺褪去，我們倆都覺得嚇壞了。「也許只是巧合吧，」提傑顯然也不相信自己說的話。我們等了幾分鐘，然後等到確定看到有可載客的空計程車停在路口的紅燈前時才離開餐廳。我們本來打算搭地鐵回布朗克斯，但現在一致認為可以揮霍一筆計程車費沒有關係。

8. 不是你的錯

報警的人是房客。她看到房東的車子就停在屋外，而屋內的主要衛浴間卻反鎖著，這讓她心裡覺得不妙。警方撬開反鎖的門，發現梅納赫姆．梅琳涅克把延長線綁在浴簾桿子上吊頸自盡了。我父親曾經有過一次自殺未遂的紀錄，那次是企圖仰藥自殺，我們都知道這件事。而終於成功的這一次，發生在一九八三年四月十三號。

母親的朋友露絲告訴我這個消息，我的反應是開始大笑不已。我笑得停不下來，連自己也不知道原因。我回到自己房間，坐了一會兒，然後又回到廚房。母親就坐在那裡低聲啜泣——但我完全哭不出來。我問露絲為什麼我會大笑，她告訴我這是極端歇斯底里的反應。倒也合理，但我還是一滴眼淚都流不出來。當時我十三歲，常常為了雞毛蒜皮小事掉眼淚，但是父親自殺後我卻只感到徹底的麻木。

告別式上來了好幾百人。人山人海之中，彷彿他在雅克比醫院任職的七年中教過的每一個精神科住院醫生通通都到場了，他曾經輪調過的幾個醫院的同事全員出席，還有他私人診所開業後看診過的每一個病人也都在場。我八年級的全班同學都來了，現場有四十幾個孩子。儀式結束後，好幾個父親的病患都來告訴我，父親曾經如何大大幫助了他們。他們說，他是個很棒的人。而我在告別式之前一次也沒見過這些人。

前往喪禮現場的路上，母親提醒我，大家告訴爺爺奶奶，他們的兒子是死於心臟病，我不可以跟大家說辭不一。她從沒要求我說謊過，但是她告訴我，爺爺奶奶是長輩了，承受不了這樣的事實。其實我懷疑爺爺奶奶從來沒相信過心臟病的說法，其實真的看不太出來，這事讓他們太過哀痛，後來好像一直沒有走出來過。

有人把父親的相片洗了好幾張裱框，放在爺爺奶奶家裡各處，那照片是父親一臉沉痛但又勉強微笑著的模樣。我之前從沒看過這張照片，但是照片是近期照的，我心想這勉強的笑容想必是因為他想讓自己看起來好看點，然而他心裡明白，這照片會被拿來做什麼用吧。他計畫要尋死。在動手之前一、兩個禮拜，他告訴我他的遺囑放在哪裡，「只是怕萬一我遇上什麼意外。」他把遺囑藏在走廊上的一處櫥櫃裡，這地方以前是我們家的小升降梯。要打開廚櫃的門，得先把一幅畫移開。父親死後，母親和我打開這扇門，卻沒有看到遺囑，只有幾份文件，和一個小小的皮革盒子，裡面裝著藥水瓶，瓶子裡面是透明的液體。我覺得看起來像是注射型藥物。母親把東西給扔了。

遭遇自殺事件的生者分成兩種：一種是對事件絕口不提的人，一種是能夠自在地侃侃而談的人。我屬於第二種。我由衷相信將自殺視為禁忌話題只會導致更多自殺事件。我的醫學院訓練藉著現代科學和社會學理論，讓我對此看法深信不疑，我擔任法醫病理學家之後，透過傷痛諮詢的經驗也強化了我的信念。

你可能會認為跟自殺者的家屬交涉是很困難的事，但其實並不會。他們通常對於我的工作都會表現出支持的態度，甚至帶著感謝的心情。這些人之中有許多人當下就接受了這個消息，有些人甚至表示他們並不意外——這只是長年與精神疾病奮戰的最後一次戰敗。有些家屬永遠無法接受法醫的判定，不相信他們深愛的家人是死於自殺。赫希醫生告訴我們，曾經有個女人每年到了她那自殺身亡的青少年兒子的忌日，就會打電話給他，十五年來毫無間斷。每次她都在電話中哀求他將死亡證明書上的死亡方式從自殺改為意外。這個孩子是上吊的，而自縊現場是最能直接判定為自殺的現場。要把自己吊死需要預謀和計畫。我父親必須要先綁好一個繩結——他搞不好得先去學，然後還得練習——把繩子綁好，繩圈掛上脖子後拉緊，然後把自己的重量轉移到繩子上頭。這不是能夠一不小心就做到的事。這個痛失愛子的女人，她的兒子也不是意外吊死自己的。

自縊案件中的驗屍證據都很直接。死者脖子上會有一個繩結的痕跡，沿著喉嚨往耳朵的方向延伸。因為地心引力的關係，血液會堆積在手臂和雙腿的位置，讓這兩個部位嚴重泛紫，出現「長筒襪和手套般的黑青色範圍」。如果死者的臉部顏色比軀幹淺，表示繩結綁得比較緊，截斷了血液通往頭部的途徑。這種狀況下，死者可能幾秒內就失去意識了。如果死者的臉部漲紅發紫，眼白和牙齦出現血點，表示繩結雖足以阻止血液從頸靜脈回流，但是不夠緊到阻止頸動脈把血液輸送到頭部，因為頸動脈位置比較深，比較難被壓力阻斷。在這樣的情況下，死者可能會掛在繩結上掙扎幾分鐘，先昏厥後才死去。如果真的沒弄好，繩結就不能阻斷任何血流，但會讓舌頭抵住上顎，讓自殺者以一種緩慢、像被噎著一樣的方式缺氧而死。真正能夠像專業劊子手一樣讓人頸部折斷、幾乎立刻致死的自殺案例實為少數。在我的經驗中，電線最常用來做成絞索，其次是皮帶和狗鏈。

「不合理啊。」我常常從自殺者的家屬口中聽到這句話。自殺的本質就是一種自我毀滅的行為，一個身心健康的人是很難理解的。我常常看到有人決定這樣了結性命——因為一時衝動，做出無法挽回的致命決定。「不合理也是正常的。」我只能這樣告訴那些家屬，有時候我會告訴這些生者梅納赫姆・梅琳涅克的故事——一位優秀、成功的專業人士，同時也是位盡責的父親，卻決定在一九八三年於自家浴室上吊自殺。雖然我於公於私都非常了解父親是怎麼死的，但我永遠不會知道背後的原因。如果你問我，我會說自殺真的是一件自私至極的行為。

在紐約，自殺的方式有很多種，但是我們卻不斷重回某些現場。二〇〇一年夏天到二〇〇三年之間我在紐約工作，這段時間中紐約馬奎斯萬豪飯店（Marriott Marquis）的天井不幸成了自殺者的熱門選擇。飯店裡的前廳有一座宛若大樹般高聳入天的電梯，「樹幹」裡頭有十二部玻璃電梯上上下下。在較高的樓層中，設有橫越天井的通道，通道的欄杆能讓人從好幾十公尺高度向下望。現在那走道的欄杆已經無法翻越，但是在當時是可以的。

我接手的一起案件，是一名三十六歲的男子，科特・鮑爾斯。他在跨越四十三樓的走道欄杆之前還留下了遺書。我的驗屍報告中得註記「四肢徹底分離」，這表示遺體送到我這裡來的時候，四肢已經都與身體完全分離了。波爾斯的左腳和右手臂掉在十一樓。他的左手臂和右腿在七樓，掉落在走廊地毯上，彼此相距數公尺之遠。他的頭骨部分落在電梯井裡。剩下的部分全都掉在四樓，除了大腦。我收到屍袋的時候，他的大腦還下落不明，現場調查員仍在一層樓一層樓的收集大腦殘片。驗屍過程中，我發現他體內所剩的內臟全都四分五裂，表示鮑爾斯一定是在墜落過程中撞擊了數個物體表面後才落地。

四個月後我又接到一起同樣地點的自殺案件。這男的留下一篇神祕的遺言，內容是：「瑪麗，那老傢伙簡直要把我生吞活剝，我再也撐不下去了。」他在二十三樓翻過欄杆。他的左腿最後掉在十樓，支離破碎的軀幹掉在九樓。我懷疑這些人以為自己會優雅地墜落，最後以一記戲劇性的巨大聲響、配合身軀降落在一樓大廳的景象作結。但是我目睹的遺體，都是在墜落過程中像彈珠臺裡的彈珠，沿途撞上大樓裡好幾個突出處，這過程中每一次撞擊都會對人體形成不一樣的傷害。不但一點都不優雅，還會傷害那些目睹過程的房客、看守現場的警官和清理殘局的飯店工作人員。

紐約市有不少大橋和步道，所以我處理過的大多數浮屍往往也都是跳水自殺的死者。我接過一位四十到五十歲的男性無名屍，被人發現在上城區的東河裡，他的遺體道盡了一個淒慘的故事。我知道他的死因是溺斃，因為他的肺部裡面有水，但不僅如此，他還曾經歷過一連串的創傷，全都不是近期發生的。他的其中一條腿被從臀部截肢，另一條腿則呈萎縮狀。他的骨盆曾經破碎過，但是後來已經癒合，小腸上頭則滿是多次手術後留下的疤痕組織。驗屍中拍的X光片顯示他的中背上卡著一顆子彈，雖然他身上沒有近期槍傷的痕跡，只有疤痕，為數不少的疤痕。

我們最討厭舊槍傷的子彈，這會讓我們誤認案件為槍殺，有時這種案件中，要把子彈從重重的疤痕組織中挖出來也沒那麼容易。這顆子彈卡在第九節胸椎中，在很久以前就造成我手上這位無名屍下身癱瘓。「現場某處一定有一把輪椅和一封遺書。」攝影師邊拍邊猜測。

「有可能。但他也可能是被某人淹死的，或者是他喝醉了，結果不小心跌落碼頭。總之，除非能找到他的身分，否則這絕對會變成一起死亡方式無法判定的案件。」

「你覺得會有人來指認嗎？」

「對啊。一定有人會想念他的。」

十天後，布朗克斯養老院的醫療部主管來電。他告訴我浮屍的名字是霍華・巴默爾，是他們機構的其中一位住客。「霍華很安靜，但是並不憂鬱。我擔心他是被人所害。他每天若能拿到通行證，就會到賭場貴賓室去消磨時間。我沒有阻止過他，因為他說過自己只是小賭怡情，且他也不曾看起來為此出過什麼事。但是現在我開始有點懷疑了。」

「他有服用任何心理治療的藥物嗎？」

「沒有。」

「他有表現過自殺傾向嗎？」

「沒有，我到處問過了，包含員工和其他住客。沒有人聽他說過自殺的事。」

「過去也沒有自殺未遂的紀錄？」

「沒有。」

醫生沒騙我，但是他不知道過了幾天後才浮現的事實真相。隸屬東哈林區二十五分局的瓦斯奎茲警探在電話上告訴我，他去拜訪了巴默爾的每個密友，並且在碼頭區四處尋找輪椅的下落，但是什麼也沒找著。他得知霍華是個酒鬼，平時會喝到回家時會爛醉到跌落輪椅的程度。「他在養老院的室友和其他我談過的對象，對他的評價盡是讚美。他的唯一缺陷看來就是愛喝酒和喜歡小賭，如此而已。他會用通行證去賭場喝醉，然後把那週剩下的零用錢花在賭博上，結束後就會回家了。就這樣。他一直都是這樣過日子的。」

「他有去借過高利貸嗎？」

「沒有賭博欠債的紀錄。大家都知道他的興趣，且沒人覺得有擔心的必要。就連貴賓室裡的常客也都說，如果有看到他，他們都會注意他的狀況。我拿出照片的時候，每個人都認得他。」

我聽完後覺得這些描述不像是自殺，喝酒會醉到跌落輪椅這種習慣可能會讓死亡方式偏向意外致死。這時候如果是其他警探，應該就會停止調查了，可是瓦斯奎茲決定繼續深入了解。巴默爾搬進養老院之前，曾有過一位室友，湯姆．帕克——帕克告訴瓦斯奎茲警探另一個版本的故事。「一九九七年的時候，巴默爾酗酒又服藥過度，被送到急診室洗胃。一九九八年冬天他曾想把自己餓死。當時他自己一個人住，但是他失聯幾天後，帕克跑去住處看他是不是出事了，結果發現他在公寓裡，所有窗戶都打開，全身赤裸昏倒在地上。這兩次都是帕克把他送到醫院去的。」

帕克也告訴警探他的朋友如何獲得那顆紀念子彈。根據他的說法，巴默爾二十五年前有次企圖持槍搶劫，但是受害人奪走了槍，並且開槍射中巴默爾的脊椎，他因此癱瘓。湯姆．帕克還告訴警探，他一度有點擔心霍華，因為他告訴湯姆：「如果發生了什麼意外——社會福利補助金的支票可以給他。巴默爾也對養老院的室友提過自己的所有物可以全數給他一事。不過沒有人覺得他有憂鬱的症狀就是了。除了帕克以外，大家對這件事都很驚訝。」瓦斯奎茲警探想要找出遺書，但是最後是無功而返。這件案子中瓦斯奎茲警探非常仔細認真地完成了警方的職責，我告訴他我很感激他這麼盡責。

我很感謝他的努力，但是最後這些努力仍無法幫助我判定死亡方式。巴默爾的毒物報告結果顯示他的體內酒精濃度高得破表。就算他是長期飲酒的人，這麼高的酒精濃度代表他死去時一定也已經醉醺醺的了。如果行動被限制在輪椅上，要跌入東河也不是件容易的事。我覺得應該是自殺，但是也不能完全排除凶殺的可能性，於是最後我將死亡方式判定為原因不明。我在下午的會議上問過同事的意見，他們也都同意我的看法。「搞不好輪椅也在河底。」唐說道。我想他是對的。

站在技術層面而言，自殺案件的驗屍通常都很直接了當。有時我們會遇上佯裝成自殺的凶殺案，但是殺了人想脫罪，這麼做可不容易成功。人的求生意志是很強烈的，凶殺組的警探熟知如何判讀出現場是否符合打鬥致死的環境。我則會從遺體上找出掙扎的跡象。如果是下毒，我還有毒物報告可以佐證。要判定一起死亡案件究竟是自殺還是意外，全跟死亡現場的調查息息相關。

法醫會花很多時間把警方和家屬提供的說法拼湊在一塊。透過遺書通常能找出明顯的動機。任何顯示為經過刻意安排的行為——比方上鎖的公寓、綁得很紮實的繩結、或是一張被拉來牆邊讓死者可以爬上高處的椅子——都能排除意外的可能性，但是卻不一定能排除凶殺的可能性。衝動自殺對我而言最難處理，因為這種案件就是家屬最難以接受的情況。這種情況永遠都沒有遺書，過程往往涉及與愛人發生糾紛，且死者常因為喝醉或藥物影響才大膽行事。

艾德華．伯格斯和女友蘿拉這對不穩定的情侶在萬聖節前幾天的某個晚上吵得不可開交，他威脅著要自殺。吵架過程中兩人發生肢體衝突，然後伯格斯把一條繩子的一端綁在脖子上，一端綁在水管上——然後就從廚房窗戶跳出去了。繩子承受不住重量，他從五樓跌落，包含頭骨在內全身多處骨折，內臟也四分五裂。他的肝臟碎成數片，腎臟的下場一團糟，大腸也一樣。伯格斯全身有多處鈍物創傷，整體狀況看起來都符合從十幾公尺跌落的結果，也就是廚房窗戶的高度。遺體的狀態與女友告訴調查員的說法相符，所以我在當天就將死因判定為自殺並結案了。那天我還有另一起鈍物創傷的案件，死者是一名建築工人，他搭乘友人的車，發生車禍時因未繫安全帶致死，同天下午我還花了二十分鐘跟沃德太太通電話，再次告訴她不新鮮的壽司沒有害死她那吸毒過量的兒子。

過了幾天後——我還在為了沃德案、郵務袋凶殺案、建築工地挖出來的遺骨、早產兒死亡案件和其他幾起心臟病發案件焦頭爛額——伯格斯的姊姊來電。她堅信死因不是自殺，且表示是蘿拉，也就是那位女友，把伯格斯推出窗外的。「如果他是先被痛毆後再被推出窗外，你在遺體上看到的東西不也一樣嗎？」

「其實不會一樣，」我告訴她。「如果是你說的那樣，遺體上就會有掙扎的痕跡，例如與墜樓無關的瘀青和指甲抓痕。」

「你要怎麼確定她沒有逼他跳樓？」

「你弟弟比他女友還重二十公斤。」

「她塊頭也很大啊，而且很暴力。搞不好現場還有其他人幫她，只是我們不知道而已。她有個朋友，警方不願意去訊問他。你怎麼能肯定不是他殺了小艾後把屍體拋出窗外，假裝成自殺？」

「的確有可能會有人把屍體拋出窗外佯裝自殺，但是這件案子裡不是如此。」

我告訴艾德華．伯格斯的姊姊。

「但你怎麼確定？」她堅持要問。

我停了一下，然後小心選擇了精準的臨床用語。「驗屍過程中可見非常強而有力的證據，證明小艾不是死於公寓中。」我希望她能聽出我沒說出口的意思，也就是，「你不會想知道我是怎麼確認的。」

結果她沒聽懂那暗示。「具體是哪些『證據』？」伯格斯的姊姊緊咬不放，逼我不得不說出血淋淋的細節。

「你的弟弟斷裂的肋骨造成許多臟器穿刺，這些臟器四周都有流血的跡象，意思就是當他落地的時候，他的心臟還在跳動。」

電話的另一頭一陣靜默。就在那靜默之間，我真心討厭自己的工作。但是艾德華．伯格斯的姊姊太頑固了——對正在經歷悲傷過程中否認階段的她而言，這只不過代表蘿拉和這位神祕友人在小艾還活著的時候逼他跳出窗外。「蘿拉的說詞一直改變，」她說。顯然蘿拉在小艾死前幾天喝醉了，告訴朋友她跟小艾大吵了一架，然後她朝小艾的臉上來了一記重擊，打得他鼻血直流。「我記得小艾那天晚上打電話給我，說他在流鼻血，他覺得鼻子可能斷了。她用一把吉他打他，然後奪門而出。」我告訴她，我驗屍時檢查過她弟弟的臉部骨骼，他的鼻子沒有斷。

我一邊講電話，一邊重新回顧在驗屍過程中我畫下來的遺體示意圖。伯格斯的創傷幾乎全都是平面創傷，表示他落地時只有單一方向的撞擊力道。如果他是先與人打鬥才墜樓，那我應該會看到多重撞擊面導致的創傷。「小艾有沒有自殺未遂的紀錄？」我問他姊姊。電話另一頭沉默了一下。

「嗯，之前有個前女友曾告訴過我，他們吵架的時候，他在脖子上綁了繩子說要上吊自盡……」

這讓我心中的疑惑全都一掃而空。這件案子就是自殺沒錯。伯格斯的姊姊沒有像我一樣看過犯罪現場報告，她不知道當他跳出窗外時，脖子上就綁了條繩子。現在我知道死者的死亡方式跟舊事相同，在相同的情況下使用相同的方式，我決定她有權知道為什麼我能這麼確定這起案件是衝動自殺。我試著強調自己不是在否決她的質疑，並告訴她我懷疑這次事件中，應該也少不了藥物的影響。幾個月後毒物報告出爐，果真顯示死者當時體內含有酒精、古柯鹼和K他命，一種派對毒品。警方總是喜歡說：「曾經自殺者，永遠會選擇自殺。」這句話既冷酷又悲觀，但也往往是對的。

我只有去過一次自殺現場，是在我跟著法醫鑑定小組進行現場訓練的時候。那天是我前往埃里科・拉法尼諾死亡公寓現場的隔天，也就是八月底的事。接到電話叫我們去曼哈頓中心的一棟高樓層公寓大樓時，我就跟在一位叫做喬的法醫鑑定人員身邊。一位任職於日商的商務人士在他那臨窗的辦公室裡，用小刀割腕後又劃破自己的喉嚨右側了結性命。那地方很美，所有東西看起來都又新又貴，窗戶外能看到鄰近的摩天大樓之間閃著銀光的哈德遜河。

死者躺在地上，旁邊是辦公桌旁擺的垃圾桶。他的外貌看起來年約三十五、六歲，穿著一件昂貴的正式西裝褲，襯衫扣子還扣著，但領口打開，袖子向上捲。西裝外套和領帶整齊地掛在辦公椅背上，垃圾桶裡有一只抗憂鬱藥物的空瓶。他身上或地板上沒有太多血跡。雖然傷及動脈，他還是先跪在地上，對著垃圾桶流血數分鐘後才死去。

這名商務死者桌上有張照片，是一位穿著芭蕾舞裙的青少女。桌上有張紙條，但是因為是用日文寫的，現場沒有人看得懂他寫了什麼。有個積極的警察想起路口就有間壽司店，所以我們就把紙條拿到樓下問問店員能不能現場幫我們翻譯。

「對不起我做不到，」壽司師傅念道，一手拿著大刀，鼻樑上掛著老花眼鏡。

「他也對太太和女兒道歉。這個，」——他指著最上面的兩個字——「是他的名字。我寫下來給你們。」他在警探的筆記本上用整齊的筆跡寫下翻譯後的名字。我們沒有告訴壽司師傅這紙條的由來，但他原本活潑的表情轉為嚴肅的模樣——我們進門時他還大聲說了歡迎光臨——我想他已經很清楚情況是怎麼回事了。師傅跟我們兩對對眼，然後淺淺鞠了躬。拿紙條來的那位警察知道鞠躬要比對方更深一點以表達謝意。上樓後，我們發現遺言是留給死者上司的。我再次看著照片裡的女孩，深深感到一陣哀傷。她大概才十六歲，優雅擺出芭蕾舞姿，臉上帶著亮眼、自信的笑容。

為什麼我處理的自殺案有這麼多都是家裡有青少女的父親？我在二〇〇二年四月的一個禮拜中接連處理兩件類似的案件。週二的死者是傑佛瑞．霍普金斯，一位五十五歲的律師，有憂鬱病史並且負債累累。霍普金斯吞下安眠藥自殺，留下太太、十二歲兒子和十九歲女兒。週四的死者是彼得．克拉克，一位花花公子、百萬富翁，面臨離婚和事業問題。他自殺的方式我從沒看過，需要極其仔細的計畫才辦得到。克拉克買了一整缸壓縮氦氣，然後把氣缸接上防漏面罩。氦氣是無毒惰性氣體，所以他不是被毒死的，他的死法是因為氦氣取代氧氣造成的窒息致死。他把公寓大門從裡面用鏈條上鎖，在鏈條上掛了遺書，等他太太回家開門時打不開，遺書就在那時掉出門外。上頭寫著，「我已經了結自己的性命。請通知相關單位。」彼得．克拉克有兩個女兒，一個在念小學，一個才剛上高中。我在看報告的時候，心裡替兩個女孩感到沉痛。

隔天當我致電給克拉克的妻子時，我的心又更痛了一點。他們的十三歲女兒前一天晚上崩潰了。她看到櫥窗裡的婚紗，突然意識到自己的父親不能在婚禮上牽著她走入禮堂。「我父親也沒有參加我的婚禮。他自殺的時候我十三歲，就跟你女兒年紀一樣大，」我告訴他太太。「你得告訴她們，自殺是不會遺傳的。我父親的喪禮給我帶來的驚嚇感消退之後，那想法曾經是我心中最大的恐懼。我以為我一定也會走上自殺一途，我真的這麼想。你要記得告訴她事情不是如此。告訴你女兒這是我的親身經驗。」不論我有多專業、受過多少訓練——在那個當下，我們都只是心碎的家人。

我擔任紐約市法醫的期間，經手了二十一起男性自殺案件，但女性自殺案件只有五起。這種比例失衡並不罕見。全國自殺人數中，男女比例大約是三比一。不過自殺未遂的數據則大大相反：美國女性自殺未遂人數是男性的三倍。法醫的驗屍臺上，自殺的男性死者比女性多，是因為女性往往選擇比較沒有立即性的自殺方式，比方過量服藥，後續結果就傾向被救活。藥物進入體內後要發揮作用到致命的程度，需要數分鐘至數小時，這就成了一個醫療急救的時間窗口。美國男性選擇的自殺方式往往會造成無法挽回的致命創傷——自縊、從高處躍下，另外還有一項特別常見的選擇：使用槍枝。全國自殺人數中有一半的死者都是飲彈自盡。不過在紐約市的自殺案件中，每九件中則只有一件選擇此法。

飲彈自盡並不是連傻子也能做到的事——而且也不是每次都能速戰速決。我在紐約接過一件幾乎可說死者根本就失敗、導致狀況實在不能再更糟糕的案件。死者是一名五十歲的男子，鄰居表示他的精神狀況不佳。他在二月的時候被人發現在自家上鎖的公寓中已死亡多時、開始腐爛。他的右手握著一把點二二口徑的左輪手槍，右邊太陽穴上有接觸性傷口。當我打開他的頭骨時，我發現子彈筆直穿過死者雙眼中間，子彈的力道把眼眶後方脆弱的骨頭炸成碎片，碎片扎入大腦額葉。他把自己的大腦額葉截斷後，還躺在那裡忍受了好幾分鐘什麼都看不見、疼痛不已的過程，時間可能長達半小時，直到大腦腫脹程度終結他所受的折磨為止。

詹姆斯．杭特選擇的則是雙重保險的做法。一名在中央公園慢跑的民眾發現他倒在畢士達噴泉旁的地上抽搐，頭上血肉模糊，左手上握著一把點三八零半自動手槍，他的右腳旁還有一把九釐米。離他不遠的長凳上有個槍盒，裡頭放著一張紙條寫道，「給警方：我的袋子裡還有其他彈藥和刀子。」警方一看果真如此。這名二十八歲的白人種族優越主義者在自家公寓中留下了一份長達十二頁的遺書，裡頭全在抱怨自己對於猶太人、黑人等的厭惡之情。他寫下自己自殺的原因：追求「純種白人女性」遭拒。

「他實在應該去找黑人的——絕對一試成主顧啊！」身分鑑識辦公室的黑美人小齊看著我這位猶太醫生解剖這位傷心納粹的遺體時說道。我第一次替身上有納粹符號的男人驗屍的時候，的確有種替祖先復仇的感覺。不過其實有不少死人身上都有納粹刺青，到我開始把這位種族優越主義者的臟器一一取出時，那種復仇感已經不復存在了。杭特把一把槍放進嘴裡，另一把對著太陽穴。口腔內的彈道從他的頭顱頂端穿出。另一顆子彈的射入途徑在左耳後方，並且留下標準的接觸性灼傷。那顆子彈在大腦下方碎成四片，子彈的銅製外殼打到骨頭後回彈，最後停在右邊太陽穴的位置。

詹姆斯・杭特是我在二〇〇二年二月經手的六起自殺案件中最後一起。那個月我處理了二十五件案件，就有六件是自殺——粗估每四件案子中就有一件是自殺——這個比例很高。除此之外，其中十天內接連送來的兩起案件完全是算我倒霉。這兩個案子都是地鐵自殺。地鐵自殺者很少留下遺書，為了要排除凶殺或意外的可能性，我們只能靠著有時會互相矛盾的報告來評估，也就是乘客的說詞和他身邊的人的說法。

二月初，一位安靜、育有三子的中年男性死於聯合廣場站往上城方向四號線地鐵輪下。地鐵駕駛和兩名月臺上的目擊者表示死者一躍而下的時候身邊沒有其他人。他最後被發現卡在第三節車廂下方。隔天我與這名男子的兒子、女兒和太太談話時，他們仍未從驚嚇中恢復。死者在世的時候就是個很內斂的人，不常表達情緒。他們看不出來他是否悶悶不樂或是有什麼不開心的樣子，而且他最近才剛升格當外公。

驗屍過程驚悚極了：這男人體內一滴血也沒有。他的肋骨骨折、股骨完全斷裂，脾臟被碾成漿，這通常會導致大量出血才對。死亡方式是頭部與頸椎脫離——體內斬首。結締組織仍把頭部和頸部連接在一起，但是他的頸骨、頸椎和延髓都已經支離破碎。我想要採取一小小瓶的血液樣本去做毒物分析都差點辦不到。每次驗屍過程中我都可以從心臟汲取血液，但這次，他的心臟是空的。

「血液都上哪去了？」赫希醫生在下午輪巡時間聽完我的報告後問道。

「我不知道！也許都在現場流光了，但我很懷疑——因為他沒有任何外傷看起來是嚴重到能夠讓他全身血液流乾的地步。」

「但是現場調查員可能沒看到，搞不好血都流到地鐵排水溝去了。軌道底下全都是黑漆漆的爛泥，加上那裡的排水系統又做得很好。」另一個醫生指出。

「就是有這種案子，遺體顯示血液應該無處可去，但你卻看見一顆空空的心臟，那到底這些血都流到哪去了呢？」赫希醫生又問了一次，他的眼中閃爍著專業的光芒。沒有人有答案，於是他繼續說下去。「我們認為血液應該都流到解剖時不會接觸到的部位去了——說得更明確一點，就是那些骨骼竇部和膈片之中。」

我說不出話來。「你是說他的骨髓把血液都吸走了嗎？」

「他的生命中樞受到突發性、強大的神經型創傷，這會造成血管張力出現系統性的崩解，」赫希醫生繼續對著一臉好奇的我們說道。「延髓已經被撞碎了對吧？當這個狀況發生的時候，全身上下的血管都會立刻癱軟，血管裡的東西就會流入骨頭組織中的造血空間裡。」

「所有的血流都流入骨骼裡？」

「理論上是如此。」

「太神奇了。」我由衷讚嘆。我的工作也許很血腥可怕，但是對於一個熱愛人體結構的科學家來說，這是一份很棒的工作。會議室裡每個人都同意這是那天最酷的案件。

二月另一起地鐵自殺案件，死者是一名老年人。他的頭被劈成兩半，大腦掉落在外，脊椎兩處斷裂。軌道兩邊有許多人都表示目睹男子突然跳到列車前方。他的家屬告訴警方，幾週前他曾在浴缸裡割腕自殺未遂。而在驗屍過程中，我的確看見他的手腕上有平行的疤痕，符合自殺未遂的紀錄。這件案子也一樣沒有遺書。

「為什麼自殺的人不留遺書？」那天晚上我對提傑抱怨。我們從強生大道的超市走路回家，提傑推著一臺老舊的嬰兒車，裡頭載著丹尼，這車同時也被我們拿來當購物車，底下的籃子裡塞滿了雜貨，比較不那麼容易壓壞的雜貨就一袋袋裝好，包圍在丹尼身邊。他一路上都在敲打罐頭食品和乾義大利麵條。

「你懷疑他是被推落鐵軌或跌倒嗎？」

「沒有。目擊者的說詞都很一致。他不是摔跤或被絆倒，身邊也沒有其他人。地鐵駕駛說看起來他的行為是刻意的。這可憐的傢伙，我真的為他感到難過。」

「不是大多數自殺的人都會留下遺書嗎？」

「數據顯示只有一兩成左右而已，取決於你要相信誰的研究內容。最完美的凶殺案就是只有一顆子彈進出，而且找得到子彈；而最完美的自殺案件就是死者沒忘記留下遺書。排在這兩者之後，我想我會說最完美的用藥過度致死案件，就是死者手上還插著針頭，或是飯店桌上還留著白色粉末。」

「好了丹尼，起來吧。」提傑把丹尼從嬰兒車上解開。前一天下了雨，小男孩馬上往地上的水窪衝去。我實在難以想像為人父母者如何用我目睹的那些方法，刻意離棄自己的家人。但我看過太多遺書內容，我知道這些人都在催眠自己，覺得他們這是在幫自己心愛的家人一個忙。不是這樣的。你可以相信我。

我父親的驗屍報告很平凡。死者「紀錄顯示年齡為三十八歲」，男性，以身高評估，腰圍略廣但不致過重。「頭骨上的毛髮為黑色，參雜少許白髮，」報告中寫道。「面部有茂密的八字鬍，」以及「真牙且經良好照護。」但我記得他露出那歪歪牙齒的笑容，我也一直都很喜歡他親吻我的時候，八字鬍搔著臉頰的感覺。他常常聞起來有洋蔥的味道，驗屍報告中沒寫到這點。報告裡把我們家的姓氏誤植成兩種不同的拼法——「梅里雷克（Melilek）」和「密李雷克（Mililek）」——但是整篇報告中卻沒拼錯梅納赫姆。

我決定要當法醫病理學家之後沒多久就看過父親的解剖報告了。我覺得如果沒有先看過那份影響自己一生的驗屍報告就投入這個領域是一種失職的行為。我父親沒有留下遺書，我想要從死後的檢驗報告中找出一點蛛絲馬跡，用我身為法醫的雙眼，看出點什麼來讓我了解他為什麼要了結自己的生命。

灰色延長線在他脖子上留下的繩結勒痕的描述內容無奇又平凡，痕跡從他的左下巴延伸到喉嚨右邊，然後連接到頸部後側，到左耳耳垂為止。報告沒有現場照片，但不難想像他的頭一定是向右邊歪斜，我曾在其他自縊案件中看過這種狀況。解剖後條狀肌上沒有出血狀況，喉嚨裡的舌骨沒有斷裂。他的四肢末梢出現常見的泛紫現象，臉部發青充血。警方切斷繩子放他下來的時候，他還戴著眼鏡，只是當時的他已經全身僵硬冰冷了。「遺體以一般的Y字型方式切開，」一九八三年威徹斯特郡的助理法醫寫道。「肌肉顯示為深紅色，有肥大現象。」死者年紀尚輕，已患有心臟病——他讚不絕口的白色城堡漢堡店可能就是肇因。他也有脂肪肝，但是毒物報告沒有發現任何古柯鹼、海洛因，也沒有發現酒精成分。

他當時神智清醒。我不能怪罪藥物。我只有、也只能，怪梅納赫姆自己。即使是三十年後的今天，我仍非常想念他。

9. 醫學的不幸

以法醫身分學習調查死亡這件事，讓我更加熱愛人體的奧妙。但問題是：我在驗屍房裡學得越多，就越常發現自己開始會在驗屍房外診斷陌生人。那個在公園長椅上打瞌睡的男人，手上和腳踝上都有針頭痕跡，八成在不久後就會因為用藥過度致死。那個在雜貨店裡推著購物車的主婦，眼白泛黃，肝臟快衰竭了。那個小腿光滑得古怪的熱狗攤販，身上有痘疤和棕色、粗糙的斑點，還有腫脹的腳踝有沒有？心臟衰竭，標準症狀。

我該怎麼辦？我應該要去跟那個頸部有塊烏黑小瘤的太太說，她應該要馬上給醫生看看那黑瘤嗎？我該不該催促那個手腕上有平行傷疤的青少女盡快去找專業諮商者協助，避免自殘行為演變成自殺嗎？我該把戒毒中心的優惠傳單帶在身上，好讓我在遇到癮君子的時候可以塞幾張給他們嗎？難道這也是我的工作內容的一部分？這些事情都屬於一位與生命終結時刻緊密相連的醫生的職業責任？

我寫過最長的死亡原因是「靜脈注射毒品導致愛滋病，用藥治療併發壞死性胰臟炎，進行清創時出血致死。」說白話點，就是一位打毒針的毒癮者感染了愛滋病毒，所以醫生就以強效愛滋用藥治療他。其中一種藥物造成病患胰臟受損，所以他接受手術移除壞死組織。在手術期間，病患身上的一條大血管破裂，最後他就慢慢流血致死。這是一起在根本沒希望的病患身上發生的醫療併發症。

「醫療併發症」並非醫院搞砸時所用的婉轉術語。這是紐約市的正式死因類別之一，使用於病患死於非緊急醫療或緊急外科手術中的情況，不論過程中是否有疏失。如果你到醫院接受預約療程，治療內容不是立即攸關生死的項目，結果卻死於療程之中，你的死因可能就會被判定為醫療併發症。當我還在洛杉磯接受住院醫生訓練的時候，我們將這類案例稱之為「醫學的不幸」，這個說法讓赫希醫生聽了就生氣，而提傑則是覺得十分好笑。這種死因的罕見程度大概僅次於「戰爭受傷致死」，我們遇到戰爭舊傷併發症致死的案子的時候，這就是赫希醫生會用到的死因類別。「我知道這讓人口統計局的疾病分類學家很頭大，」赫希醫生在訓練週的時候告訴我們，「但我實在不能把這類案件判定為凶殺。」

沒幾個單位會使用戰爭受傷致死作為死亡方式，而且不是每個法醫都會把醫療不幸案件獨立列為一種類別，許多法醫都會把這類案件判定為自然死亡或是意外。不過赫希醫生認為，把醫療失誤和其他在醫院中發生的死亡事件分隔開來是法醫在公共健康領域中的任務。如果一個病患急需接受醫療救治，結果最後仍不治身亡，那麼就要看是什麼疾病或創傷導致這個緊急醫療需求，進而判定死亡原因。比方說如果病患是因為打鬥過程中出現槍傷送醫，最後在手術臺上失血過多而死，死亡方式就是凶殺。如果他是因為腎臟疾病，讓他在洗腎過程中心跳停止，死亡方式就是自然死亡。另一方面來說，我在死亡證明書上寫下醫療併發症，就表示醫療行為加速了死亡的結果，醫護人員通常都會對此感到憤憤不平，因為我把他們的工作判定為造成死亡的過程。

派翠西雅·凱迪特急需開心手術，否則她就撐不了太久了。她是一名六十多歲的黑人女性，因為心臟衰竭前往醫院安排時間準備接受心臟四重繞道手術

（quadruple bypass surgery）——醫生稱這種手術為「四重血管包心菜[1]」。她的冠狀動脈被長期累積的膽固醇和阻塞物淤塞到只剩下很狹窄的通道，心臟組織已經嚴重缺氧。冠狀動脈繞道手術（coronary artery bypass grafting）（CABG，或稱「包心菜（cabbage）」）中，外科醫生會從不太重要的部位截取一部分健康的靜脈（通常是腿部），將其縫入被阻塞的冠狀動脈部位。如果外科醫生只需要修復其中一條動脈，那就是單一血管包心菜。要修復兩條的時候就是雙重血管包心菜。派翠西雅・凱迪特有四條動脈待修復，且須在開心手術中一次完成。

要進行開心手術，醫療團隊會把你的胸骨鋸開，像打開牡蠣殼一樣把肋骨攤開來，在手術過程中還要先讓心臟暫停跳動。手術期間，身體需要的氧氣由一臺心肺機提供。如果你的冠狀動脈嚴重阻塞，就會需要冠狀動脈繞道手術，不過這也代表你身上其他部位的血管可能也已經被膽固醇嚴重阻塞，比方專門提供血液給大腦的頸動脈。所以當你被全身麻醉以後，血管醫療團隊必須先清理這些血管，讓通往大腦的血流最大化，這個程序稱之為頸動脈內膜切除術（carotid endarterectomy）。

這個手續是有風險的。頸動脈內膜切除術本身可能會把血管中的膽固醇阻塞物送往大腦，造成中風。如果你決定要接受像心臟四重繞道手術這種選擇性的高風險手術，頸動脈內膜切除術也是必須採取的步驟，那麼就有可能會在內膜切除術過程中造成中風。一場手術的屬性，可能同時是選擇性也是必要性——「選擇性」在醫學世界裡，不是代表「可以自由選擇」，只是表示非緊急情況而已。

在派翠西雅・凱迪特的頸動脈內膜切除術和心臟四重繞道手術過程中，一切看似十分順利。不過雖然醫療團隊成功修復了她受損的心臟，凱迪特的醫生馬上就發現她產生了嚴重的臨床結果。她在手術過程中中風，麻醉退去之後身體半側癱瘓且失去溝通能力。她的大腦開始從內部腫脹，傷害越來越嚴重。幾天後，派翠西雅就失去意識，陷入昏迷。過沒多久，那顆才剛修復好的心臟就停止跳動了。

我在用來進行身分鑑識的家屬室中與派翠西雅的哥哥大衛見面。他堅持要跟我碰面一談。他是個面色憔悴的老人，打扮看起來是勞工階層，身材挺拔——且看起來怒髮衝冠。「我實在不明白一個健健康康的女人……」他開口說著，話聲漸弱。「手術前她還有說有笑的。怎麼就這樣走了？」

---

1 譯註：包心菜英文為cabbage，與冠狀動脈繞道手術coronary artery bypass grafting的縮寫CABG相似，故有此譯。

「你妹妹的醫生有沒有解釋狀況給你聽？」

「他有說了一點，但是沒有解釋。他說了什麼阻塞，還有中風，但是我聽不懂他在說什麼。他也不願意直視我的雙眼。」他伸出兩指朝著自己的眼睛比了比V字型，同時眼神直盯著我。

我停了一下，思量要怎麼開口。大衛．凱迪特不信任我。他覺得我是一個年輕又沒有經驗的白人醫生，會跟那個外科醫生一樣說謊騙他；院方律師顧左右而言他；他的妹妹去世了，這都是醫院的錯，而我們一定會為了錢互相包庇彼此。

「首先，」我一邊說，一邊正面迎向他的目光，「我想先讓你知道，我不是你妹妹去世的醫院的員工，也不是任何醫院的員工。我不需要為那些醫生辯解，凱迪特先生。我是一個公務人員，我的工作就是要做到保持立場公正。這就是你繳的稅金給你的權利。」

他的眼神柔和了一點，勉強擠出一個淺淺的微笑。「這就是我來這裡的原因。」

「讓我跟你解釋為什麼我會把派翠西雅的死亡方式判為醫療併發症，而非自然死亡，」我繼續說道。「如果那場手術是緊急手術，你的妹妹是被匆忙送入醫院導致死亡，我就會怪罪在讓她來到我手上的那個原因。但是她的手術不是緊急狀況。

派翠西雅為了修復心臟，接受選擇性治療手術，她進手術室之前還算健康——像你說的那樣，有說有笑——如果不是因為手術，她就不會在那天去世。正因如此，她的死亡方式就是醫療併發症。」

「她是因為手術而死的嗎？」

「對，」我馬上回答。「你妹妹的心臟病非常嚴重，如果沒有接受手術也一定會病逝——也許是幾週後，最長頂多幾個月，不會比那更久了。但是沒有錯，如果沒進手術室，那現在她還活著。」我願意證實醫院裡的醫生不願證實的一點：是手術殺死了病患。

大衛．凱迪特點點頭，沒有說話。過了一會兒他便起身往門口走去。「謝謝你，醫生，」他小聲說。就在他離開前，他突然又轉身看著我，這次他的眼神裡除了哀傷以外，什麼也沒有。「你知道嗎，他們把派翠西雅推進手術室之前，我還告訴她一切都會沒事的。」

「我很遺憾。」我說——我想我是第一個敢這麼對他說的醫生。

我知道大衛．凱迪特沒有提出告訴。雖然他仍氣得想提告，但他不太可能找得到律師願意代理他的案子。不過我不認為這是凱迪特先生來找我談話的原因。他只是需要有人坦白告訴他答案而已。

在醫學院的時候我學到一件事，在外科的時候也不停被提醒這點，就是要用明確的臨床語言、被動表達看法。「阻塞物被推向栓塞的血管中，造成局部缺血創傷」就是用醫學式說法表示：「當我們企圖清除阻塞的動脈時，一塊脂肪組織鬆脫而造成中風。」直到接受了赫希醫生的訓練我才學會不要用那些醫學名詞。

法醫比起其他醫療人員更常遇到必須跟民眾溝通的場合，讓對方能夠理解，比說話精準又科學正確來得更重要。但是在死亡證明書上又是另一回事了，因為死亡證明書必須使用精準的專有名詞。不過赫希醫生不斷灌輸我們一個觀念，就是當我們在跟死者親屬講電話，或是站在陪審團面前陳述的時候，法醫病理學家一定要懂得如何直白地描述，並且避免展現出高高在上的姿態。他教我們要說「因為膽固醇導致動脈僵化，」不要說「動脈粥樣硬化（atherosclerosis）」。要告訴陪審團，死者是死於「心臟病」，不要說「心肌梗塞（myocardial infarction）」。你甚至可以告訴死者家屬，他們深愛的長輩是死於高齡，聽起來比「老年退化心臟病（presbycardia）」好多了。

我在醫學和法律間打滾的日子中，看過好幾次因為醫院態度不佳導致家屬提出訴訟。大衛・凱迪特一心認定他妹妹的死是醫生的錯，且在他看來，醫生還想說謊騙他來避責。他們沒有清楚表達、或是不敢對他承認的事實，其實就是他們想延長派翠西雅生命所做的努力，反而讓她的人生提早走到終點。

醫生也是會對病患做出錯誤預測，特別在面對毒癮者的時候，他們很容易產生偏見。幾乎任何科的醫生都不乏面對受到毒品和酒精影響的失衡家庭和瘋狂故事的經驗。但若你不能保持專業的開放態度，可能就沒辦法正確判定主要問題所在。更糟的是，如果你沒有完整的查明鑑別診斷（differential diagnosis），就開始以你以為的病因進行治療——赫希醫生稱之為「建立在假設上的臆測」——你可能會害死自己的病患。

二十八歲的維諾妮卡・瑞佛拉有酗酒史，二〇〇二年初春被送到我的驗屍臺上。調查人員的報告中寫道她的未婚夫把她送到急診室，因為她覺得「無力、想吐」。醫療人員診斷認為瑞佛拉貧血，並且讓她接受輸血補充紅血球。然而在她躺在病床上的時候，突然毫無預警停止呼吸。院方發出危急警報，緊急救治小組推著急救車衝到維諾妮卡的床邊替她插管，但就連機械換氣法（mechanical ventilation）都沒能救活她。維諾妮卡・瑞佛拉的氣管雖然已經被切開，但是她的肺部卻不運作，血液裡的氧氣含量不斷下降。驗尿結果顯示她的體內有苯二氮平類藥物（benzodiazepines）、嗎啡和美沙酮（methadone）。這是三種常被濫用的藥物，所以主治醫生認為有外人溜進醫院，給瑞佛拉打了一針。瑞佛拉戴著呼吸器過了幾天後就被宣告腦死了。醫生在她的醫療紀錄上寫下的死因是非法麻醉藥物以及雙側性肺炎。

我剖開瑞佛拉後發現慢性酗酒者會有肝臟肥大現象。她的肺部摸起來很僵硬，有ARDS的病徵，也就是成人呼吸道窘迫綜合症。一開始驗屍的時候，ARDS病徵並沒有告訴我什麼其他資訊——任何呼吸驟停後被送入加護病房住了幾天的死者肺部狀況通常看起來都很糟糕。我必須查明維諾妮卡一開始究竟為何停止呼吸。她的大腦看起來也是死灰、腫脹的「氧氣罩大腦」，質地跟布丁差不多，跟我一開始預期的狀況一樣。我從瑞佛拉的胃裡找出一片還沒被消化的藥片，送去毒物檢測。

這一點點驗屍後的收穫，以及毒品陽性反應都指出造成瑞佛拉呼吸驟停的原因，很可能是麻醉藥物過量導致。但我必須等到毒物檢測結果回來後才能確認，而這份報告可能一等就要幾個月。在等待的時間裡，我必須利用其他調查結果來找出瑞佛拉到底是用了哪一種藥物、以及具體服用了多少劑量。法醫鑑定小組的報告中提到瑞佛拉停止呼吸時，未婚夫就在病床旁，所以我懷疑藥品可能就是他給的。有鑒於他顯然也是最後跟死者說話的人，我的下一步就是打電話給他。

路易急著想跟我描述維諾妮卡在醫院接受的照護有多糟糕，他一心確信是醫院害死了她。「因為她看起來狀況真的很糟，所以我說服她去一趟急診室。她當時全身無力。但如果我沒有把她帶到那地方去，她就不會死了。」

我們談了一會兒在急診室發生的事，然後我提出了第一個困難的問題。「維諾妮卡在醫院的時候有吃任何藥嗎？」

「有個護理師在她輸血前給了她幾顆大藥丸，就只有這樣。」

「維諾妮卡有沒有要求……」我沒講完。如果我想要搜集資訊，就不能有任何預設立場。「你沒有從醫院以外的地方帶藥給她吧？」

「沒有。」

「我從醫療紀錄上看到她有酗酒史。你可以告訴我她喝了多少酒嗎？」

「沒有很多。每天大概就一、兩杯的量。她不是會牛飲的人。」

路易不願承認自己的未婚妻是酗酒者，但是這名死者的肝臟卻告訴我不一樣的說法。我抓住這點，再次問出銳利的問題。「維諾妮卡有沒有使用娛樂性藥物的紀錄？」

「什麼意思？」

「她是否曾吸食海洛因、鎮定劑一類的藥物？」

「沒有。」他想都沒想就回答了。

「她有服用美沙酮嗎？」

「沒有。」

「我之所以這麼問你，是因為維諾妮卡的尿檢顯示她的體內有苯二氮平類藥物、嗎啡和美沙酮。她怎麼會有這些藥物在體內？」

「我不知道。她沒有吸毒！我也沒有吸毒！我從頭到尾都在她身邊。」對話停頓了一會兒。如果這個男人是毒蟲，他一定也是一流的演員；他在說服我，想用專業演技騙倒我。「她的藥檢結果有沒有可能是醫院給她的藥物導致的？」他問。

醫院的醫生不可能會開給她任何美沙酮，我非常肯定這一點。我翻了幾頁醫院傳真給我的文件。「醫院的紀錄顯示危急警報之前，他們只有幫她輸液，還有開出輸血治療指令。」

「會不會是他們幫她輸的血裡頭有藥物？」路易猜測道。我知道這機率很低，但也非全無可能。捐血者若有服藥就不能捐血，可是血庫篩選捐血者的方式是讓這些人填寫問卷再進行訪談，不會採取藥檢。「我只知道他們說她的血量不足，護理師走進來在點滴架上掛了一袋血，這袋血就從手臂打進她的體內，」他接著說道。「我就坐在床邊。然後她突然彈了起來，說她覺得背部很痛，要我幫她揉揉背。」

一聽到他說的話，我的腦海裡馬上警鈴大響。「你確定背痛是在輸血後發生，不是輸血前嗎？」

「我確定，就在護理師離開後——而且痛得很厲害。所以我就幫她揉背，想讓她舒服點——然後她就說她不能呼吸了！我馬上按鈕叫護理師來，他們跑進來後就把我趕走了。一定是那袋血有問題……一定就是那袋血。」

「推車（trolley）跟輸血有什麼關係？」我跟提傑說這件事的時候他問道。

「不是推車（trolley）是TRALI[2]，輸血性急性肺損傷（transfusion-related acute lung injury）！」

他一臉茫然，「所以呢？那是啥？」

「噢，這超酷的——是工作一輩子只會遇上一次的重大發現！在輸血後感到背

2 譯註：因讀音相似，提傑誤以為茱蒂說的是推車（trolley）。

痛——他一說出這句話我就知道是TRALI了。不過我沒辦法證實就是了，除非我先拿到毒物報告。」

「所以可能只是用藥過量？」

「對，但實際上並不是！這一定是TRALI，我跟你保證。男朋友的說法實在太有力了。我一掛掉電話就馬上打電話到醫院血庫警告他們這件事。」

「為什麼這麼嚴重？」

「TRALI會造成突發性肺水腫（flash pulmonary edema），這會讓人送命，而且沒有任何辦法可以反轉病狀。當時在病房的醫生和護理師沒有診斷出來，他們沒把輸血和呼吸驟停兩件事聯想在一起——這是重大醫療失誤。血庫會因為這種事被食品藥物管理局（FDA）勒令關閉。如果血庫被關閉，醫院也就會跟著倒閉。」

「我的老天！」

「對啊，我相信血庫主管也是這樣想的。他居然是從法醫口中得知這個消息的？如果你是他，就知道有多糟糕了。」

對於TRALI的機制目前所知甚少。我們知道這跟捐血者或被捐血者的血漿抗體有關，也就是血液中的液體媒介。抗體是一種特殊蛋白質，能保護你不會生病，方法就是讓外來細菌或病毒被堆疊在一起，接著人體會啟動免疫反應，派出白血球去摧毀入侵的病體。人體接受輸血之後，你的身體會被瞞騙住，必須如此才能接受外來的血液——包含血漿，還有裡頭所含的抗體——身體會把這些東西當成自己體內的一部分。不過仍有極少數的案例，是捐血者的血液或是被捐血者的血液中含有抗顆粒性白血球抗體（anti-granulocyte）。這些蛋白質會造成白血球本身堆疊、聚集。下一步就是人體免疫反應啟動後，派出更多白血球湧入那個部位，而抗顆粒性白血球抗體會讓那些白血球再繼續堆疊起來，如此惡性循環不止。你的身體等於是在瘋狂攻擊自己身體內的組織。

這種攻擊行為對微血管破壞最嚴重，特別是肺部的微血管。沫狀液體（水腫）佔據了肺泡裡原本乘載空氣的空間，肺泡外部則被蛋白質沉澱物包覆，阻礙氣體交換。因為假警報導致的免疫系統反應，會摧毀身體吸取氧氣的能力。這一切發生的速度非常快——如果維諾妮卡的案例真的就是TRALI，那在她身上的反應可說是立即性的。她的肺部充滿液體，且肺泡外部被蛋白質沉澱物包覆之後，就算使用機械換氣法，也沒辦法提高氧氣含量。維諾妮卡的大腦開始缺氧，接著她就一命嗚呼了。

過了幾天，維諾妮卡．瑞佛拉的完整醫療紀錄送到我的桌上來。急診室醫生很用心地治療過她，並且把過程都仔細記錄下來。危急警報的處理流程完全符合程序，醫生以血紅素含量將診斷瑞佛拉的病況為貧血。但是後來——等到她的尿檢結果顯示毒品陽性反應之後——每個人，包含醫生和護理師，似乎都認為瑞佛拉只是另一個在布朗克斯被送進加護病房的毒蟲。沒有人進一步調查她的身體為什麼會突然崩潰，他們全都預設立場認為這是吸毒過量的結果。

數據告訴我，他們的猜想都錯了。瑞佛拉尿液中的兩種藥物都是醫院開給她的，不是她在街上弄到的毒品。苯二氮平類藥物是鎮定劑咪達唑侖（midazolam）中的一種活性化學成分，此外，他們發現的嗎啡類藥物則是止痛藥吩坦尼（fentanyl）的成分。危急警報小組的紀錄顯示他們在維諾妮卡停止呼吸時插管過程中使用了這兩種藥物。

他們搞錯的還不只如此而已。細菌培養檢驗（culture test）結果顯示，常見造成呼吸驟停的細菌感染檢測為陰性反應，推翻了她的醫生所做的雙側性肺炎診斷。事實上，檢測顯示她根本就沒有受到任何種類的細菌感染。「他說什麼狗屁肺炎。」我一邊說，一邊跟史都華背對背坐在辦公室那個共用的小隔間中分別處理文書工作。「聽起來是瞎猜的，不是醫療診斷，」我給他看過表格後他也同意。史都華在接觸法醫鑑識之前，一生都以實驗室病理學家為職，所以他在這個案子中的看法也就特別有份量。

「而且你看這堆——他們拍了兩次X光片，一次是她剛進急診室的時候，一次是她插管後在加護病房拍的。」

「為了檢查插管位置吧。」

「對。第一張照片顯示陰性。十二個小時後的第二張照片整張都是亮的。她的肺部裡面都是液體。病房醫生就把這狀況判定為肺炎。」

「哪有可能十二小時之內變這樣，完全不可能。」

「沒錯！我就說吧！」

「急性鬱血性心衰竭（congestive heart failure）有可能造成X光片整張白掉。」

「對，可是驗屍的時候我發現她的心臟很健康也很正常。」

「因為過敏產生的過敏性休克（anaphylactic shock）呢？」

「我還在等實驗室報告回來才會知道蛋白酶（tryptase）含量，」我回答道。「如果報告回來顯示指數正常，且毒物檢測結果呈陰性，那這案子就是TRALI了，一定是！」

史都華懷疑地挑了挑眉。「我不知道赫希會不會同意這個看法。」他說的話正中我心中所想。

毒物報告終於在六月中的時候回來了。報告顯示維諾妮卡的蛋白酶含量正常，排除了過敏反應。醫事檢察處的毒物分析實驗室告訴我一個讓我大吃一驚的結果——這也讓醫院那些看到尿檢結果就判定維諾妮卡·瑞佛拉是毒蟲的醫生全都傻眼了。

「從頭到尾都沒有美沙酮？」我告訴提傑報告內容的時候，他的反應也是一樣震驚。「這到底是怎麼回事？」

「偽陽性反應。在作藥檢的時候，尿液檢測的精準度比血液檢測低。尿液檢測利用抗體檢測，但偶爾會出現交互作用的狀況。抗體雖然敏感，但是反應並不一定明確，所以比例上為數極少的病患即便體內沒有藥物存在，仍會測出藥物反應。這就是為什麼法庭不同意把尿液藥物檢測列為鑑識樣本。我們的實驗室必須利用血液檢測來確認才行。」

「男朋友沒說謊。」

「對。維諾妮卡沒有毒癮，急性過量用藥致死絕對不是她的死因。她甚至也沒喝醉——她的血液中酒精含量為零。且她也沒有什麼藥物過敏的問題。這讓鑑別診斷只有一個答案了。」

「就是那個輸血推車[3]吧？但我還是不明白為什麼醫院的醫生沒有發現這件事。」

「因為這實在太少見了，我說真的！沒有人會想到是TRALI的。」

「除了西班牙宗教裁判所（Spanish Inquisition）以外嗎？」

「除了病理學家以外。」

我還沒準備好在下午輪詢時間向赫希報告這起案件。我得再打一通電話。再次檢查了顯微玻片和所有數據圖表之後，我拿起電話打給東・布萊寇爾。布萊寇爾教授是加州大學醫學中心的血庫負責人，當我還是醫學院的學生時，他教過我血庫的臨床病理學。我告訴他整件事。「死者男友說她當時在抱怨背痛、雙手抱胸且說自己快死了。」

「你知道這是什麼狀況。」布萊寇爾醫生口氣沒有一絲懷疑。

3 提傑再次把 TRALI 講成推車 Trolley。

「是TRALI。」

「聽起來是這樣沒錯。」

「我就知道！」我忍不住大聲說。「我只是想要從您口中聽到這句話而已。這個診斷不常在解剖時出現。」

「聽起來你不是在解剖時作出的診斷的啊。你是因為回顧了數據圖表，且透過實驗室的報告確認——這全都是在辦公桌前做的。」

那天下午三點的輪詢時間，我報告了這起案例。赫希醫生持保留態度。「去把那兩張X光片拿來看看，」報告結束後，他這麼說。「然後去跟放射科醫生討論一下片子，看看他同不同意你的說法。討論完再帶片子回來找我。」

放射科醫生的報告和兩張胸腔X光片在幾個禮拜後來到我手上。X光片的結果真的令人震驚：前後不過十二小時的差距，兩張片子看起來就是致命肺部創傷前後的比較圖，第二張片子完全因為肺部充滿液體而亮得刺眼。我在早上九點半的輪詢時間中把X光片拿給赫希醫生看。「放射科醫生的報告怎麼說？」他想知道。

「非心源性肺水腫（noncardiogenic pulmonary edema），」我念出報告上的內容。「考量到時間差距，狀況與TRALI相符。」

赫希看著我——露出一抹微笑。「案子不錯。」他說。那句話是在我做過的所有調查工作中，從他口中獲得過的最高讚美，至今我仍非常珍惜。

然而最後，在維諾妮卡．瑞佛拉的案件中唯一能令任何人感到一絲愉快的，大概也只有我主管的讚美之詞而已了。醫院的血庫必須追查出捐血者是誰，然後告訴那個人：「我們認為你的血液裡可能有一種抗體，對你本身無害，但是會讓你再也不能捐血，而且我們需要檢測你的血液成分。」不過這聽起來也還是好過：「你的不良血液可能剛害死一個人。請來醫院接受檢驗，這樣我們才能在你害死下一個人之前先避免這件事。」但是等到他們取得捐血者的血液樣品，做過測試之後，血庫卻發現這個捐血者的血液並不含抗顆粒性白血球抗體，也就是說這起案件，是維諾妮卡自身血漿抗體與捐血者的血液產生反應造成的。

所以瑞佛拉的死亡就是醫療併發症導致，這種狀況無法避免——而且不是任何疏失所致。這起案件中唯一的疏失，就是病房裡的醫生和護理師沒有發現輸血引發的反應，所以沒有向血庫提報事件，因為他們以為病患只是另一個用藥過量的毒蟲而已。不論醫院的診斷是不是真的有誤，提供醫療照護的人員並沒有其他可以避免維諾妮卡死亡的照護方式。維諾妮卡是真的貧血，從醫療角度來判斷，她就是需要輸血沒有錯。如果沒有輸血能活下來嗎？可能吧。有沒有人可以預見TRALI引發的可怕反應？沒有。

TRALI是不可逆的狀況，往往會被誤診，還會造成入院的病患死亡——但是很多事情都會造成入院病患死亡。我看過的案例就從靜脈導管放錯位置，到那起開心手術導致死亡、最後被我判定為醫療併發症的案件都算。只要病患對麻醉藥會產生特殊反應，就連尋常的膝蓋手術或醫美手術都可能致命。在紐約市為期兩年的法醫訓練過程中，我很快就了解，所謂的「小手術」並不存在。「小手術指的是其他人的手術。」赫希醫生總這麼說。

七旬老翁賽門．納尼雅舒維利患有動脈僵化和心臟疾病。他的其中一條頸動脈被膽固醇沉澱物嚴重阻塞，擋住了流向大腦的血液，除非他接受手術治療，否則幾乎可以確定他一定會中風。西奈山醫院的血管外科醫生把患病血管內部清乾淨，然後用身體其他部位擷取的一段靜脈血管把原處補上。一切過程看起來都很順利，納尼雅舒維利從麻藥中甦醒後看起來精神也很好。可是隔天晚上，他一覺醒來卻發現脖子大出血，從繃帶底下不斷滲出。他的頸部腫得荒唐，血壓不斷往下掉。危急小組趕來替他插管，醫生直接替傷口加壓止血，但是賽門．納尼雅舒維利在抵達手術室之前就斷氣了。

我解剖納尼雅舒維利的時候，他手術後的部位還是縫合的狀態。我打開縫線，發現他頸部狹隘的空間裡滿滿都是血。手術修復過的頸動脈上有個直徑一公分左右的破洞，我不花什麼功夫就看出是什麼事導致這樣的出血結果了：藍色聚丙烯手術縫線鬆脫了。外科醫生在縫合傷口時打的結鬆開了。攝影師拍照存證後，我把納尼雅舒維利頸部這段血管取下，放入一個跟一罐果醬差不多大小的福馬林罐中保存。

我當天就發出死亡證明書，死亡原因是手術傷口出血致死，死亡方式則清清楚楚是醫療併發症，因為這場手術是選擇性治療方式。「反正他這段時間已經是多活的了。」他的遺孀聽我在電話上解釋完驗屍結果後這麼說道。這個男人撐過了三年前的心臟病，還有一年前的髖關節骨折。這兩起事件都沒有讓他送命，反而是一次如果成功就能延長性命的心臟手術讓他就這樣走了。

那個夏天我跟西奈山醫院風險管理部門，這是他們對律師的稱呼，通過好幾次電話。他們在調查納尼雅舒維利的死因，無法判定是誰的錯。外科醫生堅持一定是縫線斷裂，但是縫線製造廠商伊帝康（Ethicon）宣稱一定是外科醫生的綁線方式有誤所致。兩方都想要檢驗手術部位。在兩個單位吵得不可開交的情況下，我的首要任務就是擔任遺體——還有樣品本身的法定監護人。

納尼雅舒維利的女兒同意我提供樣本讓他們檢驗，所以檢驗日那天，我就把這段泡在福馬林罐子裡的重要頸部組織登記好後取出。亮藍色的縫線還很清楚地在罐子裡漂蕩，其中一部分還固定在血管上頭。我在辦公室大廳跟幾位西裝筆挺、面容嚴肅的男子碰面，他們將會一起檢驗這份樣品。院方代表派翠克・藍托醫生是西奈山醫院的首席解剖醫生。代表伊帝康的是退休血管外科醫生，湯馬士・狄斐里歐醫生，與他同來的還有約翰・莫亞力，麻省理工學院的高分子技術博士，他受僱於伊帝康來調查院方指出的產品瑕疵。

我們一到西奈山醫院，第一件事就是前往藍托醫生的辦公室，大家一起用複合式電子顯微鏡看縫線被以不同方式切斷的測試。在如此高倍率的放大之下可以看到，如果是用手術刀切斷的縫線，會有邊緣銳利、呈方形的切口。如果是用剪刀，就會留下扁平型的半月形。這兩者跟被扯斷的縫線的差別很明顯——被扯斷的縫線看起來像是一團凝結的蠟油，還有磨損的線頭垂落在一旁。

我們一起評估了從我的案件資料夾中取得的解剖現場照片，一致同意重建後的血管絕對不是自己又裂開來的。動脈和被擷取來修補壞死處的靜脈都沒有出現被撕裂的組織。湯馬士・狄斐里歐醫生指著其中一張照片裡的藍色縫線。「你們可以看得到縫線一端是筆直的，另一端卻捲得像小豬尾巴一樣吧？沒看到打結處。如果是縫線斷裂，就一定找得到完整的結。」他的態度並沒有幸災樂禍的意味，但是我還是不禁暗自心想，那位堅持縫線一定是自己斷掉的外科醫生聽到這樣的說法後會怎麼回應。「更重要的是，」狄斐里歐醫生接著說，「縫線的形狀指出縫線的打結方式是錯誤的。」他看著藍托醫生。「這個外科醫生沒有像一個好水手一樣打好方結，而是把兩條線交疊，打了一堆死結固定。那些線圈在壓力環境下就會鬆脫，留下我們現在看到的這個鬆開的尾端。」

藍托醫生什麼都沒說。他跟我們其他人一樣急著想要親眼看清楚這條縫線。我把手術樣本從罐子裡取出來給他，他把樣本放在解剖顯微鏡下，慢慢調整焦距，直到縫線的尾端突然出現在畫面上為止。縫線尾端上有清清楚楚的扁平型末端，是用手術剪刀剪斷的，而另一端尖銳的斷面則是用手術刀切斷的。外科醫生把接合處縫合——也就是修復血管最重要的縫合處——然後用手術剪刀把線尾剪斷。但是因為結沒有打好的關係，整個縫線處不久後就鬆脫了——留下一端捲曲得像紅酒開瓶器一樣的線頭。

縫線沒有斷裂。聚丙烯材質沒有問題：出問題的是外科醫生。當我們從其他角度研究這段頸動脈縫補處的時候，整個樣本上大概只找到一個方結。這個外科醫生打了大概四、五個死結，其中有幾個打結處就在我們眼前自己鬆開。其中一個徹底鬆開的結，尾端還沒脫離組織——也就是那段掛著線頭的動脈縫合處。

我實在震驚得無話可說。身為醫學院學生，在我們開始外科輪訓之前學的第一件事，就是如何「像個好水手一樣」打結，像狄斐里歐醫生說的那樣。還在唸醫學院的時候，我曾經花了好幾個小時在廚房餐桌旁，拿著手術縫針和縫線，用我在轉角西班牙雜貨店買來的豬腿練習打結，甚至晚上睡覺我都還會夢到自己在練習。西奈山醫院是世界上最頂尖的醫院之一，他們的血管外科醫生卻從沒學過怎麼打結——最後的結果就是一位病患在選擇性手術治療後死亡。

藍托醫生跟我一樣震驚。為了要確認診斷結果，我們還是要用最高倍率和解析度的掃描式電子顯微鏡，仔細檢視納尼雅舒維利先生的頸部手術處樣本。電子顯微圖像顯示得更清楚，線頭兩端是被截斷的，不是受力、經拉扯斷裂。線頭銳利的切面跟測試時以剪刀和手術刀截斷的縫線看起來幾乎一模一樣。

納尼雅舒維利的案子讓我寫了一篇很棒的論文。〈頸動脈內膜切除術後接合處縫線分解致死之死後分析〉，共同作者包含派翠克．藍托醫生以及約翰．莫亞力博士。同院的外科醫生犯下這種致命錯誤，身為首席解剖醫生的藍托居然願意在這份公開發表的研究報告上掛名，也許十分令人意想不到，但這也是最讓我熱愛醫生這一行的一點。你犯下的錯誤，或是你的機構中其他人犯下的錯誤，可以被用來教育其他人、用來讓科學更進一步。這份報告的最終要點，也是納尼雅舒維利的案子幫我們上的一課其實很簡單：外科醫生們，你們一定要當個好水手啊！

有時醫生們也會意外害死病患。有時病患是因為抵擋不了已知手術風險而辭世。但是每隔一段時間，法醫就會接到一起醫療事故致死的案子。蓋博雅拉．愛羅索於一九九六年發現懷孕時還很年輕，她前往皇后區的一家私人診所接受選擇性流產術時已懷孕七週。手術使用監測下的麻醉照護，又稱MAC，她會被施以靜脈注射鎮定藥物和止痛藥物，並且使用氧氣罩供給氧氣。鎮定藥物會使她失去意識，止痛藥物則能讓她免受醫療過程中的痛楚。

監測下的麻醉照護是局部麻醉（local anesthesia）的中間步驟，局部麻醉就是只有接受治療的部位會被麻痺，而全身麻醉（general anesthesia）則是指病患的維生機能完全由醫療團隊接管。麻醉是有程度範圍性的，醫生會根據手術內容、病患焦慮程度、可用設備以及其他條件來選擇麻醉方式。全身麻醉只能在醫院由醫生執行，但是美國多數的州都允許持有專業執照的護理師在醫生的看管下，於門診進行監測下的麻醉照護。

蓋博雅拉·愛羅索的治療性流產是例行手術，並不複雜。療程結束後，婦科醫生和麻醉護理師將她推到他們稱為「恢復室」的房間——實際上就是候診間，裡頭有八張很陽春的辦公椅，沒有其他醫療設備。候診區的唯一員工是一位辦公室祕書，她的工作是負責接聽電話以及處理帳單。跟蓋博雅拉一起在這空間裡等待的還有幾個同樣是接受監測下的麻醉照護的病人，但是沒有護理師在場留意她們的狀態。艾文·柯瓦奇醫生靠十分拮据的人力經營診所：員工只有麻醉護理師丹尼斯·莫頓和幾個專門訓練來幫忙抽血的抽血員。只有柯瓦奇醫生和莫頓護理師知道如何執行心肺復甦術。

根據柯瓦奇醫生後來的說法，病人離開手術室的時候是清醒的，但是在恢復室中「睡著了」，結果從此再也沒有醒來。他認為蓋博雅拉失去意識是因為「巴維妥（Brevital）[4]過量」，這是一種麻醉藥物，他們在監測下的麻醉照護過程中就是使用這種藥物。巴維妥是一種短效的巴比妥藥物衍生物，用來讓接受最低限度侵入型手術的病患進入「半睡半醒」狀態。然而巴比妥是能致人於死的。這種藥物的其中一種副作用，就是呼吸抑制（respiratory depression）——讓你的呼吸變慢，並且一直維持在緩慢的速度，就算你的血液含氧量已經降到致命程度也一樣。這也就是為什麼要使用添氧面罩。負責麻醉的人必須在手術過程中密切觀察你的呼吸率和清醒程度——這點在手術後也一樣重要。你必須要維持清醒、有反應且能在氧氣面罩取下後自主呼吸。

在等候區的祕書緊急提醒柯瓦奇醫生，表示蓋博雅拉・愛羅索看起來已經沒有呼吸的時候，柯瓦奇醫生和莫頓護理師就一直替她進行心肺復甦術直到救護車抵達、將她送往艾姆赫斯特醫院為止。但是太遲了。病患已經陷入不可逆昏迷。接下來的六年，她都維持植物人狀態。二〇〇二年夏天，蓋博雅拉終於辭世，而我的責任就是要重建一九九六年九月那一天，事件發生的確切順序，進而代表紐約市決定愛羅索的死，究竟是意外還是醫療併發症所致。

我在那天下午三點的輪詢時間中，大膽地提出了驗屍後的初步了解。「如果艾

4 譯註：藥物商品名稱。

姆赫斯特沒有先檢測巴維妥含量，那我就只能說死亡方式是『胚胎七週時，母體進行選擇性流產手術導致呼吸驟停的長期植物人狀態。』我正在等死者家屬律師將醫療紀錄送來，但是現階段我比較希望可以把死亡方式判定為意外。」

「為什麼不是醫療併發症？」赫希醫生問道。

「我不認為長期植物人狀態是流產手術的可能併發症之一。本案一定有重大失誤，不論是發生在痲醉過程中還是術後監測的問題。除此之外，那個醫生自己認為是『巴維妥過量』，就已經證明了事件中有管理不當之處。這起案件是一場意外，不應該是醫療併發症。」

「解剖過程中有發現什麼特殊的地方嗎？」凱倫．圖里醫生問道。

「不算有——就是核桃腦（walnut brain）和肺炎。」我回答道。核桃腦是一種診斷時的速記法，形容大腦因為長期植物人狀態而萎縮，但又不像靠呼吸器維持性命的大腦般呈軟爛狀。核桃腦雖然外型縮小變硬，可是形狀以及偏灰的顏色就跟健康大腦一樣。肺炎是最後致死的原因，是長期植物人狀態的住院病患常見的併發症。愛羅索死後，州立職業行醫處（Office of Professional Medical Conduct）就做過調查了，我向內部法務部門要了一份調查紀錄。

六個禮拜後，我收到一大疊報告，開始認真研究報告內容。報告揭露了不少相關細節和問題。艾文・柯瓦奇醫生是在東歐念的醫學院，但是在美國境內卻只完成了一年的住院醫生訓練。他沒有婦產科的專科認證。蓋博雅拉・愛羅索來到診所的那天，柯瓦奇醫生在一個小時半的時間內還進行了另外七起流產手術，平均每則手術花費時間為十一分鐘。他自己的紀錄顯示，每位病患在恢復室的時間互相重疊至少十到十五分鐘，柯瓦奇醫生的診所是一間墮胎工廠，進行生產線般的醫療工作。

柯瓦奇醫生的行醫內容經徹查後「嚴重違反標準醫療照護規則」。他本應提供心跳與呼吸監測器、血壓計，並需備有緊急救治時所需的急救工具車，但是這間診所以上皆無。警方找到許多過期藥品，還沒收了好幾瓶使用期限是兩年前的麻醉劑。莫頓護理師的紀錄中，對於在手術後被他留在恢復室、沒有連接任何監視系統的病患狀態描述為「昏昏欲睡」。莫頓將愛羅索推到恢復室後就立刻回到手術室裡為下一位病患麻醉了。等到櫃臺負責管帳的祕書小姐發現蓋博雅拉沒有呼吸的時候，她的大腦已經缺氧好幾分鐘——但是柯瓦奇醫生和莫頓護理師得先把手術室裡的新病患從她的昏迷狀態中喚醒，才能把蓋博雅拉推進手術室裡實施心肺復甦術。

總的來說，醫療紀錄和當時的警方報告讓我十足相信愛羅索的死不是一起糟糕的醫療結果導致，也不是一個簡單的失誤問題。即便計畫周全的醫療過程在一切都順利發展的情況下，也是有致命危險，如果最後病患不幸喪命，我可能就會把案件判定為醫療併發症。醫生也是會犯下致命錯誤的人，而這些案件之中的確有些會被我判定為意外。但是這次的案子比那還糟糕。柯瓦奇醫生診所中的劣質行醫過程讓可避免的創傷變成無法避免的事實。醫療過失讓蓋博雅拉．愛羅索死在應該照料她的人手裡。這算凶殺案嗎？

我帶著案子到赫希醫生的辦公室，告訴他關於過期藥品、設備不足、員工未受訓練又資格不符，以及病患治療時間重疊的事。赫希醫生毫不考慮就同意我的觀點：蓋博雅拉．愛羅索的死亡方式應該被判定為凶殺。「但是，」他提出建議，「在結案前，你要先通知地方檢察官，確認他們在九六年的調查內容與職業行醫處一致。」

最初處理這起案件的助理地方檢察官在好幾年前就退休了。我跟紐約警局特殊受害者小組主管談過（Special Victims Unit），他把我轉介給負責凶殺案的人，這人當時正在度假。接著我又試著找了一位助理地方檢察官，她專長就是處理懸案。她聽完後態度平淡，但是同意提供我當時的所有紀錄和文件讓我獨立調查。這就花了她五個月。等到我終於收到所有資訊的時候，已經是二〇〇三年一月二十二號——美國最高法院裁定羅伊訴偉德案[5]的三十年紀念日。

文件內容令人難以置信。我先從麻醉護理師丹尼斯・莫頓在民事法庭被蓋博雅拉家屬提告時的證詞開始看起。整份文件的前半段實際上都在講另一個案子，他在那起案件中讓另一位女子陷入昏迷——就在蓋博雅拉・愛羅索的事件發生後六個月。當他被問到，「你認為這名病患於手術後陷入昏迷的原因為何？」莫頓的答案是「我不知道。」

丹尼斯・莫頓在庭上清楚表明他相信自己的職責——用他的話來說，就是「對病患的照護」——在手術結束後也就跟著結束了。身為專業醫療人員怎麼能放著一位明顯意識不清的女子就這樣獨自坐在辦公椅上，沒有提供監視儀器，然後醫療人員竟然能接受病患在五分鐘後陷入昏迷這件事？這實在太沒良心了，甚至可以說是犯罪行為——但案子最後卻沒有任何犯罪裁決。醫學委員會（medical board）沒有權力起訴他。有權力的是皇后郡地方檢察官，但是他沒有行使這個權力。州檢察長

5 譯註：一九七三年美國最高法院針對羅伊訴偉德案，通過墮胎合法化。

也調查了這起讓愛羅索陷入昏迷的事件，他們同樣沒有採取任何行動。警方從頭到尾都沒有逮捕任何人。那我現在能夠把蓋博雅拉．愛羅索的死亡方式判為凶殺嗎？

我又來到赫希醫生的辦公室。「如果蓋博雅拉到診所接受流產手術，然後對巴維妥產生致命過敏反應，我就會把案子判定為醫療併發症，」我說。「如果莫頓因為自己粗心，在病患身上用了十倍量的巴維妥，那麼死亡方式就是意外。」赫希什麼都沒有說；我知道他的思考速度一定已經比我快了一步。「但是如果整個狀況，讓醫療併發症和意外都可能在沒有注意到的情況下發生，造成病患可能因為一個極小的問題，比方說鎮定劑過量，進而在接受麻醉後卻陷入腦死狀態——那就等於是在等著意外發生。這是鐵證無誤。」

我的主管挑了挑眉。「不完全算是鐵證，但是你說的沒錯，我同意你的調查結果，這起案件唯一的合理判定就是凶殺。」我在一月二十三號簽名遞出死亡證明書。在編號７Ｆ這一欄，「創傷發生原因」，我寫下：「嚴重醫療疏失。」

隔週致電給我的警探口氣滿是不耐煩。「這個案子裡的犯罪行為是什麼？」案子現在被送到凶殺組，把案件送到地方檢察官辦公室變成他的責任了。

「這你就要問助理地方檢察官了，」我回答。「我能夠告訴你，是嚴重醫療疏失造成蓋博雅拉・愛羅索死亡。至於判定刑事疏失就不是我的領域了。」我的答案沒有讓警探比較高興。雖然我把死亡方式判定為凶殺，不代表地方檢察官就認定案件有值得起訴的刑事違法行為——但是警方仍然得進行調查。

我後來再也沒有接到這位警探的消息了，我也不知道皇后郡地方檢察官辦公室最後決定怎麼處理這起凶殺案。

10. DM01

我在唸醫學院時最要好的朋友之一是曼哈頓上東城區史隆凱特琳紀念醫院的腫瘤科醫生。九一一那天早上她一看到新聞，馬上趕到離家最近、位於世貿大樓北方五英哩處的創傷中心。甫進醫院大門，她就看到各科醫生同行——心臟科、皮膚科、老人病學科——全都在急診室入口待命，準備協助救治傷患。他們忙著收集輪床、分隔出傷重程度分區，備齊夾板和繃帶。然後大家就一起屏氣等待。

電視機上的畫面，大樓冒著大火、大樓崩垮。攝影機拍到曼哈頓下城街上滿是驚恐的群眾。我的腫瘤科醫生朋友每隔一會兒就瞄一眼急診室大門，等著救護車一臺接一臺、警笛大響地開到上城來。隨著時間一點一滴流逝，病患都沒有送來，急診室裡的醫療專業人員開始覺得情況不妙。到了傍晚的時候，事實勝於雄辯，沒有病患被送到曼哈頓下城區以外的醫院，沒有傷重程度分區的需要，受害者都死了。

死者被送來醫事檢察處，我就在現場。我是當時待命、以及往後八個月全心投入大屠殺之後的遺體部位和證據辨識的三十個醫生之一。看著世貿大樓事件中的死亡人數一筆一筆累加上去的過程，改變了我，也改變了我的同事，還有後來數以千計、不分男女的「災後重建人員」（recovery workers）。

我看著美國航空編號十一的班機飛了幾秒，然後撞上北塔。那天早上我在三十街上趕著要去上班，噴射機的引擎太大聲，讓我忍不住回頭想看看到底是怎麼回事。飛機出現在城中的摩天大樓後方，在美好的一天、湛藍的天空中低空飛翔著。我擔心了幾秒。八成是要進甘迺迪機場的飛機用了非正規的降落方式吧，我跟自己說，然後就繼續走完進辦公室前的最後一段路。時間是八點四十五分。

我把包包丟在培訓人員辦公室，五分鐘後就在走廊上遇到史都華。他看起來惴惴不安。「你聽說了嗎？剛有架飛機撞毀在世貿中心了！」

「什麼？」

「他們猜想是希斯納小飛機或是遊覽飛機。新聞正在報導。」

「是客機！」

「嗯？你怎麼知道？」

「史都華，我看到一臺客機！是一臺大型噴射客機——真的很大那種！我的天啊！」

我們直覺衝到身分鑑識辦公室去看狀況如何。所有人都在調查員辦公室裡，眼神緊盯著一臺小電視。畫面鎖定燃燒的大樓，主播的聲音不斷傳出，說目前狀況未明，但是消防車已經全都湧進了曼哈頓下城區。

我們只知道一件事：不論飛機上的乘客有多少人，這一定是一起「重大傷亡事件」。唐、史都華和我決定在驗屍房忙起來之前，先盡一份力，所以我們走到托達爾小店，一家位於第二大道轉角的小雜貨店，採買許多補給品，等著晚些時候讓大家可以充電用。我們帶著麵包、冷肉拼盤、汽水和水果要回到身分鑑識辦公室的時候，芭芭拉．珊普森醫生在大門口等著我們。「又一架飛機剛剛撞上第二棟世貿大樓了，現在另一棟樓也陷入火海，」她說，「這是恐怖攻擊事件。」

赫希醫生打算召集一組人馬到現場弄清楚狀況，並且在現場架設臨時太平間。

其他醫生和技術人員全都整裝完畢像平日一樣進入大坑準備上工，那天早上有驗屍案件等著完成，因為紐約市在九月十號那天，還是有人用一般尋常方式死去。因為我沒有被分發到驗屍案件，我決定待在培訓人員辦公室裡完成文書工作，直到有新的指令發落下來為止。光是站在身分鑑識辦公室看著濃厚的黑煙從兩棟大樓中不斷竄出，對任何人來說都毫無幫助。

我坐在桌前想要專心把七月中熱浪來襲那時，慢性酗酒死於家中的腐屍案報告完成。這案子是再平凡不過的自然死亡案件，但我卻發現自己一直盯著調查員的報告——就只是盯著，不是在閱讀。十點過後不久，凱倫．圖里醫生敲了敲我辦公室的門。她看起來快崩潰了。「雙子星大樓的其中一棟剛崩垮了。」

我花了一會兒時間才聽懂她說了什麼。「什麼？什麼意思？」

「他們說是發生了另一起爆炸，等到煙霧散去的時候，大樓已經消失在視線中。建築物倒落路面，另一棟還在燃燒，他們現在覺得另一棟也要倒了。」我什麼話都沒有說，我無話可說。「還有一架飛機撞上了五角大廈，五角大廈也起火了，新聞一直在報導。」凱倫回到走廊，往下一個辦公室去傳遞消息。我起身衝下樓。

調查人員的辦公室裡空無一人。電視畫面上看到整個曼哈頓下城都被濃煙和灰燼掩蓋。只剩左手邊的大樓還聳立在原地，右手邊的大樓已經不見了。我全身發冷、皮膚發麻。

事發的第一時間，我還不知道到底該怎麼做，但我不想回到辦公室等著別人發號施令。我走出大門，站在外頭深思。辦公室外頭一點煙霧的跡象也沒有，我站在外面的時候，有幾臺紐約警車亮著警笛呼嘯而過。幾位巡警帶著「禁止進入」的黃色警示塑膠帶，沿著第一大道五百二十號旁拉出封鎖線。

新聞更新，第二棟大樓也倒了。我在培訓人員辦公室外看到史都華和唐。我們三人就這樣站在那兒，想著自己該怎麼做的時候，馬克．佛洛蒙本醫生走了過來，一臉驚魂未定。「赫希醫生回來了，」佛洛蒙本說道。「他受了點傷——但沒有大礙。他們當時在世貿中心跟消防隊長討論該怎麼做，結果第一棟大樓倒塌了，所有人都被震波和碎石波及。」我發現自己憋著氣，得提醒自己不要忘記吐氣。「黛安的腳踝斷了。艾美．日爾森肋骨骨折，手肘挫傷。丹．史匹格曼被飛射而出的磚頭砸中頭部，短暫失去意識，但現在已經沒事了。」

「頭部創傷？」史都華警覺地指出。

「丹正在接受斷層掃描檢查，赫希醫生受了點挫傷和撕裂傷，傷口得縫。他受了不少驚嚇，但是傷勢並不嚴重。」佛洛蒙本醫生語畢，但我們三人還是看著他，什麼話都說不出來。他轉頭想想，似乎做出了決定。

「我想讓你們對現在的狀況先有點心理準備。我看到赫希醫生的時候，他全身被白色灰燼覆蓋，頭上有血。他跟我說，一到現場的畫面之驚人，他從來沒見過。不斷有民眾從大樓上跳樓或跌落，感覺上好像要花一輩子時間墜樓者才會落地，過程中不斷在空中翻滾。這些人會大聲墜落在人行道上——非常大聲——然後彈起，再次墜落。赫希醫生告訴我，人體擊中地面的聲音在大樓之間迴盪，一次又一次，一聲又一聲。」我的手不自覺舉起來想掩著嘴，被我自己勉強壓了下去。「大樓倒塌是非常瞬間的事。在建築的碎片之中，他看到到處都是殘肢。我們不知道會有多少遺體，也不知道他們送來時的狀況會是如何。我聽說大火還沒被撲滅。」

他跟我們每個人四目相交，確認我們的反應。「我要你們明白自己即將接下什麼任務。你們將面對鈍器重擊和高溫灼傷的遺體，並不是過去沒有看過的案子，但程度可說是嚴重很多。」

「遺體哪時候會開始送進來？」唐問道。

「我們不知道。下午一點在大廳會有一場簡報。三位請務必參加。在那之前，不要跑太遠。」話說完，佛洛蒙本醫生就離開了。

史都華和唐看起來活像剛被搶了一樣。我的感覺也差不多。我們三人靜默地回到辦公室，但我再次無法忍受靜坐在原地什麼事都不做的感覺。我回到身分鑑識辦公室，想要聽聽新消息，可是辦公室裡除了電視以外沒人有新資訊——而電視新聞只是不斷放送著謠言和恐懼，畫面重複播放飛機撞上大樓，以及大樓崩塌的畫面。我在電梯旁碰到強納森．海斯醫生，他面容死灰地告訴我他剛見過赫希醫生。

「他還好嗎？」我問。

海斯靜默了半晌。「你知道嗎，今天以前，我從沒覺得這男人年紀超過五十五歲。」這是他想了半天的回答，但已經道盡一切。

一點會議時間到的時候，有四十人聚集在大廳。因為幾個法醫從其他地區趕來加入，所以醫事檢察處的醫生人數比我之前看過的還要多。我從大廳的大窗戶看到警方早些時候在外頭拉起的封鎖線已經換成路障。他們把第一大道完全封閉，並啟用木製路障和武力警員將我們的大樓包圍起來。醫事檢察處處長大衛．奇姆伯格利用制度和臨危不亂的態度主持會議。「現階段，危機處理是你們最艱難的挑戰。」他對著眾人說。四萬人在雙子星大廈工作，我們沒有辦法得知當時有多少人在大樓裡，也無法確認大樓倒塌之前，有多少人已經逃出。死亡人數將是數以萬計。我們還不確定發動攻擊的是誰，不知道他們有沒有使用生化武器或化學介質，也不知道之後還有沒有其他針對紐約的攻擊事件。聯邦單位災禍喪葬執行反應小組（Disaster Mortuary Operational Response）會在重大傷亡事件中提供專業人力，他們已經在趕來的路上了。我們的處室已經在世貿中心附近成立了控制中心——大樓倒塌後該處又被稱為世貿中心遺址。「但是辨認遺體的主要工作還是會在這裡進行。」

大衛把發言權交給馬克·佛洛蒙本醫生。「四臺柴油冷藏卡車已經在路上，用來當作遺體的行動安置處，」佛洛蒙本說。如果有需要，還會有更多卡車前來支援。

「那些卡車是災禍喪葬執行反應小組的資源嗎？」有人問道。

「不是，」他平靜地說。「是UPS和聯邦快遞。我們需要冷藏卡車，他們是擁有最多這種車輛的單位。」有人又提出了關於卡車的疑問，但是佛洛蒙本打斷他的發言。「現在不是問答時間。請讓我告訴你們應該知道的資訊。」整個大廳瞬間安靜了下來。

「為了因應這起事件，我們會使用新的鑑定系統。這些遺體都要使用「D」開頭字母編號——案件號碼會是DM01開頭，代表的是『曼哈頓之災二〇〇一』

（Disaster Manhattan 2001）。我們要使用拇指概測法。」佛洛蒙本開始解釋。「如果你手上的樣本尺寸大於拇指，這個樣本就會獲得一組ＤＭ號碼。如果你找到的樣本小於拇指大小，但仍有助於辨識身分——比方說一截帶有完整指紋的指尖，或者是一顆填補過的牙齒——也要將其編上ＤＭ號碼。各位醫生，」——他環視站在人群中的我們——「要不要發派ＤＭ號碼的決定就握在你們手裡。」

佛洛蒙本醫生停了一下，讓我們消化剛剛接收的訊息。這些遺體，或者說其中的大部分都已經支離破碎成為殘肢碎塊。「符合拇指概測法的樣本，就要受到與一具完整遺體一樣的待遇。我們寧可發給一具遺體的不同樣本部位好幾組編號，也不要因為沒有調查某個特殊的樣本部位，導致最後無法完成遺體身分辨識。考量這次的工作量規模之大，我們可能會遇上的狀況包含整具遺體我們只找回一根手指，如果我們可以積極透過這根手指找出原本的主人是誰，那麼我們就盡到責任了。這種事，」——佛洛蒙本醫生原本冷靜中立的嗓音突然提高——「這種事就是我們唯一、也是最重要的目標，我希望你們能銘記在心：找出這些人的身分，讓他們的家人知道他發生了什麼事。」

我的腦袋快速吸收這些訊息，試著讓自己冷靜以對。曾經有人告訴我，紐約市醫事檢察處跟其他地方一樣都已經對重大傷亡災害做好萬全準備。資深員工都受過萬全訓練，定期演習，並且具備災難應變計畫。現在我們就要實際執行這些計畫了。問題是，我在紐約才不過待了九個禮拜——從來沒有參加過任何災難演習。

「目前我們最大的難題就是溝通，」佛洛蒙本繼續說。「我們不知道哪時候遺體才會開始送進來，以及如何被送來。有人通知我們，第一批遺體已經利用東河穿越障礙，往我們這邊送來，但是我們沒辦法得知這批遺體哪時候才會抵達。」我們將會以「處理小組」的方式工作。每一組人馬都會包含一位法醫鑑定人員、一位攝影師、一位法醫病理學家。佛洛蒙本說，按照災禍喪葬執行反應小組的指令，各種專科的鑑識人員將會從各地前來支援，包含牙科、人類學科等等。我們的辦公室會被改造成複合式中心，配有帳篷、卸貨區和停車場。「首要執行的任務是DNA採樣，這是對遺體採取的初步處理。完整的遺體優先處理，殘肢碎片其次。等到電話線恢復運作之後，我們的辦公室就會開始接一般死亡案件的通報電話，但是短期內都無法去接手遺體了。如果有人死在家裡，那他就得被留在現場，至少今天之內必須如此。」

「如果是街頭凶殺案件呢？」有人提問。

「那麼警方就得封鎖現場，等到我們有人能夠前往現場處理為止——但是我再說一次，不會是今天。」他告訴我們，大家都不能使用電話，要讓線路淨空留作必要溝通時使用。那我們自己的家人呢？「他們可以等。」馬克．佛洛蒙本醫生在結束會議前提出明確的指令：「我們要留在這裡，處理這起事件，直到收到進一步通知為止。」

我在走廊上遇見赫希醫生。他已經把自己清理乾淨，但是額頭上還有幾處擦傷清晰可見。他看起來體力耗盡、疲憊不已，走路一跛一跛的，右手肘還包著紗布。我從沒看過赫希醫生被任何事撼動過，但是現在這個聰明絕頂的男人、優秀的領導者，卻突然看起來十分脆弱。我想要給他一個擁抱，但是又怕自己會弄疼他，所以我伸出手。他把手指放在我的手掌中，我揉揉他的手指，然後把他的手翻過來，他骯髒的手上滿是瘀青和傷口。「你看見這些挫傷了嗎？」赫希醫生問道，聲音聽起來像是早上輪巡時間時一樣。「這是一名男子蹲臥下來雙手抱頭導致的傷勢。」他邊說邊做出動作，一瞬間看起來既老又驚嚇。然後他什麼也沒說就離開了。我看不出查爾斯．赫希是想要教我什麼，還是在對我訴說心裡的感受，抑或兩者皆是。

到了下午四點，說好要送來的滿船遺體還是沒消沒息。我們已經等開工等了七個小時，對於這樣的延誤感到一頭霧水。「他們必須評估遺體是否有帶有生化武器的危險，」佛洛蒙本說。「請不要對外說出這條資訊。」史都華被指派接下第一輪的徹夜班，所以佛洛蒙本醫生要我回家，早上再進辦公室。

大批民眾跟我一起沿著萊辛頓大道往北走，但是大家都靜默不語，尖峰時刻情景如此實為罕見。酒吧裡滿滿都是人，大家都望向電視機。街上的人不像平時一樣避免眼神交會，每個人全都正面直視彼此雙眼。偶爾會有人發現我穿著法醫的外套，把我攔下。問我是否有到「那裡去」。我告訴他們我沒去，然後繼續往前走。

九月十二號早上，第一大道上站在路障旁的警官檢查了我的證件後放行。我們的辦公室已經變成重大傷亡災害多功能中心了。一夜之間，已經架設了好幾頂白色帳篷和吊幕，建築物後方卸貨處停了四輛冷藏大卡車。

八點整，我們在身分鑑識辦公室集合。佛洛蒙本醫生看起來一夜沒睡。他向我們簡報第一批遺體狀況以及提醒可能面臨的景象。我們將只進行外部鑑識，佛洛蒙本強調，就算我們接到的是完整遺體也一樣。遺體大多會從維西街的臨時太平間以救護車送進來，該地就位於世貿中心北緣。

「消防隊員稱其為『大堆』，所以你們可以開始習慣聽到這個名詞。」佛洛蒙本拿下眼鏡，揉了揉眼睛。「你們將在戶外工作，就在吊幕下。只要專心處理手上的工作就好，會沒事的。」

卸貨區有六個站點，每個站點都有一張金屬遺體臺面，放在鋸木架上當作桌子，還有一臺推車上放滿了我們會用到的工具：採集ＤＮＡ用的小瓶、用來剪開衣物的創傷剪刀、手術刀和鑷子、拍立得相機、貼屍袋用的大張標籤貼紙，還有一盒比較小的紅色袋子上寫著「生物性危害」，用來裝遺體殘塊。現場還有幾張高腳椅，讓紐約市警局的警探和書記人員輪流坐。警探們來自兩個部門，失蹤人口組和凶殺組，書記人員則是紐約大學醫學院的學生，還有幾位病理科的醫生。另外有五名左右的聯邦探員在工作臺四周穿梭走動——全都理著小平頭、穿著ＦＢＩ風衣。

卸貨區最後方有一大疊黃色資料夾，每個資料夾裡都放了一張空白的人體圖表、一張拾獲財產登錄表、一對用來掛在腳趾的標籤，還有一疊標籤，上面預先整齊地印上了DM01。當我看到DM01後面還有六位數的時候，簡直是驚訝得說不出話來。「我們真的準備接收超過十萬具遺體嗎？」我問莫妮卡．史蜜荻醫生，她跟我在同一張工作臺做事。

「沒有，」她說。「但可能會有十萬塊殘肢碎片。」

DM01-000041是一具壓碎的頭顱和軀體。這是世貿中心攻擊事件中交到我手上的第一起案件，瞬間，就讓我不知所措。

我從沒看過任何類似的案件。遺體完全被壓碎。主要器官都被擠出體外，部分還由血管和結締組織跟身體連在一起，但是其他器官則是完全不知去向。遺體的四肢都不見了，軀幹從肚臍以下被截斷。遺體剩下的部位一片漆黑——烤焦、被煤灰覆蓋。頭部……頭部已經看不出來是頭部了。噴射機燃料的味道之重，讓我一陣暈眩。光是打開屍袋看到遺體，我就已經知道這個人經歷了猛力撞擊、燃燒、從高處摔落，又被尖銳物品劈開。我看過被地鐵和快車撞死的遺體，看過被卡車輾過、被工業器材壓扁的遺體，看過從高處跌落、被大火燃燒、被擠扁的遺體——但是從沒看過這些情況同時出現在一具遺體上頭。

我不知道該從哪裡下手，於是轉向史蜜荻醫生求助。「茱蒂，要記得你現在不是要辨明死亡原因和方式。你的工作項目已經被簡化了：身分辨識。要找出任何和可供牙醫鑑識的證據，然後把遺體送去拍X光。這具遺體中有不少骨頭，X光可能可以找到過去的手術痕跡或癒合的傷口。」她用雙手勺起頭部的殘餘部分，然後把形狀捏回接近合理的狀態。「遺體上也還有張臉。你就盡可能把臉部拼湊成可以拍照的程度即可，之後就交給專家接手。盡力而為吧。」

我深吸一口氣。好險我還有莫妮卡．史蜜荻在身邊。我照她吩咐的做，找到還連接在頭部的部分右上顎骨。上顎骨中有一顆牙齒上加了金牙冠。技術人員和我把頭部殘餘部位拼湊起來拍了張照。書記人員把莫妮卡和我請她記錄的重點全都寫了下來。DM01-00041是一名白人，年約四十到五十歲之間，濃眉，胸毛茂密。史蜜荻醫生很有信心認為這具遺體會被指認。「做得好，繼續保持。」

因為我們只進行外部鑑識，工作速度就很快了。我打開下一只屍袋，找到一條不成形的左腿，其他什麼也沒有。我記下了長褲碎片的材質，書記人員把布料圖樣畫下來。我接著檢驗這條腿的表面——結果讓我發現了一件讓我暫停一切動作、無法移開眼光的事。一張殘缺的銀行支票，上頭已經寫好銀行代碼和清楚的姓名，被塞入皮膚底下，深達肌肉組織之中。我用手術刀和鑷子把這張碎紙從肌肉中取出，詢問莫妮卡我該如何處理這張支票。「登記為私人財產，」她告訴我，我們的警探也同意如此。警探注意到這條腿上還有黑色碎片，看起來像是格洛克手槍的槍柄。

我把碎片也取出列為證物。

這只是我在這場災難中處理的第二件遺體殘肢，但我已經被嚇壞了。「一張紙和手槍握柄的碎片是怎麼跑到人腿裡頭的？」我問身邊擔任書記人員的醫學院學生。

「我不知道，」她回答，一臉慌張。「我是要當精神科醫生的……」

休息時間到了。眼下已經沒有其他遺體殘肢要處理，我們要等救護車從大堆那兒運來遺體才能繼續工作。我脫掉手套和保護裝備，走向救世軍送來給我們補給用的食物區。補給站乾淨得發亮，裡頭應有盡有，還有一群我在紐約見過最友善的人在發派物資。三明治很不錯，檸檬水非常好喝。「你何不跟我一起祈禱呢？」餐車窗口的一位友善的太太這樣對我說。她低下頭，雙手合十，開始祈求耶穌協助我們度過這段日子。我跟著她低下了頭，不忍心告訴她我其實是猶太人，心想我們的確需要各種力量的幫助沒錯。

一臺載著更多遺體的救護車開了進來。我跟我的小組回頭開始工作，很快就發現剛剛處理過的壓扁軀幹和半條腿，比起其他從世貿中心遺址送來的其他遺體，已經算是十分完整了。我打開一個屍袋，裡頭只有一具骨盆、一根股骨、些許肌肉組織，完全脫離任何連接部位。如果收到一片皮膚，我們就會覺得十分幸運，至少可以猜測死者的人種。現場還送來了一具完整的遺體，是一名戴著訂婚戒和結婚戒的年輕女性。結婚戒指內側刻著「約翰♥伊莎貝兒」，被我們登記為待確認的人名。這讓我思考是否該為求保險起見，在自己的婚戒內側刻上名字。

接下來送到的一批，全都只剩腳，沒別的了。其中一隻腳上還穿著球鞋，我們把球鞋拍照後列入證物。莫妮卡．史蜜荻對細節的敏銳度為我們這一組帶來無價收穫。「第三隻腳趾的指甲邊緣有一點指甲油殘留，」她指出，我把這項發現記錄下來。醫事檢察處樓上的一批員工會把這些物證全都輸入電腦資料庫中存檔。

在我們位於戶外的工作臺四周巡視的是一群留著平頭的ＦＢＩ探員。「醫生們，請留心所有金屬證物，像是機身碎片、各種電子儀器，例如對講機或手機這類的物品，」其中一人說道。「任何有阿拉伯文字的紙張我都要。如果遇上像是美工刀的物件，請盡快讓我們知道。」

不仔細想的話，這些要求聽來十分合理，因為據報恐怖份子就是用美工刀挾持了整架飛機。但過了一會兒，我就意識到他們的要求有多荒唐。這些遺體是從兩棟各自有一百一十層樓高的辦公大樓送來的。辦公室裡會有幾千把美工刀？但是這些人是ＦＢＩ探員，他們大概知道一些我們不知道的資訊，所以我們遵守指示，只要發現美工刀就會收集起來。每隔一、兩分鐘，六個工作臺中就會有人大喊「這裡有美工刀！」有時候還會有兩人同時呼喚探員。「有夠倒霉！」其中一位同事說。好幾打的美工刀逐漸堆積起來。

「不知道他們要過多久才會搞清楚狀況，」莫妮卡．史蜜荻在我們的工作臺旁用她那冷靜的口氣揶揄。答案是不用太久。一個多小時後，這些ＦＢＩ探員告訴我們，我們已經蒐集夠多美工刀了，之後只要把這些刀片跟其他與我們的勘驗無關的殘骸一同棄置就可以了。

終於到了可以去看看救世軍義工提供什麼晚餐的時候，我已經身心俱疲。不過我發現晚餐發放處已經不是餐車，他們改在三十街旁搭起了一座大帳篷。某個小聰明的災禍喪葬執行反應小組派來的人類學醫生幫它取名為「薩爾小店[1]」。友善的志工們在發送Uncrustables花生醬[2]配果醬三明治。三明治一個個看起來好像大型絨毛義大利方餃。我在心裡暗自提醒自己記得幫丹尼帶一個回家，他熱愛花生果醬三明治，但我突然想到我先生可能會有的反應。「你竟然從殘缺遺體辨識單位帶了個三明治回來給自己的小孩！這麼客氣怎麼好意思呢！不——你真不該麻煩的。」這個浮現在心中的念頭讓我忍不住笑了起來。笑完以後我的心情好了點——然後又立刻覺得更低落了。「不要笑了」，我告訴自己。這不好笑。「哎，管他的，如果不能笑，我可能就要開始哭了」，我在心裡自問自答道。我聽說所有工作人員都會被強制接受心理諮商，在那個當下，是這既恐怖又不真實的一整天之中，我最強烈同意心理諮商是件好事的時候。

晚餐休息時間過後我又回到工作臺旁。DM01-000096是一條前臂和一隻手，它的主人是一位年輕的深膚色女子，有著完美無瑕的法式指甲。DM01-000112穿著網襪，戴著白金婚戒，戒指上少了幾顆鑽石，內側刻著「摯愛凱文」。DM01-000123是一名消防員，頭部被撞扁了，全身嚴重燒傷，但是身分馬上就可辨識，因為他的上衣上頭繡了名字，衣服還附著在他的胸膛上。我在心裡決定下一次遇到「活消防隊員」，我一定要給他一個擁抱，不論他想不想接受。

接著送來的袋子裡裝著不同遺體的各部位，全都糾結在一起，我們得把這些殘

1 譯註：救世軍全名為Salvation Army，在此被暱稱為Sal's Place，將救世軍原名縮短，變成一般小餐館的店名風格。故譯為薩爾小店。

2 譯註：花生醬品牌名。

肢部位分開來，各自分派案件號碼。所有殘肢都散發著一股汽油味。到了晚上八點，從我上班開始已經過了十二小時，我們才處理了一百一十具遺體。這時候第一輛從大堆開來的卡車才剛到。

我驚恐地看著大貨車發出「嗶、嗶、嗶」的聲音，倒車進入卸貨區。本來是由救護車運送屍袋過來的這個過程，已經升級為產業運輸等級了。我稍微崩潰了一下，差點淚灑現場。我不是唯一個有這種反應的人。所有人都垂頭喪氣。有些人開始祈禱，有些人低聲哭泣。這是一臺裝滿遺體和殘肢的大貨車。

在那之後，一切就進入沒有盡頭的階段了。我又繼續工作了六個小時，案件一個接一個送進來，全都是從貨車上卸下來的。大多數都只花了幾分鐘就完成，有些需時較久，但沒有需要超過半小時的案件。許多遺體看起來都像是被用石杵搗爛。我的第一段DM01班，從九月十二號早上八點，一直延續到隔天凌晨三點：十九個小時。巡警開警車送我回家，但卻在我家附近迷了路。「我的勤區在布魯克林區外。」他一直不斷喃喃道歉。他很年輕，看起來是因為載了我所以特別緊張。後來我明白他的緊張所為何來。因為我還穿著沾滿煤灰的工作服，半睡半醒，全身聞起來活像一具焦屍。

我一覺睡到中午，醒來後就陪兒子玩耍，並且盡可能不看電視。

九月十四號，佛洛蒙本讓我們開始輪值十二小時班次，分成早班和晚班，就跟消防隊班制一樣。那天早上八點我到辦公室後，發現我被指派去處理一般死亡案件。畢竟還是有人如常死亡，總有人得去查清楚人是誰殺的。下午我會加入九一一工作小組，但是早上要先處理席維雅．艾倫的謀殺案，五十八歲的死者在自家公寓被勒死。

法醫鑑定小組報告表示席維雅的女兒艾琳平常每天都會去探望母親，但是九月十一號這天，她想打電話給媽媽，電話卻打不通了。艾琳心想應該是電話線斷了。她母親住在哈林區，離世貿中心很遠，工作地點也不在世貿中心附近，所以艾琳並不是那麼擔心，直到過了兩天還是聯絡不上才覺得不對勁。艾琳來到席維雅的公寓，自己開門進屋，發現母親被綑綁後封住口部的遺體，倒在臥室中的地板上，一旁的床墊上還有血漬。她後來告訴調查員，她開門前就聞到屍臭味了。

席維雅．艾倫是我的第四起凶殺案件。我打開屍袋，看到遺體嚴重腐爛、全身覆滿蛆。大坑平常就已經是個陰森的空間，那天早上更加令人毛骨悚然。大坑只有我和技術人員賈姬——只有我們，和席維雅．艾倫的遺體，還有那堆蛆。剩下的所有人都在戶外帳篷下，忙著處理世貿中心的案件。

正當我開始準備進行遺體外部鑑識的時候，大樓的火災警報突然響了起來，有人在走道上對著太平間大喊：「炸彈警報！現在馬上出來！」驚嚇和煩躁的感覺同時湧上心頭，我把手套、口罩和塑膠工作外衣全脫下扔進走廊上那個標有生物性危害的垃圾桶裡，除了手術服以外我什麼也沒穿戴，緊跟著賈姬衝進屋外的大雨中。

所有在處理世貿中心案件的工作人員也全都被從卸貨區驅離了。我們擠在三十街的騎樓雨棚下站了四十五分鐘，同時拆彈小組在大廳試探地戳著某個哀慟的家屬不小心沒帶走的包包。「這陣子大家都會比較警覺一點。」我身後有人這麼說道。

「對啊，真是太感謝賓拉登了。」我回答。穿著淋濕手術衣的大家忍不住笑了，站在一旁聽到對話的幾個警察則是對我們投以驚恐的眼神。

等我和賈姬回到太平間的時候，只見蛆蟲沒有被炸彈警報嚇跑，還一派泰然地在忙自己的事。席維雅．艾倫的雙手被一條綠色的布扭成八字形綑綁，再用鞋帶固定。繩結中有一具黑色嘉年華面具被捲入綁在一起，上頭還有黑色羽毛和綠色亮片。她的下巴和顴弧（zygomatic arch）——頰骨——都碎了。部分牙齒脫落，但是難以辨識是創傷所致還是因腐爛造成。我寫了張紙條準備徵詢牙醫意見。她的頭部被白色緞面襯衣鬆鬆地套著，另外有一件白色坦克背心緊緊綁在頸部，背心底下可見扁平肌上有出血現象，聲帶位置的盾狀軟骨（thyroid cartilage）有撕裂傷。

驗屍過程花了很長時間。嚴重腐爛形成的變化讓我快不起來，除此之外我還得進行強暴檢測。不過某種程度上來說，在經歷了地獄般漫長的十九小時世貿中心案件班次之後，我還是有點高興能回頭來處理平日的案件。凶手對席維雅．艾倫所做的事，比起那條穿著網襪的腿的主人，或是指甲上擦著紫羅蘭色指甲油的女子，或我在戶外工作站處理的其他所有遺體所經歷的炸彈攻擊來說，並沒有比較不殘暴，也沒有比較不冷血——但是艾倫至少還有個名字，有個為她哀悼的女兒，警方也會去追查她的凶手。她的驗屍過程、我經手的強暴檢測、她身上被壓碎的頰骨和出血的扁平肌，我都很熟悉。

驗屍完成後，我換上手術袍，走到戶外去加入世貿中心案件的工作團隊。我很高興看到我們的人類學家，也就是跟著赫希醫生在南塔倒塌時受傷的艾美．日爾森已經回到工作崗位上。工作站指揮處架設了一張新的鑑識工作臺，她就站在那裡——把這些死於那場差點讓她也送命的恐怖攻擊中的死者遺體分門別類。我跑過去準備給她一個擁抱，但是一靠近她我就停住了。艾美的額頭上有一道長長的挫傷，肋骨的位置還被厚厚包紮起來。「你該看看我背上的慘狀，」她說。「我活像是被鞭打過一樣。」她在我臉上輕輕一啄，然後又回頭去工作，她負責分辨每個送來的屍袋裡頭裝的是一個死者的遺體殘肢，也可能是兩個死者，或是六個或更多。

在上一段班結束前，X光片顯示一名女子被截斷的手掌，上頭還戴著婚戒，竟完全埋入一具完整的男性軀體之中。我們不能預設立場認為一起被發現的殘肢就屬於同一位死者。我的工作站一連串下來處理了一位健壯的消防隊員、一名穿著藍色短裙和針織坦克背心的年輕亞洲女子、一名臉部粉碎的白人男子。剩下的屍袋中都只裝了殘肢碎片，而且碎片的大小隨著時間過去，好像也變得越來越碎：先是手和腳，然後是臀骨，接著是斷落的腸子、表面滿是灰燼的肌肉、皮膚碎片。

等我們完成鑑識、記錄每一塊組織之後，這些部位就會被送到第四臺冷藏貨車中，就是那種專門運送易腐爛物品的大型貨車，車子就停在後面。遺體殘肢在接受勘驗的時候必須被冷藏保存，但我們在工作站處理完這些從世貿中心送來的案件之後，沒有地方可以冷藏存放。一號貨車負責冷藏完整遺體；二號貨車存放殘缺遺體；三號貨車，放殘肢；四號貨車就放其他碎片。為了對大批前來協助的義工表示尊重，主管要求醫生避免使用「屍體」、「殘肢」或「碎片」等詞。我們必須委婉的使用貨車編號來代稱：「我有一些四號貨車物件要處理，然後我會接著處理那些剛送來的一號貨車袋。」所有的貨車上頭都披掛著美國國旗，柴油引擎發出的嗡嗡聲，是停車場上的唯一聲響。

這一段班在晚上八點時結束。我已經徹底精疲力盡。在平常日處理腐爛屍體的案件已經夠難了——但是要在那之後的六小時中繼續處理世貿中心的案件讓我累得連沖澡都沒力氣，即便我知道自己滿頭滿身都是腐屍和燃油的臭味。我只想回到老公和兒子身邊。

隔天有兩臺巡邏車開到多功能中心來，四名警官走下車，整齊劃一地走向搜集區，其中兩名警官一起持著一樣物品，被端著入場的是一只靴子。我後來才知道這是一只空靴子。原來因為這是州警制服靴，所以被以榮譽護送帶來交給我們。靴子被送到私人財產的帳篷去了。

從大堆送來的遺體殘肢已經開始出現腐化現象。空氣中的氣味改變了，從濃濃的燃油味變成了腐肉的味道。要從皮膚顏色猜測死者種族變得越來越難，送進來的遺體殘肢燒焦的程度也越來越嚴重，因為雙子星大廈遺址底下的火還在悶燒著。我開始擔心那些負責運送遺體、全身被煤灰覆蓋的消防隊員和警察，他們看上去一天比一天更憔悴。每當我們辨識出他們之中的一員時，他們就會在我們身邊停一停，告訴我們這個死者的故事——像是這個死者才剛流感康復回到工作崗位，或是他的小孩快要過生日了。

一群醫學院學生嘰嘰喳喳地來加入義工行列，那天早上我被指定訓練他們。在帶領他們走過一遍帳篷工作區後，我警告他們即將看到的景象——屍體腐爛的程度、碎爛的程度，還有惡臭。我給他們幾個小提醒：「戴兩層髮網。頭髮包得越緊，你身上附著的臭味就越淡。小心選過手套，確認手套合手。不要看那些貼在紐約大學、地鐵站或其他任何地方的『失蹤人口』海報，看了只會讓自己壓力倍增，我們需要你在現場時能夠心無旁騖、全神貫注。」

提傑推著加了雨傘的推車，帶著丹尼，在我十二小時班中間的晚餐休息時間來找我。他們就站在警方路障外頭等待，我先生一臉怒氣。

「怎麼了？」我問道。

「第二大道上的卡車。」他只說了這些我就懂了。我們從第二大道東邊開始停放冷藏卡車備用，等著一號到四號卡車裝滿後要輪替。卡車從攻擊事件隔天就陸續抵達，現在這些大噸位重量級卡車已經停了滿滿的三個街區。提傑得推著嬰兒車從中央公園一路走到我位於三十街的辦公室。

「我的老天，」眼前的景象讓他瞠目結舌。「大概有二十四臺卡車吧，而且每一臺都超級大！每一臺大概能裝……我不知道，兩、三百具遺體嗎？」我一邊點點頭，一邊把丹尼從嬰兒車上抱下來，我們三人一起走過封鎖線。我不忍心告訴提傑，其實沒那麼多遺體，至少不是完整的遺體。他不需要聽我說我們在工作站採取DNA樣品之前，得先拼拼湊湊屍體殘肢碎片的事，也不需要知道有些殘片我們還得用試管儲存。這些事我改天再告訴他就可以了。

「而且沒人知道原因，」他繼續說，一邊以一種自動化的動作收拾推車，然後把推車掛在手臂上。「若非是你，我也不會知道。大家都走在第二大道上，過著自己的生活，沒人發現這些貨車的用途是什麼。」

「一、二、三，盪盪！」丹尼要求。提傑抓著他的右手，我抓著左手，一起每走三步就把他舉高。

「這麼多貨車，停滿一個又一個街區，茱蒂，我真不知道你是怎麼辦到的。」

「靠訓練啊，」我認真地回答他。查爾斯．赫希、馬克．佛洛蒙本、芭芭拉．珊普森、莫妮卡．史蜜荻、蘇珊．伊萊，還有另外六個資深醫生教會我要怎麼做到這件事；告訴我要如何作為公共衛生領域的專業人士，逐步破解重大傷亡事件，把事件變成可以解決的問題、一一化解，然後繼續前進。如果沒有他們的教導和示範，事件發生的二十四小時內我就會放棄了。「這是我的工作，是我受訓的目的，我就是這樣做到的。」

「高一點！」丹尼要求道。

「好，無重力了喔。準備好了嗎？」他的父親問他。

「無重力！」丹尼大叫。

「一、二、三——耶！」我們一起喊著，一邊把小男孩抬得老高。他達到無重力感約莫半秒鐘時間，然後重重踏上人行道，兩條手臂長長地掛在我們之間。

「砰！」丹尼說。然後他又跳了起來，再次落地，重複幫自己配音。提傑和我低頭看著他，臉上忍不住微笑。我幫丹尼把三明治包裝打開，吸引他走向我。這是我午餐休息時間在救世軍帳篷拿的。

「我不明白為什麼薩爾小店的人總是要我跟著他們一起祈禱，」我們一邊走向第三大道上的迷你餐館時，我向提傑說。「而且他們總是對著我說主愛你，耶穌愛你。我很感謝他們的好意，他們人都很溫暖，但是這種招呼語實在有點令人感覺不是很舒服。」

提傑停住腳步，看著我的模樣，一臉好像在等著我說出這段話的笑點。「你這是在開玩笑吧？」

我霎時有點不知所措。「哎，我也不是不懂得感恩，只是我想我還是不太習慣大家都變得這麼強調宗教。」我先生笑了出來。丹尼加入他，只因為丹尼從不放過這種機會。「有什麼好笑的？」我受傷地問道。

「茱蒂，救世軍是基督教會啊。」

「什麼？」我驚訝極了。「你怎麼知道的？」

「他的名字叫做救世軍。」

這下換我我放聲笑了出來。「我一直以為救世軍的『救世』是指『剩下的價值』、『殘存價值的意思』——你懂我意思吧？就是捐衣服那樣啊！」提傑聽完也笑歪了。「難怪他們一直都這麼親切！」我們笑到站不直，只能先停下來弓著身體喘口氣。

這就是我在二〇〇一年九月十五號的晚餐休息時間：不顧死亡帶來的重量、那些撥給家屬的電話、冷藏卡車的引擎聲，就這樣放聲大笑。丹尼跟著我們一起笑，因為他的父母看起來好像很開心。而在那個小時的時間裡，我們的確如此。

大樓倒塌的時候，無數民眾來到世貿中心現場，自願以手無寸鐵之姿，協力挖掘生還者，人數之多，警方還得婉拒湧入的義工。不過幾小時之內，整個紐約市裡每一家五金行的工作手套、鏟子和手電筒就賣光了。我開始覺得自己能在災害復原系統中擔任明確、重要的一份子是很幸運的事，而且每當我看報紙上寫到哪個家庭深愛的成員身分被辨識出來的時候，我就會受到一次讚賞。小孩子寫好的紙條，包著糖果或燕麥棒，從全國各地寄到我的信箱。我最喜歡的一張紙條至今還掛在我的辦公室，出自愛達荷州一位國小四年級的孩子。紙條上寫道：「謝謝你！你會因此上天堂的！」

每天我都看著紐約市的平凡百姓，大方地用各種創意的方式幫助我們辨識死者身分，他們的行為啟發了我，讓我重新充滿力量。根生於紐約市的企業也伸出援手，且絲毫不追求善舉伴隨的聲望。「穿幾號鞋？」是我們要問失蹤人口家屬的問題其中之一，所以梅西百貨（Macy's）捐給每個工作站一套鞋的尺寸樣本。蒂芬尼

（Tiffany's）捐出了戒圍測量樣本。高露潔捐了一大批牙刷，讓我們用來在採樣DNA之前清理骨骼。救世軍送了大量食物補給到薩爾小店，我們完全不需要離開多功能中心。

工作治癒了艾美．日爾森。她的傷勢每天都有進展，雖然她還是看起來好像被痛毆了一頓。她額頭上的醜陋瘀青往下沉澱，讓她的眼眶四周看起來就像標準的熊貓眼。「你聽了一定會大笑，」有天早上艾美在工作站旁告訴我。「昨天有個警探找我到一旁私下談話。他看著我的熊貓眼說：『告訴我對你做出這種事的傢伙叫什麼名字，我幫你解決他。』我笑著告訴他：『是奧薩瑪．賓拉登。祝你好運。』他一點都笑不出來。」

赫希醫生已經正式回歸工作崗位，雖然還有點瘀青，但是眼中的光芒已經重新點燃。「世貿中心遺址的工作不久後就會正式被任命為災害復原工作，」九月十九號下午輪巡時間赫希對我們這麼說。「救難工作會告一段落。也就是說消防隊之後就不會處理大堆的事了，改成由拆除公司接手。屆時現場的作業就不會再由人工進行，會用重型建築設備來搬運殘骸，各位接收的遺體殘肢狀況會連帶受到影響。」赫希同時宣布，法務團隊公佈了一套計畫，讓我們可以根據兩份宣誓口供發布死亡證明書——一份由失蹤人口家屬提供，一份由失蹤人口雇主提供。「當然一定會有些死者永遠無法被找到，就算是透過DNA也一樣，」他說。在那些案件中，依法定要求，死亡證明書就必須要有最後看到、聽說這個消失人口的人的宣誓口供才可發出。「我們會將司法裁決死亡的失蹤人口先進行一次電子對比，接著如果有DNA或其他辨識方法會再比對一次。」

赫希醫生在我們進行災害復原後一週的那天下午，用異常親切又極帶感情的口氣表達了感謝之情。「我個人對於各位非常滿意，且認為進度和過程值得讚賞。我此生從未像現在這樣，每一天都為自己的同事和夥伴感到驕傲。」

九月十一號之後又過了幾個星期，我也越來越習慣在「一般」驗屍工作和世貿中心災難復原工作之間切換——日班、夜班還有週末。九月二十、二十一號兩天我值夜班的時候，外頭下著傾盆大雨，但是技術人員和災禍喪葬執行反應小組在戶外太平間上方架設的帳篷仍滴水不漏。不過在閃電和雷聲環伺之下處理腐爛的遺體殘肢，這體驗還是挺恐怖的就是了。我跟皇后區派來的一位法醫一起值那天的晚班，

她是一位態度嚴肅的海地女人，我之前從未見過她。我們讚嘆著薩爾小店那天的晚餐有多令人齒頰留香的時候，她提起了按摩的事。

「按摩？」我問道。原來一家地方企業，橄欖葉（Olive Leaf）[3]，派了一組按摩師來我們辦公室當志工，就在五百二十號大樓的一樓服務。我們下一段休息時間，這位皇后區的法醫就帶著我去找按摩師。當她一邊大力讚美橄欖葉團隊的按摩有多舒服時，走出按摩間的人不是別人，正是赫希醫生。他滿臉尷尬神情，彷彿自己是剛從妓院走出來被遇上一樣。

我享受了三十分鐘美妙至極、令人重生的按摩之後回到工作崗位。「因為你的脈輪大亂，所以你的壓力很大。」年輕按摩師用甜美的聲音對我這麼說道。

我暗自心想，除此之外，我還上大夜班，處理零散拼湊宛如科學怪人、發臭的遺體殘肢。因為這些事，還有我的脈輪，所以我的壓力很大。

三個禮拜後，完整的遺體越來越少見。某天我八小時的班中全都在處理碎裂的骨頭。還有一天我拉開一件消防隊員的夾克拉鍊，裡頭空空如也，只有袖子裡還留

3 譯註：美國養生、精油品牌。

有手臂的骨頭。外套的口袋裡有幾頁寫著工作內容的紙張，藉此他便取得一個暫時身分。我鋸開上臂骨採集了一些DNA樣本。跟著這件外套一起送來的還有五大桶殘骸碎片，裡頭混雜著許多細小的骨頭和已經乾屍化的遺體殘塊，包含一隻殘缺不全的手，上頭有一根已經乾枯的大拇指，可以用來提取指紋。這些殘塊甚至也沒有腐屍的臭味了，聞起來只有焦炭和灰燼的味道而已。

幾次夜班，會有很長時間沒有大堆送來的遺體殘肢。我們待的地方沒幾處可以讓我們睡覺，所以佛洛蒙本醫生就在四樓幫我們安排了一間休息室。九月二十九號晚上我去上晚班的時候，他建議我先去試試看，還向我保證我一定會睡得比在辦公室那張破舊的折疊床上來得好，那床是我用十五塊美金跟一個紐約大學的學生買來的。但是等我去看過那間休息室之後，我倒是滿懷疑的。休息室裡的一頭放著一張行軍床，另一端牆邊擺了一張看起來像是七零年代古董的人工皮革沙發床，旁邊是一大袋疊好的床單和浴巾，由紐約大學清潔部門提供。半夜十二點半，我爬上行軍床前，我知道有一位來協助的國防部法醫人類學家跟我同時段上班，所以我拉開沙發床想先幫她鋪好床單。

「他媽這該死的沙發！」我一邊拉開沙發，一邊低聲咒罵道。我的攝影師同事好友史黛芬尼跑來幫我忙。沙發床其中一個角落、本該固定住床墊的粗彈簧鬆脫了，我們兩人花了十五分鐘跟這張老舊的沙發床搏鬥，一邊越罵越大聲，最終還是放棄了。我在那東西上頭鋪了乾淨的床單，留了張紙條給國防部的法醫人類學家，警告她要往右邊睡，以免滾落地板。我精疲力盡地倒在行軍床上，手錶顯示時間已經是凌晨一點。

一點十五分的時候對講機響了。「待命醫生、待命醫生，兩件MOS進案。」MOS就是現役人員（Member of the Service），紐約市警局把所有穿制服的工作者都用這個縮寫代稱——警察、消防隊員、急救人員。我跳下行軍床，按下對講機按鈕想回話。「待命醫生收到，我下樓了。」沒有回應。「呃，完畢。我是醫生，我要下樓了，完畢？」一片靜默。我的傳呼機開始瘋狂作響。我放棄手上的電子產品，往樓下走去。

十五分鐘後，現役人員遺體送達。兩個滿滿的屍袋，各自裝著一具完整的遺體。我有點訝異。我已經好幾天沒看到大堆送完整遺體過來了。這兩名死者是消防隊員，頭部被壓碎，四肢扭曲，但是粗重的消防裝備保全了他們的軀幹。

自從九月十一號之後，我就試著放下情緒感受，盡量維持專業——但是這兩名消防隊員實在令人難以保持堅強。第一個男子上臂刺了兩枚小天使的圖案，一個底下寫著蒂芬妮，另一個則寫著小亨利，還有各自的生日，一九七五年和一九七八年。他的長褲口袋裡有一封消防局抬頭的信紙，收信人寫著亨利，這個發現加上刺青圖案，讓我們相當有信心死者就叫做亨利。那封信是退休文件。亨利大約五十多歲，已在消防隊服務超過二十年了。他身上穿的保護裝備不符合文件上的名字，後來他的夥伴告訴我，飛機撞上大樓的時候，他正巧沒有執勤，但是他還是連忙趕到，穿上別的分隊的裝備，衝進現場。

第二位死者左手上戴著克雷達戒指[4]也就是愛爾蘭婚戒。我先生也有。這位消防隊員的皮夾裡有一張照片，照片裡是一個年約九歲的男孩。我把克雷達戒指從扭曲的手上移除，再也忍不住眼淚。淚如泉湧，流進我的口罩裡，我不得不停下手邊的動作。扯下口罩和手套後，我奪門而出。離開復原工作帳棚區，就在街道上的路障旁，我屈身蹲下、雙手掩面開始哭了起來。

過了幾分鐘後我起身，雖然還在哭泣，但是我努力想讓自己振作起來。亨利的家人和另一位愛爾蘭人的家人還不知道他們發生了什麼事。他們已經這樣坐在家裡等待了超過兩週之久，每天只想找出答案。這些消防隊員去世時還嚴守自己的崗位，我也該對自己的工作展現一樣的態度。我走回卸貨區，抓起一雙新的手套和口罩，回到工作站，回頭去工作。沒有人說話。大家都經歷過一樣的事。

十月初的某天，在我要趕去上下午四點到午夜班的路上，公車塞在路上讓我遲到了——曼哈頓當時因應緊急情況，實施每車兩人乘載管制，但是交通狀況還是很差。我的工作站有一個屍袋裡裝滿了被煮熟的骨頭。災難復原工作人員發現這些骨頭被壓在消防隊員使用的氧氣筒底下。所有東西都被混合在一塊，大概有一千塊小碎片、小到不能再小的塊狀物，還有灰燼。整個上班的八小時之中，我們都在努力分類——頭骨碎片堆成一堆、長骨碎片一堆、肋骨、脊骨也各自分成堆。「好，我已經找出三段左股骨前段，表示裡頭一定有三條左腿，」艾美．日爾森告訴我們，「所以你們正在處理的案件中最少有三位死者。」我在碎石礫堆中又找出十五顆完整的牙齒，大多數是犬齒和臼齒。其中一顆牙的裡頭甚至還有半熔解狀的銀填料。

---

4 譯註：Claddagh ring，愛爾蘭傳統戒指，造型為雙手、心形與皇冠組成。

腸道段落、外布滿是灰燼的肌肉、用銅線捆在一起的一大疊皮膚。腰帶扣、夾克、熔化成一團的硬幣。從長筒襪中滾出的骨頭。

隔天我去找了與我們一起做事的災禍喪葬執行反應小組牙醫，他告訴我他們正準備從臼齒牙齦內部抽取DNA樣本。「找不到門牙是很正常的，」他告訴我。「人臉正面的牙齒因為不像後方的牙齒一樣受到較多牙齦和肌肉的保護，在高溫之下門牙通常會爆裂，把琺瑯質炸碎。」我希望那些完整的牙齒最後能夠透漏一些牙醫紀錄，因為我覺得DNA樣本應該會無效。雖然說要破壞DNA，需要高得有如地獄般的溫度才辦得到，但是地獄般的高溫不正是大堆經歷過的事嗎？

我們在工作的時候，家屬就只能等了。我們的身分辨識同仁提供他們兩個選擇。我們可以在辨識出任何一處殘肢部位時，就通知一次死者最近親家屬，我們也可以通知一次就好，也就是我們首度找到這位死者的殘肢部位的時候。這種選擇題得拿來讓死者家屬做決定，實在很糟糕。事件發生後一個月，我們也已經在兩份宣誓口供政策下，發出了大約三百張死亡證明書，以司法裁決方式宣布失蹤人口死亡。許多家屬在連想埋葬遺體都沒得埋葬的情況下，看到我們以及負責中間聯繫的殯喪負責單位還是全力協助他們，讓他們能夠好好地悼喪，為此家屬對我們都表達了感激之情。不過某些媒體怪罪我們讓家屬選擇要怎麼接受通知，赫希醫生感到十分不開心。「他們要我們怎麼做——完全不問家屬的意願嗎？」我的這位導師一如往常地挖苦說，「阿爾德森醫生教過我，面對記者最佳的反應就是拿出帽子。戴上帽子後轉身走掉。」

大堆的任務從救援行動變成災難復原，這對許多消防隊員來說都不是個容易接受的改變。有天一位消防隊長來到我們辦公室，跟史都華討論一起一般縱火案件，史都華問他，「你還好嗎？」這位隊長坦白道出了自己的九一一故事。第一棟大樓倒塌的時候，他人就在現場，當時他衝到地鐵站裡逃過一死。他的大隊長消失前最後的身影，正在往北棟大樓七十三樓的方向。我們還沒找到他的遺骸。

那一天，這位消防隊長痛失十一位隊友——十一個朋友喪命。「事發之後最難的一件事，就是上級要我們把當時在場的人列成清單。沒人想坐在那裡寫下一個個名字。我們想要去現場挖掘。大夥會上整天班，處理文書工作，下班後就直接到大堆開挖。當時我們認為應該還可以找到一些生還者。在我們看到開挖後的結果之後，我們就不這麼想了。但是這一切感覺還是很不真實。」他看著史都華，看著我——彷彿我們可以告訴他原因一樣。但我們沒有辦法。

十月初某天，艾美戴了一只新的飾品來上班，一枚很怪異的別針——上頭是老鷹、錨、燧發槍還有一把三叉戟。我問她這是哪來的。「這是海豹部隊[5]的別針，」她回答道。「災禍喪葬執行反應小組的人給我的。他請太太從家裡舊制服上面拿下來寄給我。他說，如果我是軍隊的一份子，他們就會頒給我一個紫心徽章。」我很驚訝。艾美微微笑。「不覺得這很貼心嗎？」她把別針別在那件在九一一當天救了她一命的克拉維纖維製紐約市法醫外套上，那天她在現場時正好遇上南塔倒塌。我問艾美，那天之後她是不是還有回到大堆現場，然後我很驚訝地得知她的確有回去——不只一次。「我今天早上就在那裡。這就是為什麼我這麼累。兩點的時候有人發現『骨灰』，然後他們就用傳呼機把我叫來了。」她說的是「焦炭遺體」的簡述，那種狀況需要她到現場處理。她從口袋掏出一把硬幣，一邊數一邊說，「我要去托達爾小店買咖啡，你要來嗎？」

我一心以為，艾美從大樓倒塌現場生還後，情緒一定受到相當創傷。我們走過第二大道上警方的路障，我向她問起這件事。「我想是沒有吧，不算有。」她的口氣聽來沒有故作堅強的感覺。「我甚至還搭過一次警方的直昇機，回去巡視現場。我問他們能不能讓我駕駛看看，結果被駕駛員笑了。我很認真耶！」

「我相信你。」

「反正問問看又沒差，對吧？」

跟她聊過以後，我決定該是我自己親眼去看看大堆的時候了。不過我知道我還得先去一趟紀念公園，那裡停著我們用來儲放驗屍過後的遺體殘肢的冷藏卡車。佛洛蒙本醫生曾告訴過我那些車廂在現場的尊嚴模樣，我想要讓自己在前往災難現場前先有點心理準備。我在九月十二號時已經看過第一批卡車，就停放在我們大樓旁的一處泥土空地。一到下雨天，那片空地就變得滿地泥濘，當時市政府還派了道路小組來鋪上緊急通道。他們在卡車四周鋪上地面，沒有移動卡車，所以每輛車身下方就留下了一塊塊長方形的泥土地——像是為移動式墓地量身打造的一樣。十月五號，我終於鼓起勇氣，前往紀念公園致上我的敬意。

時至今日，紀念公園裡已經停了十六輛卡車，上方有白色布料搭成的棚子，遠看公園好像會微微發亮。棚子下的一切都非常整潔。在這麼長時間忙著把骯髒、焦

5 譯註：Navy Seal，United States Navy Sea, Air and Land Teams的縮寫。美國海軍三棲特戰隊一般稱作海豹部隊，是直屬美國海軍的一支特種部隊。

黑的軟骨和骨骼分類的工作之後，看到這些遺骨能這麼有尊嚴地被儲放在這裡實在是一件很令人欣慰的事。棚子內部的天花板上掛著一幅巨大的美國國旗，每輛卡車廂門上也各自有一張國旗垂掛而下，另外還有數十張其他國家的國旗沿著棚子一面吊掛著，代表這些受害者來自世界各地。停車場四周的夾板旁排滿了花圈。棚子裡有個小教堂，放了許多柏樹盆栽，地上還鋪了像是大理石材質的地板。我坐在其中一張長椅上，感受片刻平靜。只有片刻——然後那平靜又消逝了。雖然我對於紀念公園散發出的愛和關懷十分感動，那些裡頭堆著我幾個禮拜以來篩檢整理過的遺體、引擎嗡嗡運轉的卡車仍然讓我的內心十分哀傷，還有排山倒海而來的失落感。

肯尼是我們的調查人員之一，他答應等他在那裡上班的時間一到，就帶我和其他三位同事一起前往維西街上休士頓河渡輪口的遺體放置處。餐廳、商家、店面——所有的一切看起來都關門了，人行道上一個人也沒有。「有一具噴射機引擎打中這些建築，最後掉在那邊的角落，」肯尼告訴我。當時我們人還離世貿中心遺址至少有四、五個街區之遠。

到了遺體放置處，我們就被交給要帶我們在現場走動的人，一位皮膚曬傷、菸嗓、穿著老舊工作靴和一件有災禍喪葬執行反應小組圖案，下方寫著「擋泥板」字樣的紅T恤的男子。我問他這暱稱怎麼來的。「因為我就是那個在屁股後面擋下所有爛事的人。」他說。擋泥板是現場災禍喪葬執行反應小組的災難復原工作負責人。

肯尼一邊分發工程安全帽，一邊告訴我們法醫鑑定人員在臨時太平間的工作。「我們的首要任務就是檢查遺體殘肢，想辦法評估找到的部位是屬於同一具遺體，還是多具遺體。除此之外，我們基本上就是把東西保持你們後來看到的那樣。我們最初接到的回應是要我們做得越少越好，所以我們只會把很明顯不該擺在一起的東西分開，比方說兩條左手臂。」

我戴上工程安全帽，走向其中一名同事身旁的強鹿（John Deere）[6]四輪工作車。擋泥板開車帶我們去看紐約雙子星大廈原址，現在只剩一個又大、又髒、又破的坑洞，我們都驚訝得說不出話來。現場看起來就像是建築工地，不過工作與「建造」徹底相反。起重吊臂掛在上空，挖掘臂蜷縮在沙土之間，數百名男男女女，戴著工地安全帽在現場切割鋼筋、操作機器，把六棟殘破、搖搖欲墜的建築物一片一片拆卸下來。所見之處四處都有電焊工的火光，拆解著扭曲變形的鋼筋。

6 譯註：美國一家生產農業、建築、森林機械設備和柴油引擎及其他產品的公司。

「一開始的幾天只是救火應急而已，你知道嗎？」擋泥板像是看懂了我的心思一樣對我說。「人力搬移殘骸，讓我們能夠尋找生還者。」大堆其中一面掛了一張巨大的網子，鄰近的建築物內部崩垮，只留下外觀像空殼般佇立在原地。冬季花園裡，緊接著哈德遜河的藍色半穹體毫髮無傷，雖然它前方是滿地碎玻璃和焦土。破碎成鋸齒狀的南塔殘骸聳立在這一切的中間，像是戰爭時期被炸彈炸過的哥德式教堂。世貿中心位於地面下的六層樓仍然冒著火焰，這場火就這樣一直燃燒到了十二月。

看見鋼筋水泥被如此徹底摧毀，讓我明白那兩架遭劫的客機帶來了多麼鋪天蓋地的破壞力，其暴力之盛，把我見過的遺體殘肢震碎成最後的模樣。工程機具不斷把現場碎片拾起，棄置在各堆廢棄物之中——這會讓同一位死者遺體的各部位分別在不同天輪流抵達位於上城那頭的我的工作站。我馬上就了解為何赫希醫生要我們用DM01來個別編制遺體殘肢的案件號碼，除非遺體殘肢送來時結構上合理地相連才不需分別編號。

我們開著強鹿四輪工作車到大堆中間，在那裡停了一會兒，靜靜看著四周。有人提議一起分享他從薩爾小店帶來的花生果醬三明治。我肚子餓了，吃了一點。外頭很熱，四處都是粉塵。到了該回去的時間，負責接送我們的警車還得去一趟高壓水柱洗車才行。

巡警讓我在賓州車站附近下車，我從這搭地鐵回家比較方便。街上一如往常人潮滿滿——人行道幾乎走不下了，大家都一臉嚴肅、接踵比肩。賓州車站附近也還是一樣有為數不少的警力，因為那段時間中，關於恐怖主義的謠言甚囂塵上，毒害整個城市。車站到處貼滿了九一一事件中失蹤人口的協尋海報。這幾個禮拜以來，我一直努力避免正視這些海報，但是那天我決定不再閃避。大堆的鬼魂跟著我回來了。我看著海報，找尋那一張張臉龐，就這樣，有數分鐘的時間，我就像凍結在原地一樣盯著海報、盯著我的回憶瞧。然後我停止搜尋，移開視線。我沒有那種力量。

日子一天天過去，送來的屍袋裡漸漸只剩骨骸：三月五號，三十片頭骨送達，艾美把它們一片片拼成一個將近完整的頭顱。三月三十號，一隻腐爛的手跟手鏈纏在一起被送來。四月十六號，早上進行驗屍，下午處理十五片骨頭，最大塊的是上

臂骨和肩胛骨。四月二十九號，赫希醫生通知我們，我們已經在世貿中心災難中辨認出整整一千人的身分了。二〇〇二年五月七號，也就是那個藍天早晨過後八個月，我們這端的災難復原工作完結了。死亡人數還是繼續增加，但是已經不再需要法醫人員。

災難復原工作正式結束後兩個月，《紐約時報》報導零地點（Ground Zero）[7]的清潔人員在附近建築發現「人類遺體殘肢」。我問艾美．日爾森這件事，她翻了個白眼。「他們害我跑到現場去站了四小時，那地方到九月十號那天為止，可能不過就是間肉舖。我告訴他們，他們發現的一切應該都屬於牛或豬。」這整件事可能被某個警察走漏了風聲，又經懶惰的記者加油添醋後變成了那篇報導。現場所有發現都不是人體部位——結果報導還是上了《紐約時報》頭條。我已經習慣這類錯誤報導，所以二〇〇二年八月中某天，我接到這通電話，告訴我世貿中心遺址又發現人類遺體殘肢的時候，我沒多想。

我錯了。這些在事發後將近一年才被發現的遺體，經證實的確屬於人類。工人發現遺骨的時候，他們正在拆解西街九十號屋頂旁的鷹架。我走到外面的帳篷區，這地方當時已經清空，只剩下一個工作站，一張金屬遺體臺面，放在鋸木架上——

工作臺面放著一只焦黑、乾燥的髖關節。災禍喪葬執行反應小組的人類學家把乾燥的肌肉組織撕除。「這是小轉節（lesser trochanter），」她說，一邊指著骨頭下方的球狀部位。「它一定會對著內側，所以這是左邊，左臀。」

速記內容被寫進表格中。戶外只有我們三人，我們安靜了一會。「這是飛機上的乘客。」我大聲宣布。另外兩位女同事都點頭同意。我們實在無法想像這東西怎麼會出現在一棟摩天大樓的頂樓，而且離雙子星大廈還這麼遠，唯一的途徑就是高速高空平行移動。

不到一個月後，又是九月十一號。一切都太熟悉了：我在一個美好的早晨從三十街上往第一大道走去，摩天大樓之間露出一片藍天，當時美國航空第十一號班機就是從那裡飛越我頭頂。這天我本該完成文書作業，但是我不能專心，也不想自己坐在辦公室裡。「要不要來紀念一下，去一趟托達爾小店？」我對凱倫．圖里說道。

我們買了餅乾和牛奶，走回她的辦公室聊天。凱倫當時負責值了DM01的第一

7 譯註：世貿中心遺址後來被命名為Ground Zero，零地點。Ground Zero原本就有軍事意義，指的是原子彈投下的地點，或是爆炸時的轟炸點。在美國九一一事件後被用來稱為世貿中心遺址。

段班，就在九月十一號晚上。「我看到的第一具遺體是一名消防隊員，他全身上下毫髮無傷，表情非常平靜。等我把他翻過來的時候，發現他的後腦勺發生內爆。我對自己說，『噢。好吧。接下來狀況就是會這樣了，開工了。』但是其實當時我們全都嚇傻了，不是嗎？我是說，我們完全無法理解事件規模……」

我們又到薩爾小店吃了午餐——救世軍又回來搭好了帳篷，就坐落在三十街外頭，烤漢堡和熱狗給我們吃。提傑帶著丹尼來找我，兩個警察讓他啟動巡邏車裡的警笛和車頂警示燈的時候，這小男孩簡直高興得飛上了天。FBI和災禍喪葬執行反應小組都來了不少人：這些同事——或說戰友更貼切一點——我們已經好幾個月沒見到這些人了。許多受害人家屬也來了。大家聊著我們一路已經走了這麼長的路，講到所謂的「終了」。

我不知道自己究竟經手了多少具從世貿中心攻擊事件中送來的遺體，要知道具體數字是不可能的事。由官方指派給我的DM01案件共有五百九十八起，這數字是合理的：我們總共找回一萬九千九百五十六塊殘肢碎塊，現場共有三十位法醫在做事。每個人大概都被分配到六百件。我們會把受害人想成數字、殘肢、樣本，藉此讓自己接受整個狀況。事發一年之後醫事檢察處發出了兩千七百三十三張死亡證明書給世貿中心爆炸事件的死者——一千三百四十四份是根據兩份宣誓口供發出的，一千三百八十九份是因成功辨識遺體殘肢才發出的。現役人員的死亡人數是三百四十三位消防隊員，二十三位紐約市警官，四十八位其他單位人員，大多數是航港警察。這些死者留下超過三千位孤兒。這是美國歷史上最大型的一場重大傷亡事件。

二〇〇二年九月十二號早上，我回到紐約市醫事檢察處位於第一大道五百二十號的辦公室。我穿上裝備，按慣例在頭髮上套上兩層髮網，再次投入工作之中。

11. 恐懼成真

阮凱西是越南移民，已經住在布朗克斯超過二十年之久。鄰居對她的印象是獨來獨往但很親切的女子。她會去參加彌撒、去轉角西裔老闆開的雜貨店購物、搭地鐵去她那藍領階級的工作崗位上班。當她在二〇〇一年的萬聖節去世時，沒有近親可供通知。她的死亡原因是炭疽熱感染，屬於自然疾病的一種。但是她的死亡方式並非自然。阮凱西的死亡證明書上的死亡方式是凶殺。

炭疽熱是一種很恐怖的疾病。這種疾病會透過病菌感染，病菌一旦進入人類宿主體內，就會迅速蔓延，並且產生強而有力的破壞性劇毒。這種有機物能夠在環境中冬眠數十年以上，等到孢子再次接觸到某人的嘴唇或雙眼，就會再次復甦。孢子經由呼吸進入體內，會引發最為嚴重的感染狀況，稱為吸入性炭疽熱。初期症狀是咳嗽、發燒和全身疼痛——跟一般常見的感冒與流感症狀一模一樣。如果感染吸入性炭疽熱卻沒有接受立即治療，幾天之內病症就會惡化到無法救治。這種病原體具有嚴重致病性，而且一旦感染之後還會一直偽裝病症，直到出現致命敗血性休克才會露出馬腳。但這時候就太晚了。好消息是炭疽熱並不會像流感或水痘一樣經由人體傳播，現在已經研發出預防疫苗，且早期感染是可以透過抗生素治療的。

在九一一攻擊事件發生整整一週之後，有人寄出了五只信封給紐約和佛羅里達的報社，信封裡面裝著滿滿的炭疽熱孢子。到了十月第一週，新聞報導開始出現佛州男子死於吸入性炭疽熱的消息，這是該州三十年來第一起炭疽熱病例。接著這名男子的兩位同事也確診了。於NBC[1]位於洛克菲勒中心總部上班的一名女性職員遭感染，她在打開一封署名給新聞主播的信件後，發現一封恐嚇信件，上面還布滿細緻的白色粉末。十月十六號，我們得知還有兩封這樣的信件寄到了華盛頓給國會議員。聯邦政府辦公室被全面封鎖進行消毒。兩名華盛頓郵政員工於隔週病逝。就是這時候，一位滿心憂慮的母親在地鐵站外頭攔住我。

當時我正準備前往辦公室處理那些已經火燒屁股的文書作業，這位隆鼻、頂著一頭染成栗色鮑伯頭的太太看見我夾克背後印著的「紐約市法醫」字樣。「我兒子昨晚在洋基隊的比賽現場，」她開口說道。「今天早上我陪他走到學校的時候，他說他看到球場裡的空氣中飄著白色粉末，就在他前面幾排的位置上方。一開始他以為這些粉末應該是來自觀眾傳來傳去的沙灘球，可能是沙灘球破了也說不定。但他又看到有人接住了沙灘球，所以粉末不是從那裡來的。」

一開始我完全不知道該說什麼才好，所以我當然就從最基本的問題問起：「他是乖孩子嗎？是不是喜歡開玩笑或惡作劇？」

「他不會對我說這種謊的。他知道現在是什麼狀況，」那位太太回答。「他今天要考PSAT[2]，所以我不想阻止他去學校。」我們就這樣站在那裡，兩位母親，在紐約市中心。「我該怎麼做？」

「太太，我怎麼會知道？」我實在很想這樣回答她，但是我忍住了。「如果你真的很擔心，可以在他放學後帶他去找家醫科醫師，請他進行鼻腔拭子檢驗（nasal swab test）。檢驗結果會呈陰性，你就可以放心了。」這個建議看起來沒能消除她心

1 譯註：總部位於紐約，美國國家廣播公司。
2 譯註：美國高中生用來申請大學獎學金的考試。

中的憂慮。「然後你可以查明他在球場中的座位，請洋基球場通報。」除了以上，我實在想不出其他建議了，但是這個憂心忡忡的母親仍然站在我面前，擋在我前往辦公室的方向前面一動也不動——同樣也擋著我去處理那一堆還沒做的結案報告。我要了她的電話號碼，告訴她如果我得知洋基球場粉末的進一步資訊，會再跟她聯繫。她終於滿意了，我們得以分道揚鑣而去。

隨著炭疽熱信件問題未解的日子一天天過去，我們的辦公室開始接到越來越多針對不明白色粉末、慢性咳嗽、地鐵上可疑膚色男子的詢問電話，並且要求我們「像電視上說的一樣，為了美國鐵路公司著想」對遺體進行測試。一位四十歲的郵政員工因為疼痛和呼吸困難被送往曼哈頓醫院。他告訴護理師，自己曾在幾天前吸食古柯鹼。醫生們企圖用抗生素治療他，但是不到二十四小時之間他就去世了。當時媒體報導指出，紐澤西有多名郵政員工感染炭疽熱，所以家屬就要求進行驗屍。他的姪子明確要求我們要對這名死者進行鼻腔拭子檢驗。

「我們不會這麼做，」我在電話中告訴他。

「為什麼不？我有在新聞上看過啊。」

「因為我們只會對活人進行鼻腔拭子檢驗，且即便進行了這個檢驗，也發現鼻腔有炭疽熱孢子，並不等於這個人已經遭感染，」我解釋道。媒體不斷把鼻腔拭子檢驗宣傳成像是一種決定性的診斷測試，但是實際上這種方式只是初步測試工具而已——而且還只是很陽春的方式。「我驗屍的時候，會檢查你叔叔的器官。如果他是死於炭疽熱，從他的身體就可以直接看得出來。」

在驗屍的過程中，我發現這位郵政員工並沒有遭到炭疽熱感染。他患有因為愛滋病導致的常見肺炎。我一直等到毒物檢測報告回來後才結案，希望給家屬一點時間消化這突如其來的哀痛，讓他們能放下歇斯底里的新聞消息，進而理解實際情況。「沒錯。白色粉末，」我打開毒物報告，看到古柯鹼檢測的陽性結果，對著坐在培訓人員辦公室裡桌子另一頭的史都華說道。

我們每個人都得花時間在電話中進行類似的炭疽熱對話。某天下午赫希醫生的輪巡時間中，一位醫生簡報了手上的案件，死者是一名八十九歲的男子，有長期使用靜脈注射毒品的紀錄。他被人發現死於自家中，床邊的鏡子上還有白色粉末。「你有做炭疽熱檢驗嗎？」強納森．海斯開玩笑。

不過在十月三十號那天，我們發現並非所有打來通報炭疽熱案件的電話都是假警報。那天早上輪巡時間中，赫希醫生通知我們六十一歲的阮凱西，也就是紐約市區的第一件吸入性炭疽熱感染案件，在蘭諾斯丘醫院的狀況很差，可能撐不過去了。她於周日因胸痛、肌肉疼痛和嚴重咳嗽症狀被送進醫院。週一時她的症狀明顯惡化，血檢測試結果顯示炭疽熱確診。到了週二凌晨，也就是萬聖節，她就去世了。

我被排定在那天早上進行驗屍。阮凱西的案子被派給吉姆．吉爾，我在那天早上則有兩件其他驗屍要完成——一位酗酒女性死者和一名一出生就因器官衰竭死亡的男嬰。我一如往常在早上八點進入大坑，準備在赫希醫生輪巡時間開始之前先進行驗屍，結果發現裡頭一個人也沒有，只有吉爾醫生——和炭疽熱死者阮凱西。

「技術人員呢？」我問吉姆。

「沒人敢進來。他們不想跟這件案子有任何牽連，所以我們只能靠自己了。」

「什麼？」

「他們的工會代表堅持不退讓。所以他們把遺體送來，放在工作臺上，然後就走了。」我聽了以後呆若木雞。我從沒看過任何一個醫事檢察處的技術人員害怕過任何疾病——他們不怕愛滋病毒和肝炎，連肺結核、甚至西尼羅病毒（West Nile virus）[3]都無所畏懼。他們每天處理「常態」驗屍案件的時候都要面對這些威脅，但是現在他們卻止步了，在恐懼之下團結一心。更令人心中一驚的是吉姆站在一具被空降生化武器奪走性命的女性遺體旁，身上只穿著一般的裝備，戴著手術手套，套著塑料圍裙，臉上掛著平凡無奇的N-95口罩。我原本以為他會在我們的正壓隔離病房（positive pressure room）中、隔離氣壓門的這頭處理這起驗屍，穿著我們處理新興病原體——像是伊波拉病毒或漢他病毒——的時候的裝備：泰維克連身防護衣和強力空氣過濾面罩。但他沒有，吉姆只穿了平時的辦公室裝束，如果所謂辦公室是太平間的話。

「有可能傳染嗎？」我隔著跟紙一樣單薄的口罩緊張地問道。

「沒有。人體中的炭疽病毒，跟其他透過血液或呼吸傳染病原體的疾病的感染風險比較之下相去不遠，而且她曾接受強力抗生素治療。她體內存在任何還活著的有機體的機率幾乎是零。」

「你保證？」

「你快開始處理你的案子吧，好嗎？沒有技術人員在場，我會需要一點協助。」

我照做了。因為只有我跟吉姆在大坑裡做事，氣氛恐怖得像是……呃，就像是

3 一種會引發腦膜炎的病毒，經由蚊蟲感染給人類。

萬聖節的太平間吧。赫希醫生一如往常地在九點半抵達。跟他一起來的是紐約大學臨床病理學醫生，他是炭疽熱專家，另外還有六個住院醫生和醫學院學生跟著他。訪客們包圍著驗屍臺，在吉姆·吉爾替阮凱西進行驗屍、我在一旁協助的四十五分鐘之間，他們幾乎觀看了完整的過程。赫希醫生穿著軟呢西裝，戴著口罩安靜旁觀，看起來仍十分警覺的模樣。

驗屍過程既嚇人又引人入勝。我們很仔細地進行，完全沒有一句閒話。當吉姆打開胸骨和胸前肋骨的時候，他停了一會兒，讓現場所有人能看清楚標準吸入性炭疽熱產生的影響——縱膈腔出血。圍心腔和胸腔之間的所有空間都泡在鮮紅色的凝血中。炭疽菌在淋巴系統中移動後進入血液中，她的淋巴結全都變成了充血的血袋。部分淋巴結因為已經壞死，看起來又青又紫——特別是中央氣道四周的淋巴結。很明顯可以看出炭疽菌是從阮凱西的肺部進入她的體內，感染後再從這地方向外蔓延出去。

肺部充滿泡沫和帶血的液體。我們原先預期會看見出血性腦膜炎，但吉姆鋸開頭骨後，我們發現整個大腦表面十分乾淨、外觀正常。「這就是抗生素最後的力量。」紐約大學病理學家這麼說，他一點也沒錯。隔天我們的微生物實驗室告訴我們，遺體組織中幾乎完全沒有任何細菌。阮凱西在蘭諾斯丘醫院的醫生使用了現代醫學中最強力的抗生素，消滅了她體內的細菌感染，但是這些突襲的細菌毒素已經開始起作用，來不及阻止了。

沒有人——包含紐約大學炭疽熱專家、查爾斯．赫希醫生——看過這樣的驗屍。全美國大概只有不到五十位還活著的醫生看過炭疽熱案例，而且這不到五十人之中，不知道有沒有人做過猛爆性吸入感染的驗屍。這是一個我多希望不曾在紐約醫事檢察處遇上的里程碑。

是的，那天是該死的萬聖節。接下來的一個禮拜，從麥可．唐諾修開始——海洛因中毒，被棄屍於地獄廚房旁巷子裡裝滿垃圾的郵務袋中慢慢腐爛。隔天是羅伯特．沃德被送來，這天就是「不新鮮的壽司」電話的揭幕大典，這天我還解剖了一位緊急心臟手術後因醫療併發症去世的中年女性死者。週三是一位跳樓自殺的死者，遺體全身都變得跟漿糊一樣了，還有一起原本可以避免的汽車乘客死亡案件，死者上車後沒有繫上安全帶。幾個建築工人在哈林區工地現場找到一些人骨碎片，這些——也就是被棄置的骨片——成了我手中的新案件。有兩件案子的調查錯綜複雜但仍持續進行中，五件新進案的驗屍，還協助炭疽熱案件的驗屍——這就是二

○○一年的十月三十一號。百忙之中的最後一擊，是那天下午我接到地方檢察官辦公室的來電，提醒我要準備替被勒斃的席維雅．艾倫一案到大陪審團面前作證。這案子就是九月十四號我在驗屍時遇到爆裂物警報，所有工作人員不得不到屋外雨中等候的那起案件。

「什麼時候？」我問道。

「禮拜五，」對方回我。

「這個禮拜五嗎？」

「對。大陪審團就是那天召集。有什麼問題嗎？」

「沒有，」我說，一邊心想我對地方檢察官撒謊不知道會被判入獄多久。這之前我從沒為大陪審團出庭過，而且這起案件根本也不在我的重點案件範圍內。「沒問題。」

結果不出我所料，出庭作證的過程很順利，在之後漫長的法律程序中，這是第一步進展，最終成功將殺害席維雅的凶手關進大牢，不得假釋。地方助理檢察官說，這人是「回頭客」，一個貨真價實的反社會份子，後來因為兩起凶殺和七件強暴案定罪。當時我們都不知道這件事，但是後來這名男子在獄中自白，承認一九九七年時皇后區發生的一起十六歲少女謀殺懸案背後凶手就是他。席維雅・艾倫是他犯下的連續殺人案件中第四個、也是最後一個受害人。

二〇〇一年十一月只能用來好好彌補九月和十月。我有幸能暫時離開紐約市，前往華盛頓特區軍事病理研究所（Armed Forces Institute of Pathology）參加義務型專業研討會課程。丹尼和提傑跟我一起搭火車前往——丹尼興奮地到處跑來跑去、嘰嘰喳喳地講話——我們計畫將這次遠行當成一場遲來的家族旅行。

唐、史都華和我是唯一從紐約出席的一組與會者。第一天課堂之間，不斷有人來詢問我們九一一復原工作的狀況，復原工作在當時正好已經進行了整整一個月。午餐休息的時候，我們三人遇見課程的負責人。他看到我們，露出驚訝的神情。

「你們會留下來嗎？」他問道。

「當然！」我真誠地以熱情的態度回答——我很高興終於能暫時離開工作，來認識新同事，吃點免費的餐點。「我們整個禮拜都會在這裡！」

我們在等電梯的時候，一位臃腫的與會者擠到我們身邊來。「你們是紐約人吧？」他說。「那你們應該聽說皇后區的墜機事件了？」

「什麼？」史都華和我失聲道。

「對啊，一臺噴射機今天早上起飛的時候墜機了，夷平了整片住宅區。兩百多人死亡。新聞一直在報啊，我真訝異你們居然還不知道這件事。」這個胖男人就這樣口氣平淡地說著發生在我們城市的殘酷悲劇。我覺得自己就跟史都華和唐顯露出來的模樣一樣：準備好要讓這傢伙吃一記重拳。

我們衝忙趕到史都華的房間，打開電視看新聞。美國航空飛往多明尼加的五八七航班，從甘迺迪國際機場起飛後八十一秒墜毀。該航班是美國多明尼加移民常常選搭的直飛返鄉班機，墜機當時全機客滿。機上兩百六十人全數喪生，地面死亡人數還未知。這架空中巴士A300噴射機在墜於皇后區洛克威住宅區之後，引發了熊熊大火。有線新聞臺的畫面拍著消防隊員拿著斧頭、電鋸和水管，衝進火舌竄出的房屋之中。我已經看過太多紐約市消防局的外套包裹著殘缺的遺體——然而現在他們又出動了，男男女女穿著那件外套，跟另一場噴射機引發的大火搏鬥，奮勇迎向亮橘色的火焰。

「這些案件，全都要進行完整驗屍。」等我們三人回到紐約時，佛洛蒙本醫生對我們說。他一如往常，已經整理出班表——因為撇開重大傷亡災難不說，紐約客還是執意要死於一般尋常小事。佛洛蒙本把我們安排加入DQ01復原工作線。「皇后區之災二〇〇一」（Disaster Queens 2001）與「曼哈頓之災二〇〇一」一起加入了紐約醫事檢察處的資料庫。

「我們不知道墜機的原因為何，」他說。「可能是恐怖攻擊，也還有很多其他的可能性，所以我們必須為每一具遺體驗屍，進行完整的毒物測試來釐清死亡原因，包含一氧化碳血紅素檢驗。」身分鑑識辦公室感覺上比平時還要忙碌，十幾個人同時講著電話。「確認死者是否死於鈍物重擊，以及他們身上的創傷狀況為何是很重要的，所以請記得填寫人體圖表。我們也要知道他們在大火中是否還活著。這就是一氧化碳血紅素檢驗的用意，懂了嗎？」

我抵達大坑的時候，發現並排而置的七張工作臺全都在處理DQ01的案件。跟世貿中心的災難事件處理過程一樣，我們各被分配一位速記人員和一位警探。ＦＢＩ探員又再一次來到我們的工作臺之間四處巡視。

我開始處理皇后區災變的第一天就進行了四件驗屍，死者分別是兩男兩女。四具遺體都破損得很嚴重，重度燒傷、遺失面部和頭顱上半部，也許不是整個腦部都不見，但也相去不遠。噴射機燃油的臭味令人頭昏眼花，狀況就跟第一天處理世貿中心遺體的時候一樣糟糕，搞不好更嚴重。而且就跟我處理世貿中心案件的時候一樣，我再次見證超乎現實、恐怖至極的牛頓定律。其中一名乘客的皮夾被某人斷裂的肋骨尖端刺穿，在皮夾裡的照片、紙鈔和信用卡上頭留下一個硬幣大小的破洞。一名女子的子宮從骨盆上的破洞掉出身體，我在這被燒焦的器官中找到一個二點五公分大小、被煮熟了的胚胎。有兩位死者的心臟掉在胸腔外部，皆是被從胸骨之中猛力扯出。至少我們最後能夠告訴家屬，這些死者在死前都沒有受到太多折磨。

警探幫我秤器官的重量，我飛也似地完成口述記錄。在我這張工作臺做事的一位災禍喪葬執行反應小組工作人員告訴我，他很訝異我們辦公室對皇后區墜機事件的反應竟能這麼快速。「墜機事件發生於九點十五分，到了十點半我已經看到醫事檢察處的人在現場了。五點的時候，第一批遺體已經按照傷重程度分類完畢，準備進行驗屍。你們真了不起。」若非因為當時我已經哀痛欲絕、身心俱疲，聽到這樣的讚美可能還會覺得開心吧。

五八七航班墜機的遺體殘肢數量之多，我們必須把DQ01工作站移到戶外卸貨區，取代進行中的DM01案件——一個「災難被災難擠開」的概念。一切都很像世貿中心事件發生第一週時的狀況。這些殘肢遺體都被撞爛、嚴重扭曲，但是這次的燒焦狀況比上次嚴重得多，灰燼較少，沒有水泥粉塵。就算在帳篷底下，煤油的氣味仍漫佈空氣中。

兩名警探協助我的工作，還有一位災禍喪葬執行反應小組的法醫病理學醫生擔任書記人員。我們效率很高，已經把幾個由警方在現場標示為「器官部位」的屍袋都記錄完畢，這時災禍喪葬執行反應小組的醫生拉開一只屍袋，整個人在一瞬間動彈不得。「這不是器官部位，」她說，眼睛完全沒有離開屍袋。

「那是什麼？」我一邊問，一邊走到她身邊。「噢，不。」

一整個屍袋裡滿滿的都是幼童。我看不出來袋子裡有幾個孩子，但是我知道袋子被裝得很鼓。

唐・費里曼在隔壁工作站做事，聽到我們的對話，來問我袋子裡是什麼，我告訴他答案。唐看著我，一秒也沒有遲疑地說：「我來。」

我一直對他心存感激。在那一刻之前，我一直以為整個秋天的工作已經逼我看遍所有在飛機爆炸事件中可能發生的駭人狀況。但我錯了。身為一個兩歲小孩的母親，這次我真的沒辦法面對。

美國航空五八七航班在二〇〇一年十一月十二號奪走了兩百六十五條人命，其中有兩百五十一人是乘客，九名機組人員，和五名地面民眾。這起事件的肇因是駕駛失誤所致。後來的駕駛訓練、針對這一類型噴射機的退休年限、空中交通控制協議的修訂，都讓這樣的墜機事件幾乎不可能再發生。在得知事件不是另一起恐怖攻擊之後，我和同事們都鬆了一口氣。

二〇〇一年秋天過後許久，聞到噴射機燃料的味道，或是聽見飛機從我上空飛過的聲音，仍會讓我不寒而慄。但是對我那年幼的兒子丹尼來說，飛機低空飛過、發出巨響的時候，就是他可以追逐、大叫、指著天空，讓飛機馳騁在腦海中想像世界的時刻。在我們搬到加州後，提傑和我常常帶著他和還在襁褓中的妹妹莉雅，到一個位於機場外圍、遍地雜草叢生、總是颳風的公園去看飛機起降。只有在跟著提傑一起坐在扎人的草地上好幾個小時，一邊跟寶寶玩，一邊看著丹尼望著飛機轟轟飛過頭頂時那開心的臉龐，我才能停止對那聲響的恐懼。

12. 最後分發

當我選擇實作法醫病理學這條路的時候，我就知道這對媽媽醫生來說會是一個絕佳的選擇。擔任法醫的日子過了一年後——即便經歷了九月十一號的災難——我仍堅信如此。二〇〇二年六月，我結束了法醫病理學的培訓期，馬上就跟著佛蒙・阿姆博斯特梅切爾醫生開始為期一年的神經病理學培訓，他是醫事檢查處的腦科專家。八月的時候，我開始害喜了。

你可能會以為整天忙著切割人腦會加劇症狀，但其實狀況絕對比在驗屍房還要好得多。阿姆醫生的身高絕不止一百九十八公分，生性低調，態度溫和——而且瘋狂熱愛人腦。他採用隨和的教學風格，配合大量的練習機會。他那小防腐實驗室裡頭沿著牆面的架子上，擺了許多桶子，裡面泡著防腐劑的人腦和脊髓。對一個懷孕的醫生來說，跟著溫和的阿姆醫生，在消毒過、只有化學防腐劑味道的安靜空間中度過一年時光，其實正是完美的工作環境。

並非所有驗屍案件的大腦都會被送到阿姆醫生的實驗室進行神經病理學分析。開腦的程序只限定用於受到某種頭部創傷（包含子彈），或有神經損傷徵兆的死者。而且雖然開腦對我來說算是一種學習機會，教學卻不是阿姆博斯特梅切爾醫生的主要角色。身為一個經學會認證過的神經病理學家，他特別被任命觀察以及判定腦部創傷、疾病和缺陷。他的專業分析讓我們，也就是死亡調查團隊，比較不會錯過任何可能具有重要法醫學含義的發現。當阿姆博斯特梅切爾醫生像切吐司般完成大腦切片過程，將砧板放在我們面前的時候，我們就能一起評估大腦內部結構，肉眼檢視創傷部位。人體最神祕的器官揭開自身的神祕面紗——就在眼前，在我指尖。對於一個畢生都想成為科學家和醫學從業人員的女孩來說，能解剖大腦實在是一件很令人興奮的事。

在我接受神經病理學培訓的這一年裡，我還是持續在週末進驗屍房工作，即便日漸凸起的肚皮讓我越來越難做事也一樣。驗屍是一件必須在肚臍高度進行的體力活，我越來越擅長扭著身體，側身剖開人體軀幹。我的寶寶莉雅是個很愛踢腿的孩子，一邊感受著新生命在我的肚子裡慢慢成長，一邊研究剛殞落的生命留下的軀殼，實在是一種令人愉悅又緊張的矛盾體驗。

我的家庭讓現居的一房公寓越來越擁擠，住在紐約的兩年時間讓提傑和我都覺得足夠了。我整理了履歷，開始搜尋有法醫病理學職缺的城市。加州聖荷西正好開缺，所以我們一家就飛到加州去面試、看看環境。那裡看起來還滿舒服的，陽光充足，居民年齡都很成熟。我注意到下城區沒有什麼真正的摩天大樓，於是提出了這個疑問。聖塔克拉拉郡首席法醫告訴我，這是因為他們的機場離市中心太近了，建築規章不允許營建公司蓋任何高於二十二樓的建築物。當然，飛機還是有可能會撞上其他建物沒錯，但是只會是出於意外。這地方可能隨時會發生地震，但是辦事處有重大傷亡災難協定，也經常進行演習。經過了我在紐約遇上的人為災難後，我實在很想快點搬到只需要擔心天災的城市。

我最後一天上班日，就是莉雅出生前一天。四月的那天早上六點，我被陣痛喚醒。我打電話給我的婦產科醫生，告知他收縮頻率是每十五分鐘一次。他告訴我寶寶大概會在十二小時後出生。

「我應該到醫院去等嗎？」

「如果你想要在候產室裡待上十二小時就來吧。」醫生回答道。

提傑和我在我們位於布朗克斯的小公寓裡，兩人對看一眼。「好吧，那我們舒服點過好了，」他提議。「我們可以去散散步，如果你想的話，可以帶丹尼去公園。要持續注意收縮的時間，等到時候到了，我就叫計程車。」但是我馬上開始擔心了起來，而且只要看一眼我先生的表情，我就知道他心裡也在想同一件事。十二個小時——這表示我們要在下班交通尖峰時刻搭計程車從布朗克斯進曼哈頓。好，也許我們應該早點出門，確保我們能搶先尖峰時刻一步，然後在醫院等大概……多久呢？

接著我就想出解決辦法了。「不——我要去上班，」我宣布，提傑笑了出來。「我是認真的。我應該要跟平常一樣搭公車去上班，就跟我昨天早上一樣。」

我們很清楚公車通勤要花多久時間——這五十五分鐘的車程從來沒有太大變化——而且如果我維持平日行程，我們就不用坐在紐約大學產房等待室，搞得自己每分每秒越來越焦慮。「公車會讓我在離辦公室僅僅幾個路口的距離下車，加上我的辦公室又跟醫院相連。我只要坐在辦公桌前處理一些文書工作，計算收縮時間就好。」

我先生微笑了。「等到你的婦產科醫生點頭，我就把丹尼交給你媽媽，然後搭火車到市區去跟你會合，陪你慢慢走到紐約大學，對嗎？」我們越是仔細討論這個計畫，那種瘋狂的感覺就越淡了。

所以我就這麼做了——穿上寫著紐約市法醫的外套，走到卡波克街轉角去等東區快捷公車。一小時後，等我慢慢走進第一大道五百二十號，宣布我要生了的消息時，大多數同事都陷入一種充滿喜感的恐慌之中，已經為人母的同事除外。這些媽媽們都誇我們的計畫非常完美。於是那天我就坐在辦公室，讓所有男同事每隔十分鐘就跑來問我覺得怎麼樣，其中一人還堅持幫我帶點輕食午餐回來。在他的監督下吃完午餐後，我走到隔壁（另一位充滿騎士精神的同事自願陪同），去找我的婦科醫生。收縮越來越強烈，但是仍然是十分鐘一個循環。醫生告訴我，等我的陣痛開始穩定的七分鐘一循環的時候再進醫院，然後就說我可以走了。我心裡很是感激——因為他讓我能繼續工作到最後一刻，迎接我身為紐約市法醫的終點，就是赫希醫生的下午輪巡時間。

提傑把丹尼交給我母親後，來跟我碰頭。我們兩人一起去了第三大道上的一家泰式餐廳。「你知道這是我們在紐約的最後一次晚餐約會嗎？」他感傷地說。儘管我每隔八分鐘就陣痛一次，但那頓晚餐還是很浪漫的，我對著他微笑，越過桌子牽起他的手。發生了這麼多事，我先生還是愛上這個城市了，我的城市。

那天晚上八點，我們進了待產房，莉雅在隔天清晨出生。六週後，就在我們要搬家到加州接任新工作的前幾天，我帶著寶寶一起去參加培訓人員結訓派對。赫希醫生在他最喜歡的餐廳之一訂了一間包廂，地點離辦公室不遠。餐廳給人一種夜總會的感覺，掛著厚重的紅絲絨窗簾，桌上還鋪著高級桌巾。「有蠟燭！」提傑驚嘆，「沒有蠟筆！」我的同事輪流咕咕叫著逗小孩，或是搔癢跟她玩的時候，提傑得以好好享受跟其他成人相處的時間。赫希和佛洛蒙本都簡短地說了一段話，還跟培訓人員拿著結業證明書一起合照。我在包廂裡走來走去，想趁著我們大家都脫掉手術服，表現得跟平民百姓一樣的時候，跟每個同事表達心中的感激之情。

我走到莫妮卡．史蜜荻的桌邊，告訴她九一一事件過程中看著她的冷靜、專業態度，讓我把自己從瀕臨崩潰邊緣拉回來。她驚訝地笑了出來。「我根本嚇傻了！我們可從沒接受過像這種事的訓練啊！沒有人有過。我根本都快控制不了自己了。」莫妮卡停了一下，看著我，眼神清澈，驕傲又嚴肅。「不，這麼說不對。我覺得自己快控制不了自己了——但是我知道我可以仰賴自己的訓練。你也可以。這是赫希醫生的功勞，不是我。」

「你知道嗎，」我說，「我在驗屍臺旁聽到警探說過最棒的讚美，就是說我檢驗、描述遺體的方式『跟史蜜荻醫生一模一樣』。我想不到更好的讚美了。」

當然，幸福美滿的故事結局一定要有場婚禮才算數，而在我們之中，這人就是凱倫‧圖里。圖里醫生在世貿中心事件期間，超時、工作時間又嚴苛的情況下，認識了一位一起工作的警官。人類學家艾美則成為撮合這段感情的媒人，但其實凱倫和那位警官也不需要太多外力協助。在那起事件當下，我們每個人都深深感受到自己渴望與其他人能拉近距離。對他們來說，這種感覺發展成了愛情。結業派對是我們之中許多人第一次見到凱倫的先生，大家還恭喜他們準備迎接寶寶的到來。

最後我終於找到機會抓住我的上司。我告訴查爾斯‧赫希醫生，他已成為我原本希望自己已逝的父親能夠擔任的那個導師的角色。他用他特有的優雅、謙虛態度接受了我的謝意。「祝你在加州一切順利，」赫希醫生說道，「還有要記得，你任何時候都可以打電話給我。」他的臉上有著一如往常的放鬆、愉悅神情，正如每週五下午三點輪巡時間結束後，他會用這表情問我們：「有什麼舊事、新事、狗屁倒灶的事要說嗎？沒有？那好吧，我想我可以回家喝個兩杯了。」

我在紐約市醫事檢察處服務的兩年之中，接手了兩百六十二件驗屍；十二年過後，我已經處理超過兩千件了。但是直至今日，我每天都還會學到一些關於人體的新知。我很愛這份工作、愛科學、愛醫學。但是我也很愛這份工作中與醫學層面無關的部分——提供家屬諮談、與警探合作、出庭作證。我發現自己在這些時候更加努力，因為我要替死者發聲。每一個醫生都必須要培養自己的熱忱，去學習、練習這種熱忱。要能每天面對死亡、親眼看個透徹，你必須對生者有愛。

謝誌

我們兩人都想要對Jennifer Holm表達感謝，謝謝她在最開始給了我們這個想法，感謝Chip Rossetti讓這個計畫持續下去，以及Dystel & Goderich經紀公司的Jessica Papin，感謝她把這本書推到一個我們不能想像的高度。謝謝Scribner出版社的團隊，特別是總裁Susan Moldow，發行人Nan Graham，耐心又不厭其煩的編輯Shannon Welch、文字編輯Cynthia Merman、執行編輯Katie Rizzo，以及感謝John Glynn無所畏懼地跟我們一起直搗虎穴。我們會永遠感謝Alexis Gargagliano的接納。

茱蒂想謝謝她的導師，查爾斯．S．赫希醫生，以及紐約市醫事檢察處的所有醫生、員工，是他們的投入和教學讓這本書成真。謝謝洛杉磯加州大學的Elizabeth Wagar醫生收留我、在病理學的專業領域中引導我。

提傑想感謝他的導師，John Briley，感謝他無價的例子、建議，以及這麼多年來的友誼。也謝謝Catherine Ehr、Amy Z. Mundorff博士、Sarah Lansdale Stevenson帶我們走到最後，謝謝Sarah Dry醫生提供遠見與鼓勵，特別感謝CFX的Ron Santoro把創意熱情灌注到我倆之中，我們很榮幸能有機會與他一起研究和工作。

最後，但絕對不是最不重要的——謝謝你，Dina。